Hans Rath, Jahrgang 1965, studierte Philosophie, Germanistik und Psychologie in Bonn. Er lebt in Berlin, wo er sein Geld unter anderem als Drehbuchautor verdient. Schon mit dem Sachbuch «‹Sie Affe!› ‹Du Schwein!› – Die Kunst der Beleidigung» hat Hans Rath seinen Sinn für Humor unter Beweis gestellt und Rezensenten von *Playboy* bis *Brigitte* begeistert. Im Wunderlich Verlag erscheint im Juni 2010 sein zweiter Roman «Da muss man durch».

Hans Rath

MAN TUT, WAS MAN KANN

Roman

Rowohlt Taschenbuch Verlag

Veröffentlicht im Rowohlt Taschenbuch Verlag,
Reinbek bei Hamburg, Juni 2010
Copyright © 2009 by Rowohlt Verlag GmbH,
Reinbek bei Hamburg
Umschlaggestaltung any.way, Hamburg,
nach einem Entwurf von Claudia Duzzi
(Foto: © olly – Fotolia.com)
Satz aus der Swift PostScript, InDesign,
bei Pinkuin Satz und Datentechnik, Berlin
Druck und Bindung CPI – Clausen & Bosse, Leck
Printed in Germany
ISBN 978 3 499 24941 9

FÜR DIE EINE.

HI, ICH BIN DIE KATHRIN

Ich habe gerade zum ersten Mal mit Kathrin geschlafen.

Sie ist eine tolle Frau, charmant, witzig, sexy, und sie weiß genau, was sie will. Eine Frau zum Heiraten, könnte man sagen. Ich bin deshalb auch sicher, sie findet eines Tages den Mann, der zu ihr passt und sie von ganzem Herzen liebt. Dieser Mann wird dann auch nicht hier liegen, ihren Pagenkopf auf seiner Brust, und darüber nachdenken, wie er sich einigermaßen elegant vom Acker machen kann.

Sie löst sich aus meiner Umarmung, stützt sich auf ihren Ellbogen.

«Woran denkst du gerade?», fragt sie, legt ihren kleinen Kopf in ihre zierliche Hand und mustert mich interessiert. Ich vermute, es gibt keine Frage auf der ganzen Welt, die mehr Lügen provoziert hat als diese.

«An dich», antworte ich wahrheitsgemäß.

Sie lächelt. «Aha. Und was denkst du so über mich?»

Ach Kathrin, ich denke gerade, dass ich vielleicht doch, wie ursprünglich geplant, den Abend damit hätte verbringen sollen, über mein Leben nachzudenken. Dann würde ich nämlich jetzt nicht hier liegen und mir wünschen, dass du eines Tages einen Mann findest, der dich auf Händen trägt und dir jeden Wunsch von den Augen abliest. Eigentlich wünsche ich mir sogar, er stünde zufällig vor der Tür und ich könnte euch schnell mal miteinander bekannt machen, um dann schleunigst zu verschwinden.

Sie sieht mich an, wartet.

«Ich dachte gerade darüber nach, wie wohl ein Mann sein müsste, damit er dein Traummann ist.»

Ich überlege kurz, ob das zu schwärmerisch klang.

Sie grinst, springt aus dem Bett und läuft nackt in Richtung Küche.

Hübscher Hintern.

«Willst du dich um die Stelle bewerben?», fragt sie kokett und verschwindet hinter der Tür. Das Geräusch eines Entsafters ist zu hören.

Nein, Kathrin, ich will mich nicht um die Stelle bewerben, aber ich würde dir das gerne schonend beibringen, denn du bist wirklich, wirklich nett, und der Sex mit dir ist auch alles andere als langweilig. Im Grunde ist er sogar ... wie soll ich mich ausdrücken ...?

«Saft?» Ihr Gesicht erscheint im Türrahmen.

«Was?»

«Ob du auch einen Saft möchtest.»

Ich nicke, obwohl ich Saft eigentlich nur morgens trinke und dann auch gerne mal nicht. Sie verschwindet wieder in der Küche, und erneut ist das Geräusch des Entsafters zu hören.

Für einen kurzen Moment erwäge ich, aus dem Bett zu springen, meine Klamotten zusammenzuklauben und fluchtartig die Wohnung zu verlassen. In einem Hollywoodfilm sähe das so aus, dass sie mit zwei Gläsern Saft im Schlafzimmer erscheint, derweil das leise Klacken der Eingangstür zu hören ist. Sie versteht, was passiert ist, lässt ein wenig die Schultern sinken und sieht so traurig aus, dass man sie vom Fleck weg heiraten will.

Schäbige Nummer, hätte ich vielleicht vor zwanzig Jahren hingelegt, aber jetzt bin ich zu alt für den Scheiß. Ich komme weder schnell genug aus dem Bett, noch kann ich schnell genug meine Sachen zusammenklauben – von dem weiten Weg zur Eingangstür ganz zu schweigen.

Die Küchentür öffnet sich, Kathrin erscheint mit den Säften.

«Apfel, Möhre, Fenchel mit einem Hauch Sellerie.» Sie sagt es ein bisschen so wie ein Sommelier, der stolz die Spitzengewächse der Weinkarte aufzählt. Dann balanciert sie die beiden randvollen Gläser durch den Raum, stellt sie auf den Nachttisch, schlüpft unter die Decke, schmiegt sich an mich und robbt schließlich langsam auf meinen Oberkörper, bis ihre Schenkel meine Hüfte umschließen und ihr Kopf auf meiner Brust liegt.

«Was ist mit den Säften?», frage ich und überlege kurz, ob das jetzt zu prosaisch klang.

«Die sind für später», lächelt Kathrin und arbeitet sich küssend an meinem Hals hoch.

Dann sind sicher die Vitamine raus, denke ich, während Kathrin beginnt, sich langsam und rhythmisch auf mir zu bewegen. Dabei macht sie ein leises Geräusch, das an das Schnurren einer Katze erinnert.

Kathrin, ich weiß nicht, ob das hier 'ne gute Idee ist. Vielleicht gehst du jetzt mal runter, wir trinken zusammen ein schönes Glas Apfel-Möhre-Fenchel-Saft mit einem Hauch Sellerie und reden darüber, warum aus uns kein Paar werden wird, selbst dann nicht, wenn wir den Rest unseres Lebens in diesem Bett verbringen und vögeln, bis deine Stofftiere uns genervt mit den kleinen Kristallfiguren aus deinem Setzkasten bewerfen.

Statt meinen Mund aufzumachen lege ich meine Hände

auf ihren Hintern, schließe die Augen und lasse meinen Kopf ins Kissen sinken.

Worüber beklage ich mich eigentlich?

Darüber, dass es so gekommen ist, wie es kommen musste?

Kathrin hatte doch bereits bei unserer ersten Begegnung unmissverständlich deutlich gemacht, dass sie mich nach ein paar kurzen psychologischen Eignungstests in Form einiger Abendessen flachlegen würde, um mein Profil auch in erotischer Hinsicht zu komplettieren und im Fall der Fälle umgehend eine gemeinsame Zukunft in Angriff zu nehmen. Ich vermute übrigens, für diese gemeinsame Zukunft gibt es bereits einen detaillierten Plan, ich dürfte nach erfolgreicher Abschlussprüfung aber vielleicht noch Änderungsvorschläge machen.

Als Kathrin jedenfalls ein paar Tage zuvor ihre Hand in die meine schob, sich mit «Hi, ich bin die Kathrin» vorstellte und dabei oberhalb eines adretten blassgrauen Kostüms ihr strahlendstes Lächeln anknipste, wusste ich sofort, dass ich fällig war. Eine Frau Ende dreißig, die sich für eine drittklassige Vernissage in Schale wirft, als müsste sie danach noch für den Chefposten der New York Stock Exchange kandidieren, ist entweder eine erfolglose Galeristin oder auf der Suche nach dem Mann fürs Leben.

Kathrin war, wie sich etwas später herausstellte, keine Galeristin, hatte aber eine besondere Beziehung zu dem ausstellenden Maler, einem dünnen, langhaarigen Mann mit dem beknackten Künstlernamen «Bronko».

Ich verstehe praktisch nichts von bildender Kunst, aber irgendwie wurde ich beim Betrachten der weiblichen Aktzeichnungen, die das Gros der Exponate ausmachten, das Gefühl nicht los, dass Bronko offenbar noch nie eine Frau nackt gesehen hatte. Eigentlich dachte ich schon beim Betreten der Galerie, dass dem Künstler beide Hände abgehackt gehörten. Und genau genommen handelte es sich auch nicht um eine Galerie, sondern um eine renovierungsbedürftige Wohnung, die mit ein paar Strahlern und Stehtischen als Galerie getarnt worden war. Dennoch präsentierten sich die Initiatoren selbstbewusst, die Kaufpreise der Bilder zusammengenommen überstiegen den Wert des Hauses, in dem sie hingen, um ein Vielfaches.

Ich stellte mir gerade vor, wie zwei Kunstsachverständige, die die Exponate aus versicherungstechnischen Gründen zu taxieren hatten, angesichts der ausgewiesenen Preise lachten, bis ihnen die Tränen in die Augen schossen, als mich jemand ansprach.

«Hallo. Wie gefällt Ihnen meine Ausstellung?»

MEINE Ausstellung? Offenbar stand ich Bronko höchstpersönlich gegenüber. Im Eingangsbereich hing ein großformatiges Foto von ihm, darauf war er in nachdenklicher Pose zu sehen, er blickte zu Boden, seine langen Haare fielen ihm ins Gesicht und verdeckten es größtenteils. Der Grund dafür wurde mir nun schlagartig klar. Bronkos Blick glich auf erschreckende Weise dem von Marty Feldman, wobei ich schwöre, Bronko schielte wesentlich schlimmer. Er schielte so schlimm, dass ich die damit verbundene unmenschliche Anstrengung am eigenen Leib zu spüren glaubte und für einen Moment befürchtete, gleich aus Solidarität mitzuschielen.

Da ich aber immer noch nicht wusste, ob Bronko die Gruppe zu meiner Linken angesprochen hatte oder ein etwas weiter rechts stehendes Pärchen, versuchte ich es mit einem Lächeln.

Er verharrte und verstärkte meinen Verdacht, dass er tatsächlich mit mir sprach. Also, gute Frage, wie gefiel mir seine Ausstellung?

Um niemandem wehzutun, also eigentlich, um Diskussionen aus dem Weg zu gehen, habe ich mir angewöhnt, in solchen Fällen dem Künstler nicht die volle Wahrheit zu sagen und gleichzeitig unter Beweis zu stellen, dass ich im Prinzip ungebildet und im besonderen Fall sachfremd bin. Ich nenne das «glücklicher Idiot spielen», es hat mir schon über viele kritische Situationen hinweggeholfen. Kein Künstler kann im Moment seines vermeintlich größten Triumphes, also beispielsweise anlässlich einer Hängung seiner erotischen Phantasien in einer Abbruchbude, mit Kritik umgehen. Selbst der Hauch eines Zweifels an seiner Genialität würde stundenlange Diskussionen nach sich ziehen. Wittert ein Künstler obendrein, dass man auch nur ein bisschen von Kunst verstehen könnte, wird er nicht ruhen, bis man die Handschrift zumindest eines Genies in seinen Werken entdeckt hat. Das gilt übrigens für Künstler aller Gattungen. Man muss sich deshalb einerseits begeistert und andererseits bescheuert geben.

«Ausgezeichnet», log ich also schamlos, «ich bin zutiefst beeindruckt. Ich gehe eigentlich selten auf Vernissagen, also genau genommen nie, aber ich bin froh, heute Abend hier zu sein.» Kurze Kunstpause. «Der Sekt ist übrigens auch hervorragend.» Beim letzten Satz hob ich mein Ikea-Glas mit der darin befindlichen Discounter-Plörre und lächelte abermals.

Bronko schielte weiterhin links an mir vorbei Richtung Büfett, andererseits rechts an mir vorbei Richtung Tür. Ich vermutete mal, er fixierte mich, und für einen kurzen Moment hatte ich die schlimme Befürchtung, er könnte ein attischer Seher sein und mich durchschaut haben. Dann aber hob er ebenfalls sein Glas, prostete mir zu, erwiderte: «Das ist doch schön, genießen Sie den Abend», und machte sich davon, um mutmaßlich einen graumelierten Herrn mit Schal anzusteuern, den ich wahlweise für einen Kulturfunktionär oder den Inhaber einer Schwulenbar hielt.

In jenem Moment, in dem Bronko sich abwandte, wirbelte Kathrin herum.

«Hi, ich bin die Kathrin.»

«Hallo, Kathrin.»

«Ich habe gerade mitbekommen, wie Sie mit Bronko gesprochen haben, und ich finde es ganz toll, dass Sie ihm Mut machen. Er wünscht sich doch so sehr, ein Künstler zu sein ...»

Kathrin, das kenne ich, ich wünsche mir manchmal auch, ein Philanthrop zu sein. Oder zumindest ein netter Kerl.

«... die Ärzte hatten ja schon fast die Hoffnung aufgegeben, es sah so aus, als würde er nie wieder richtig sehen können ...»

Vor meinem geistigen Auge sah ich Halbgötter in Weiß, fassungslos, kopfschüttelnd und mit Tränen in den Augen über Bronkos Patientenakte gebeugt.

«... aber dann hat dieser Professor Siebenstein aus der Schweiz einen riskanten Eingriff gewagt und ihn gerettet.»

Kathrin strahlte mich an, als hätte sie mir gerade den Stoff für einen internationalen Kinohit geliefert. Ich stellte mir Tom Cruise in der Rolle des Bronko vor, auf einen kalten, silbrig schimmernden OP-Tisch geschnallt, umringt von einem internationalen Ärzteteam, angeführt von Professor Siebenstein, für dessen Verkörperung Sean Connery später einen Oscar bekommen würde.

Ich nippte an meinem Sekt und erwog, so etwas zu sagen wie «War jedenfalls nett, Sie kennenzulernen» und mich wieder Bronkos Kritzeleien zuzuwenden, aber Kathrin versperrte mir den Weg. Offenbar bestand sie auf ein bisschen Smalltalk.

«Sie kennen ihn ziemlich gut, oder?», fragte ich.

«Ja, er ist mein Bruder – aber wollen wir nicht du sagen?»

Ihr Bruder, aha. Ich überlegte, wer denn dann Kathrin verkörpern würde in «Licht der Leidenschaft» – so hatte ich den Kinohit über Bronkos Augenoperation mal provisorisch genannt. Müsste so ein Typ sein wie die junge Liza Minelli. Obwohl Kathrin ein ebenmäßigeres Gesicht hatte und deutlich unglamouröser war. Vielleicht Keira Knightley? Nein, viel zu schön. Natalie Portman? Um Gottes willen, nein, viel, viel zu schön. Von der Anmutung her würde am ehesten die junge Mireille Matthieu passen. Vielleicht müsste man sich in Frankreich umsehen. Wie hieß noch gleich diese Darstellerin aus «Die fabelhafte Welt der Amélie»?

Kathrin wartete. Sie wollte ein Du. Und sie wollte meinen Namen.

«Gerne. Ich bin Paul.»

«Kathrin – aber das weißt du ja schon. Noch 'n Sekt?»

So, jetzt hing ich drin. Kathrin wollte sich offenbar nicht nur kurz dafür bedanken, dass ich ihrem sehbehinderten Bruder Mut gemacht hatte, weiter an seiner Malerkarriere zu arbeiten. Vielmehr wähnte sie sich einem sensiblen Zeitgenossen gegenüber, der mit Behinderten gut umgehen konnte, demgemäß vielleicht auch tier- und kinderlieb war, leidlich zeugungsfähig aussah, sich für Kultur interessierte und seiner Kleidung nach zu urteilen einer geregelten Tätigkeit nachging. Ich war also gerade auf ihrer Kandidatenliste gelandet.

«Klar», sagte ich und versuchte einen möglichst lockeren Eindruck zu machen, derweil mein Leben vor meinem geistigen Auge im Zeitraffer ablief wie in der «Merci»-Werbung. Kathrin und ich als Teenager. Wir veranstalten eine Schneeballschlacht, fallen uns dabei lachend und küssend in die Arme. Schnitt. Kathrin und ich als junges Paar. In unserem ersten eigenen Pkw düsen wir Richtung Italien, sie lacht, ich lache ebenfalls, in der Ferne ist Canossa zu sehen. Schnitt. Kathrin ist hochschwanger, schmückt einen Weihnachtsbaum. Ich komme gerade aus dem Büro, offenbar bin ich selbständig und bis über beide Ohren verschuldet, aber jetzt, da ich die heimische Wärme spüre, fällt sämtliche Anspannung von mir ab. Ich sehe sie dankbar an, sie lächelt aufmunternd. Schnitt. Der Baum, den Kathrin eben noch geschmückt hat, hat sich in einen prachtvollen Weihnachtsbaum verwandelt, der in einem hochherrschaftlichen Haus steht. Ich befürchte, es ist die Zeit des Internetbooms, und wir sind zu obszön viel Geld gekommen, weshalb alle unsere fünf Kinder auf Privatschulen gehen und wir nur noch Klamotten von Uli Knecht tragen. Kathrin, mittlerweile apart ergraut, prostet mir mit einem Jahrgangschampagner zu, derweil ich mein Glas Single Highland Malt erhebe. Schnitt. Kathrin, inzwischen jenseits der sechzig, hat ihren für Hunderttausende von Euro gelifteten Körper auf einer Liege unter südlicher Sonne drapiert. Sie sieht keinen Tag älter als fünfundvierzig aus. Ich liege daneben, werde von einer attraktiven Seychelloise mit Single Highland Malt versorgt und frage mich, wo mein Leben geblieben ist. Das sieht man mir aber nicht an. Was man sieht, ist, dass Kathrin mich anlächelt und ich zurücklächle. Niemand könnte erraten, wer von uns die Dritten trägt.

«Paul? Träumst du?»

Kathrin reichte mir ein neues Glas Sekt und prostete mir aufreizend zu. Ich ahnte, die nächste Frage würde sein, was ich denn so mache, beruflich, beispielsweise.

«Okay, Paul, was machst du so? Beruflich, meine ich.»

Kathrin, ich habe die schlimme Befürchtung, dass wir beruflich sehr gut zueinanderpassen werden, aber das heißt noch nichts.

«Du zuerst.»

«Fremdsprachensekretärin. Aber leider ist es schwierig, eine Stelle zu finden, deshalb arbeite ich momentan als Sekretärin – eigentlich Assistenz der Geschäftsführung, aber tatsächlich bin ich die Sekretärin.»

Passt. Genau, wie ich befürchtet hatte.

«So, jetzt du.»

«Ich arbeite in der Personalabteilung eines Zeitungsverlages.»

«Als Sachbearbeiter, oder wie?» Kathrin ahnte, dass ich ihr was verschwiegen hatte.

«Eigentlich leite ich die Abteilung.»

«Oh, 'n Personalchef», sagte Kathrin mit einem Hauch von Ironie, der aber wahrscheinlich nur kaschieren sollte, dass sie sehr zufrieden war mit dem, was sie gehört hatte. Vermutlich fragte sie sich gerade, ob ich womöglich einen Porsche führe. Wäre zwar schick, aber eben auch problematisch beim Tausch gegen einen Kombi, den man ja bräuchte der Kinder und des Hundes wegen.

«Ich fahre aber trotzdem keinen Porsche», sagte ich und versuchte in ihrem Gesicht zu lesen, ob ich gerade ihre Gedanken erraten hatte. Hatte ich aber wohl nicht.

«Und bist du allein hier?»

Ich schüttelte den Kopf. «Mit 'nem Freund.»

«Mit einem Freund oder mit ... deinem Freund?»

Bravo, Kathrin. Schachmatt in vier Zügen. Das hat bislang noch niemand geschafft: mit nur einer Frage sowohl meinen aktuellen Familienstand als auch meine sexuelle Orientierung abzuarbeiten.

Ich lächelte und erwog einen winzigen Moment, mich als schwul zu outen. Aber auch das macht man in meinem Alter nicht mehr.

«Mit einem Freund. Ich stehe auf Frauen, bin nicht verheiratet und momentan auch nicht liiert.» Um das Ganze hier mal abzukürzen, dachte ich.

Kathrin strahlte. «Ich auch, übrigens.»

«Du stehst auf Frauen?»

Sie lachte. «Nein, ich meine ... du weißt schon, was ich meine.»

Ja, Kathrin, ich weiß sehr genau, was du meinst. Du meinst, wir sollten jetzt mal das Eis brechen und den Abend nutzen, um ein paar banale Fragen zu klären und dabei Gemeinsamkeiten zu entdecken. Also: Fisch oder Fleisch, Rotwein oder Weißwein, Stadtmensch oder Landei, Kino oder Theater, Anzug oder Jeans. Anschließend ritueller Telefonnummerntausch.

Ein paar Tage später eine Verabredung zum Abendessen, Abklopfen der wechselseitigen Wünsche und Träume. Möchte man eine große, eine kleine oder etwa gar keine Familie? Will man ein kleines Haus im Süden oder doch lieber einen großen Bauernhof zum Selbstrenovieren? Wo will man in zehn, zwanzig, dreißig Jahren sein? Gibt es etwas, das man unbedingt noch tun muss, bevor man alt ist? Dazu Anekdoten aus der Jugend, ein paar Familiengeschichten, geschickt eingestreute Bemerkungen über kleinere und größere Macken wie Fernsehgewohnheiten oder Erbkrankheiten. Grob sollten dabei die beiderseitige Sozialisation und das jeweilige psychologische Profil umrissen werden, all das selbstverständlich ungezwungen, humorvoll und in angenehmer Atmosphäre. Flirten ist erlaubt, sogar erwünscht, der Abend endet ohne Sex, aber mit einem Abschiedskuss, der idealerweise mehr als ein Abschiedsküsschen, aber weniger als ein leidenschaftlicher Kuss ist.

Kurze Pause. Neuerliche Verabredung. Smalltalk nebst Vertiefung der Tagesordnungspunkte des ersten Abendessens, dabei ab und an Körperkontakt, der wie zufällig wirkt. Abschiedskuss, der sich in einen leidenschaftlichen Kuss verwandelt. Sex. Nochmal Sex. Optional nochmal Sex.

«Hast du schon den Fisch probiert?»

«Noch nicht.»

«Der ist wirklich gut. Ich persönlich esse ja ziemlich gerne Fisch.»

Ich schaute mich mal kurz dezent um, bevor ich mich weiter reinritt.

Nach Günther, dem blöden Arsch.

Günther, der mir die Vernissage überhaupt erst eingebrockt hatte, war nämlich derweil mit dem eigentlichen Grund unseres Besuches keinen Millimeter weitergekommen. Günther ist ein einundvierzigjähriger Dauersingle, der seine Chancen bei den Frauen glatt verdoppeln könnte, wenn er sich von dem Flokati-Imitat, das ihm im Gesicht baumelt und das er stolz «Vollbart» nennt, trennen würde. Er hält die Fusseln für ausgesprochen männlich und unterstreicht diese vermeintlich maskuline Ausstrahlung gern mit grobgestrickten Pullovern und legeren Hosen, weil er glaubt, beides würde ihm einen Hauch von Seefahrerromantik verleihen. Meinen Einwand, dass die meisten Frauen sich bei seinem Anblick im Geiste hochschwanger und umringt von einer Horde ärmlich gekleideter Kinder an einer einsamen Steilküste stehen sehen, wo sie verzweifelt nach den heimkehrenden Fischerbooten Ausschau halten, ignoriert Günther beharrlich und verweist darauf, dass er ja mit Seefahrt nichts zu tun habe, sondern in der IT-Branche sei.

Schon klar, Günther, aber das macht es nicht besser. Frauen, die deinen Bart sehen und erfahren, dass du in der IT-Branche bist, wähnen sich alternativ in den Fängen eines Computernerds, der lediglich Cracker und asiatische Gewaltvideos im Haus hat und nicht in der Lage ist, Gefühle zu zeigen – es sei denn, ein wildfremder Multiplayer auf der anderen Seite der Erdkugel segnet in irgendeinem Ballerspiel virtuell das Zeitliche.

Zugegeben, immerhin passt Günthers Bart ganz gut zu seinem hünenhaften Aussehen. Er verkörpert die Ruhe und Gelassenheit eines Mannes, an dessen Schulter eine Frau sich anlehnen kann. Ich werde aber das Gefühl nicht los, dass Günther diese Teddybärentour inzwischen übertreibt. Er bewegt sich langsamer, als er sich eigentlich bewegen könnte, spricht langsamer, als er eigentlich sprechen könnte, und vor allem denkt er inzwischen auch langsamer, als er denken könnte. Deshalb ist es auch nur noch ein winziger Schritt, bis Günthers Ruhe und Souveränität für Tranfunzeligkeit und Begriffsstutzigkeit gehalten werden. Aber das will Günther alles nicht hören, denn Günther hat eine Mission, von der selbst ich ihn nicht abbringen kann. Günther, der Seefahrtromantiker, will in den Hafen der Ehe, und zwar subito.

Zwei Dinge stehen dem im Weg. Erstens ist Günther ein sehr talentierter Programmierer, aber ein beschissener Geschäftsmann. Er hat eines der kommerziell erfolgreichsten Onlinespiele der Welt mitentwickelt, sich aber von seinen Kompagnons derart über den Tisch ziehen lassen, dass Günther noch heute in einer Studentenbude hockt, um einen Schuldenberg in Höhe des Matterhorns abzuzahlen, während seine ehemaligen Geschäftspartner sich in der Karibik die Sonne auf ihre Ärsche scheinen lassen. Günther ist also ein Bär mit dem Gemüt eines Vorschuldkindes, in naher Zukunft vermutlich mit dem Gemüt eines zurückgebliebenen Vorschulkindes.

Zweitens gibt Günther sich auch deshalb gerne betont maskulin, weil er zu kaschieren versucht, dass in ihm eine ganze Hasenbande wohnt, wenn es um das Thema Frauen geht. Wenn Günther sich für eine Frau interessiert, dann tut er alles, aber auch wirklich alles, um sie kennenzulernen, mit Ausnahme dessen, dass er sie einfach anspricht. Stattdessen hat Günther grundsätzlich einen meist obskuren und immer rasend komplizierten Plan, um die Angebetete auf sich aufmerksam zu machen. Wenn ich seine Nummer im Display sehe, gehe ich deshalb davon aus, dass Günther mich zu Flamenco-Kursen, Slam-Poetry-Nächten oder auch schon mal auf eine Messe für Percussioninstrumente schleppt, weil dahinter einer von Günthers Plänen steckt, eine Frau näher kennenzulernen.

Heute geht es um Iggy, die eigentlich Ingrid heißt, aber von allen Iggy genannt wird. Iggy ist eine dunkelhaarige, etwas früh gealterte, aber keineswegs unattraktive Kellnerin, die mal Modedesign studieren wollte, aber irgendwie in diversen Aushilfsjobs strandete. Ihrem Äußeren nach zu urteilen, muss sie dann auch irgendwann den Spaß an Mode verloren haben. Vor rund einem Jahr hat sie mit zwei Freundinnen das Pan Tao aufgemacht, eine Eckkneipe, die nach der Renovierung nun ein Eckbistro ist. Man ersetzte die dunklen Hölzer durch helle, strich die Wände strahlend weiß und verpasste dem Raum mit ein paar hippen Ausstattungsstücken und einem mächtigen Kronleuchter Großstadtflair. Die wenigen Stammgäste, vornehmlich trunksüchtige Schwadroneure, suchten sich eine andere Siffbude und machten einem jungen, urbanen Publikum Platz, welches aber in Windeseile die Lust am Pan Tao verlor. Iggy und ihre Freundinnen hatten nämlich versucht, die kostspielige Renovierung durch Sparmaßnahmen bei den Getränken und beim Essen wettzumachen. Als sich im Viertel herumgesprochen hatte, dass der Wein im Pan Tao Kopfschmerzen verursachte, die denen von Granatsplitteropfern im Ersten Weltkrieg nicht unähnlich waren, und das Essen im günstigsten Fall schwere Übelkeit, im schlechtesten den sofortigen Tod herbeiführte, kam man auf die rettende Idee, das gastronomische Angebot in Stadtteile zu exportieren, wo noch nicht bekannt war, dass selbst streunende Hunde sich von den Mülltonnen des Pan Tao fernhielten.

Das Ganze nannten Iggy und ihre Freundinnen «Catering-Service».

Es war der rettende Einfall, denn zu diesem Zeitpunkt hatte das Pan Tao noch genau zwei Gäste, nämlich Günther und mich. Mir ist bis heute schleierhaft, wie es möglich ist, in einer menschenleeren Kneipe NICHT mit der Kellnerin ins Gespräch zu kommen, aber Günther schaffte es irgendwie. Obwohl ich mein Bestes tat, ein Gespräch zwischen Iggy und Günther in Gang zu kriegen, beschränkte sich die Konversation immer nur auf ein paar einsilbige Bemerkungen, dann schlenderte Iggy zurück zum Tresen, zündete sich eine Zigarette an und langweilte sich mit einer Illustrierten. Als ich mich irgendwann weigerte, alle paar Tage im Pan Tao zu dinieren, denn dann hätte ich meine Ernährung auch gleich auf Rattengift umstellen können, suchte Günther den Laden alleine auf, setzte sich an den Tresen, las die Zeitung und tat so, als würde er auf diese Weise den Feierabend einläuten.

An einem dieser Abende kam es dabei zu einem Moment knisternder Erotik, der im Leben von Günther wohl als historisch bezeichnet werden muss. Günther hatte seine Geldbörse vergessen und war schon drauf und dran, sich aus Scham zu entleiben, als Iggy locker abwinkte und sagte: «Lass stecken, ich schreib's an.»

Mehrere Stunden brütete Günther über dem geheimen Sinn dieser Worte, derweil er sich diverse Alkoholika in den Kopf schüttete, dann rief er mich an, es war so gegen halb vier morgens.

«Lass stecken? Ich schreib's an? Deswegen holst du mich aus dem Bett, Günther?»

«Ich glaub, sie mag mich, sie lässt ja bestimmt nicht jeden anschreiben, oder?», entgegnete Günther mit schwerer Zunge.

«Günther, du bist der einzige Gast, den sie haben. Ob ein zweiter auch anschreiben lassen dürfte, wenn es ihn gäbe, kann ich dir nicht sagen.»

Eine kurze Pause entstand, ich hörte mehrfaches Schlucken, Günther stürzte offenbar einen Drink hinunter.

«Was trinkst'n da?»

«Red Bull mit Ramazotti.»

«Jesus Christus.»

«Schmeckt gut.»

Wieder machte Günther eine Pause, diesmal dachte er offenbar nach.

«Glaubst du, ich habe eine Chance bei ihr?», fragte er dann.

Ach, Günther! Was soll ich denn darauf antworten? Ich weiß es nicht. Ich brauch schon ein paar mehr Anhaltspunkte als «Lass stecken, ich schreib's an». Frag sie, ob sie mit dir essen geht. Oder ins Kino. Vielleicht gibst du dich auch einfach damit zufrieden, abends mit ihr die Zeitung zu lesen, das klingt ja schon nach einer ziemlich passablen Ehe.

Ich sah Günther vor mir, traurig in seinem winzigen Apartment hockend, umringt von leeren Flaschen, Kabelgewirr und technischem Gerät.

«Na ja, es ist ein Anfang», sagte ich.

«Findest du wirklich?» In seiner Stimme schwang Hoffnung.

Nein, fand ich definitiv nicht, aber ich wollte ihn aufmuntern.

«Ja, finde ich wirklich.»

«Gut», sagte er, und für den Moment schien er zufrieden.

Ein paar Tage später erfuhr Günther zufällig, dass das Pan

Tao ein Catering für eine Vernissage ausrichten würde. Das nächste magische Zeichen war ihm damit erschienen.

Günthers Plan war, die Vernissage zu besuchen und dabei wie zufällig Iggy zu begegnen, um einerseits ein paar Worte zu wechseln und andererseits Gesprächsstoff für seine nächsten Besuche im Pan Tao zu haben.

Ich erklärte ihm zwar mit der Engelsgeduld eines Sonderschullehrers, dass Iggy vermutlich auf der Vernissage alle Hände voll zu tun haben würde und ihn deshalb vielleicht nicht einmal zur Kenntnis nähme und sie zudem nicht der Bilder wegen dort sei, weshalb ich den Abend als Basis für künftige Gespräche für eher nicht geeignet hielt. Aber Günther, überzeugt davon, dass die Götter ihm wohlgesinnt waren, ließ sich nicht beirren. Derweil ich mit Kathrin parlierte, scharwenzelte er so lange um Iggy herum, bis die ihm ein Glas Sekt anbot und dabei «Hallo» sagte, wobei Günther später Stein und Bein schwor, sie hätte ihn erkannt.

Für Günther war damit das nächste Etappenziel seines vermutlich hundert Jahre währenden Werbens um Iggy erreicht, er steuerte direkt auf mich und Kathrin zu und erklärte, er müsse sich jetzt ein wenig die Beine vertreten, ihm sei nicht wohl. Auch das ist normal. Sobald Günther seine herkulischen Pläne in die Tat umgesetzt hat, spielt sein Kreislauf verrückt. Oder sein Magen. Oder beides.

«War das dein Freund?»

Ich nickte und sah Kathrin an, dass Günther nicht mal für Bruchteile von Sekunden auch nur in die Nähe ihrer Kandidatenliste gekommen war, was ich heimlich gehofft, aber auch nicht wirklich geglaubt hatte.

«Ich kümmere mich besser mal um ihn», raunte ich Kathrin zu und machte Anstalten, zu gehen.

«Telefonieren wir mal?»

«Klar, warum nicht?», erwiderte ich und stellte im nächsten Moment fest, dass ich es genauso lustlos meinte, wie es wohl geklungen hatte.

Kathrin ignorierte den Tonfall, zog ein Stückchen Papier hervor, riss es in zwei Teile, schrieb ihre Nummer auf eines der beiden und reichte mir das andere Stück, zusammen mit dem Kugelschreiber. In meinem Alter schreibt man übrigens auch keine falschen Telefonnummern mehr auf.

Draußen fand ich Günther gegen eine Laterne gelehnt, etwas blass um die Nase, aber offenbar auch beschwingt, weil sein kniffliger Plan so über die Maßen gut funktioniert hatte.

«Geht's dir gut? Soll ich dich nach Hause fahren?»

«Lass uns noch irgendwo 'n Drink nehmen», erwiderte Günther.

Auch das gehörte zum Ritual von Günthers seltsamen Rendezvous, nämlich das liebevolle und penible Auswerten der erreichten Ziele.

Da ich das wusste, war ich beim Betrachten von Bronkos Bildern schon mal im Geiste das umliegende Angebot an Bars durchgegangen und hatte versucht, mir das jeweilige Getränkeangebot zu vergegenwärtigen.

Meine Wahl war auf einen Laden nur zwei Blocks entfernt gefallen. Zwar erinnerte ich mich, dass die Bardame aussah wie ein Transvestit und die Inneneinrichtung offenbar von Bronko entworfen worden war, aber sie hatten ein paar passable Weine auf der Karte.

Den Rest des Abends verbrachten Günther und ich übrigens damit, die mannigfaltigen Bedeutungen des Wortes «Hallo» zu erörtern.

ICH RUF DICH AN

Ich habe gerade zum zweiten Mal mit Kathrin geschlafen. Jetzt versuche ich nach meinem Saftglas zu greifen, ohne sie aufzuwecken, denn sie ist in meinem Arm eingenickt. Als ich mich vorsichtig bewege, stöhnt sie leise, rollt sich auf die andere Seite des Bettes und schläft weiter.

Gelegenheit für mich, einen kräftigen Schluck Apfel-Möhre-Fenchel-Saft mit einem Hauch Sellerie zu kippen und danach das Gesicht zu verziehen, als hätte man mir gerade in die Weichteile getreten. Wenn wir eine Zukunft haben wollen, Kathrin, dann müssen wir dringend über deine Saftrezepte reden. Aber wir haben ja glücklicherweise keine Zukunft.

Ich sitze auf der Bettkante und überlege, ob ich nach Hause fahren soll. Es ist ungefähr Mitternacht. Ich könnte Kathrin einen Zettel hinlegen. «Guten Morgen! Wollte dich nicht aufwecken, muss aber sehr früh raus und bin deshalb nach Hause gefahren. Schönen Tag! Ich ruf dich an.»

Die romantische Variante wäre, irgendwo in der Wohnung eine Blume aufzutreiben und sie in ein Glas zu stellen, um damit den Zettel zu beschweren. Optional könnte man noch einen Saft pressen und ihn zusätzlich ans Bett stellen, neben Blume und Zettel. Dann müsste aber auch der Text angepasst werden. «Guten Morgen! Hoffe, du hattest schöne Träume. Wäre jetzt sehr gerne bei dir, muss aber so früh raus, dass ich beschlossen habe, dich nicht zu wecken. Wünsche dir einen wundervollen Tag und würde mich wirklich freuen, wenn wir heute telefonieren könnten. Lieber noch würde ich dich sehen ... Kuss, Paul.»

Als ich etwas später im Wagen sitze, habe ich mich für Zettel eins entschieden, und zwar ohne Blume und Getränk.

Ich muss morgen tatsächlich früher raus als sonst, weil für den Nachmittag eine Vorstandssitzung angesetzt ist, ich am Vormittag zwei Termine habe, die damit in Zusammenhang stehen, aber trotzdem nicht darauf verzichten möchte, mit meinem Hund spazieren zu gehen. Ich befürchte, wenn ich bei Kathrin bleibe, wird sie mir einen Strich durch die Rechnung machen, und zwar mit Sex.

Eigentlich ist besagter Hund nicht mein Hund, ich nenne ihn nur so, weil wir uns inzwischen seit fast einem Jahr kennen. Ich hätte gerne einen eigenen Hund, aber ich bin zu bequem, scheue die Verantwortung und will auch nicht, dass mir irgendwer die Hand leckt.

Günther hat mich auf die Idee gebracht, mich als ehrenamtlicher Hundeausführer beim Tierheim zu melden. Man muss lediglich eine Art Wissenstest bestehen und bestätigen, dass man keine Ansprüche gegen das Tierheim erhebt, sofern man von einem der Hunde in Stücke gerissen wird, dann kann's auch schon losgehen.

Mein Hund heißt Felix, ist aber trotzdem der traurigste Hund der Welt. Um ihn nicht mit seinem Namen zu verhöhnen, nenne ich ihn Fred. Er hört zwar nicht auf «Fred», aber das macht nichts, er hört nämlich auch nicht auf «Felix». Fred ist ein Bullterrier-Jagdhund-Mix, mittelgroß, braun, kurzhaarig, mit einer langen Schnauze und kleinen, dunklen Augen. Er sieht weder hübsch noch possierlich aus, was einer der Gründe dafür ist, warum er seit zwei Jahren nicht vermittelt wird. Der andere Grund ist, dass Fred nichts und niemanden auf der Welt ausstehen kann. Er mag keine anderen Hunde, keine Kinder, keine Katzen, und mich mag er auch nicht. Letzteres hat ihn mir vom ersten Moment an sympathisch gemacht.

Da Fred die meisten ehrenamtlichen Hundeausführer bereits gebissen oder zumindest angefallen hat, legt niemand Wert darauf, mit ihm rauszugehen. So hat es sich ergeben, dass Fred mein Hund wurde. Er wird heute bis zur Mittagspause warten müssen, denn ich möchte erst wissen, was in der nachmittäglichen Sitzung auf mich zukommt, und zwar abseits der Tagesordnung.

Im Büro empfängt mich Frau Hoffmann, wie jeden Morgen mit einer großen Tasse Tee, schwarz und stark.

«Guten Morgen, Herr Dr. Schuberth», sagt Frau Hoffmann. Sie legt allergrößten Wert auf korrekte Umgangsformen und korrekte Anreden.

«Guten Morgen, Frau Hoffmann.»

Frau Hoffmann ist fast fünfundsechzig und geht in ein paar Monaten in den Ruhestand, um sich fortan dem Erwandern deutscher Mittelgebirge zu widmen, ihrem liebsten Hobby. Sie war immer mit ihrem Beruf verheiratet, deswegen ist sie ledig und kinderlos. Mit ihrer Ausbildung zur Sekretärin begann sie 1959, jener Zeit, in der Menschen mit ihren korrekten Titeln angesprochen wurden, es ein kafkaeskes Vorzimmersystem gab und Chefs gottähnliche Respektspersonen waren. Frau Hoffmann mochte diese adrette und übersichtliche Welt, sie interessierte sich weder für die Beatles noch für den Vietnamkrieg oder die Hippiebewegung, ganz zu schweigen von allem, was danach kam. Mit Fax- und Kopiergeräten hat sich Frau Hoffmann noch gerade eben anfreunden können, und als die ersten Computer auf den Markt kamen, hat sie sich unter größten Schmerzen umgestellt, Mobiltelefone und das Internet hält sie aber bis heute für Erfindungen des Teufels und verweigert beides, weil Sekretärinnen damit vollends die Kontrolle über ihre Chefs verloren.

Da Frau Hoffmann trotz diverser Schulungen, die zusammengenommen die Dauer eines Harvardstudiums überschreiten, bis heute nicht in der Lage ist, mit dem Internet umzugehen oder E-Mails zu versenden, habe ich sie zum guten Geist des Vorstandes gemacht. Zwar ist sie offiziell meine Sekretärin, sie kümmert sich aber auch um Besorgungen für andere Vorstandsmitglieder, um Gruß- und Weihnachtskarten, um die gastronomische Vorbereitung von Meetings, den Empfang von Besuchern oder die Organisation von Weihnachtsfeiern. Kurz gesagt, um alles, was nichts mit moderner Datenkommunikation zu tun hat.

Ich vermute, sie glaubt, dass ich meine schützende Hand über sie halte, weshalb sie trotz mangelnder Fachkenntnisse und diverser Entlassungswellen ihren Job behalten hat. In dem Glauben lasse ich sie auch. Die Wahrheit ist, schon vor Jahren hätte das Unternehmen Frau Hoffmann eine Abfindung in Höhe des nigerianischen Bruttosozialproduktes zahlen müssen, weshalb es schlicht billiger war, sie bis zur Rente zu behalten.

Eigentlich mag ich ihre höfliche Verweigerungshaltung allem Modernen gegenüber sogar. Sollte sie irgendwann das Zeitliche segnen, werde ich ihr einen Grabstein in Form eines Bakelittelefons spendieren, auf dem steht: «Hier ruht Frau Hoffmann, sie lebte von 1959 bis 1962, war dann aber noch rund siebzig Jahre auf der Welt.»

«Herr Dr. Burger wäre dann da», sagt Frau Hoffmann.

«Dann rein mit ihm», antworte ich und sehe ihre Missbilligung. Es wäre ihr lieber gewesen, wenn ich gesagt hätte: Ich lasse bitten.

Dr. Burger ist unser Marketingvorstand, ein sehr kleiner

Mann mit einer sehr großen Brille, der mich immer an einen vorwitzig auf den Hinterbeinen stehenden, kurzsichtigen Otter erinnert.

Burger nimmt Platz, Frau Hoffmann zieht sich dezent zurück.

«Halten Sie mich eigentlich für einen leidenschaftlichen Menschen?», fragt er ohne jegliche Vorwarnung.

Ich kann ein Lachen nicht unterdrücken, kaschiere es aber ziemlich perfekt mit einem vorgetäuschten Hustenanfall.

«Erkältet?», fragt er besorgt.

Ich winke ab, zeige auf den Tee, deute an, mich verschluckt zu haben.

«Pardon. Wie war die Frage?»

Ich möchte sie zu gern nochmal hören.

«Halten Sie mich für einen leidenschaftlichen Menschen?», fragt Dr. Burger mit unvermindertem Ernst.

Nun, Dr. Burger, ich habe bislang immer gedacht, dass Sie abends Bücher über Aquaristik lesen oder Ihre Unterhosen bügeln, aber jetzt, wo Sie es sagen, könnte ich mir auch vorstellen, dass Sie sich regelrecht ans Leben verschwenden. Womöglich verzichten Sie sogar wissentlich auf ein Ersatzbrillenputztuch, Sie wilder Kerl.

Ich bringe es nicht über mich, die Frage zu bejahen, deshalb rette ich mich ins Ungewisse. «Worauf wollen Sie hinaus?»

Er wirft eine Art Haarreif, an dem zwei Hasenohren aus Kunstfell befestigt sind, auf meinen Schreibtisch. Sieht aus wie das, was Playmates immer bei Partys und rund um die Uhr in der Villa von Hugh Heffner tragen.

Ich überlege. Keine Ahnung, was er vorhat, aber wenn es mir gelingt, Dr. Burger dazu zu bringen, die Hasenohren aufzusetzen, dann hatte es einen Sinn, heute auf der Welt zu sein.

Ich versuche es mit der denkbar blödesten Masche. «Was, bitte schön, ist das denn?»

Dr. Burger sieht mich erstaunt an. «Sie kennen das nicht?» Er nimmt den Haarreif, streift ihn sich über seine Halbglatze. Er sieht jetzt aus wie ein kurzsichtiger Otter, der gerne im Moulin Rouge auftreten würde.

Das war ja lächerlich einfach.

«Interessant», sage ich und plane meinen nächsten Hustenanfall.

Die Tür öffnet sich, Frau Hoffmann erscheint. «Kann ich Ihnen vielleicht etwas ...», sie sieht Dr. Burger mit den Hasenohren, ist für einen winzigen Moment irritiert, schafft es aber, ihre Fassung zu bewahren, «... zu trinken anbieten?»

Nur frisches Wasser und ein wenig Heu, liegt mir auf der Zunge, aber ich frage: «Kaffee?», und Dr. Burger nickt, dass seine Hasenohren wackeln.

«Und für mich noch einen Tee, bitte», ergänze ich.

Frau Hoffmann zieht sich distinguiert zurück.

«Das ist toll», sage ich zu Dr. Burger, «haben Sie so was auch noch für mich?»

Er schüttelt den Kopf, zieht die Hasenohren von selbigem und reicht sie mir. «Nein, aber probieren Sie einfach die hier.»

Ich nehme die Ohren und setze sie mir auf. Es geht mir ausschließlich darum, Frau Hoffmanns Gesicht zu sehen, wenn sie uns die Getränke bringt und dabei erdulden muss, wie zwei Führungspersönlichkeiten in ein ernsthaftes Gespräch vertieft sind und dabei abwechselnd Hasenohren tragen.

«Die sind auf dem deutschem Markt nicht unter zwei Euro zu haben», erklärt Burger und nimmt keinen Anstoß daran, dass ich absichtlich nicke, damit die Ohren wippen.

«Ich kann sie auf dem chinesischen Markt für unter einem

Euro besorgen.» Wieder nicke ich heftig. Wann kommt denn endlich Frau Hoffmann?

«Wissen Sie, wie viele davon jährlich in Deutschland verkauft werden?» Er macht eine Kunstpause, ich schüttle den Kopf und lasse die Ohren zittern. «Mehr als zwei Millionen.»

Endlich kommt Frau Hoffmann, bringt die Getränke und versucht demonstrativ, mich dabei keines Blickes zu würdigen. Könnte ihr so passen.

«Frau Hoffmann?», sage ich und recke meine Hasenohren. «Sagen Sie doch bitte Herrn Engelkes, dass wir den Termin ein wenig verschieben müssen, ich bin hier noch beschäftigt.»

Sie nickt verächtlich und geht.

«Ich weiß, ich sage das nicht zum ersten Mal», hakt Dr. Burger nach, «aber für ein Unternehmen unserer Größenordnung hätte es immense monetäre Vorteile, eine eigene Firma für den Vertrieb von Werbeartikeln zu besitzen.» Diesen Plan hat Burger mir und allen Vorstandskollegen schon so an die hunderttausend Mal unterbreitet. Ich vermute, er hat sich ursprünglich auf dem asiatischen Markt nach einer Frau umsehen wollen, die ihn nicht um zwei Haupteslängen überragt, ist aber nicht fündig geworden und hat dann behauptet, er wäre nur der Werbegeschenke wegen in Fernost gewesen. Ich habe den Spaß an den Ohren verloren und werfe sie auf den Schreibtisch, was Burger wohl als abschlägige Reaktion wertet.

«Denken Sie doch bitte darüber nach. Ich möchte dem Vorstand heute den Plan nochmal unterbreiten», sagt er fast flehentlich.

Ich schaue auf die Ohren, dann auf den kurzsichtigen Otter vor meinem Schreibtisch, nicke schließlich. «Gut. Werde ich tun, Herr Dr. Burger.»

Als Burger verschwunden ist, lässt Frau Hoffmann mich

wissen, dass Engelkes erst am frühen Nachmittag für einen Termin zur Verfügung steht. Wundert mich ein wenig, denn Engelkes gehört zu meinen Untergebenen, ein junger Kerl, unterwegs in Sachen Human Resources. Dass er mir neuerdings Termine diktiert, muss ich ihm abgewöhnen, kann ich aber später noch machen. Momentan kommt mir die Situation nicht ungelegen, denn damit habe ich jetzt Zeit für meinen Hund.

Fred ist so schlecht drauf wie immer. Verkorkste Kindheit. Wenn man den Gerüchten im Tierheim Glauben schenken darf, dann hat Fred Sachen mitgemacht, die selbst in der Hundehölle nur an hohen Feiertagen auf dem Plan stehen. Angeblich hat er bei Junkies gehaust, die ihn gequält und vernachlässigt haben. Er beißt, wenn man ihn anfassen will, weil er mit brennenden Zigaretten und Glassplittern traktiert wurde. Er beißt auch, wenn man den Zwinger verlassen will, weil er tagelang allein gelassen wurde und dann kein Fressen bekam. Deshalb schlingt er auch sein Futter oder die sündhaft teuren Hundesnacks, die ich ihm manchmal mitbringe, herunter, ohne zu kauen.

Inzwischen hat Fred verstanden, dass es keinen Sinn hat, mich zu zerfleischen, wenn ich ihm sein Brustgeschirr anlegen will, denn dann fällt der Spaziergang aus, weil ich mich, wie in unseren Anfangstagen häufiger geschehen, in ärztliche Behandlung begeben muss. Also lässt er die Vorbereitungen für den Spaziergang mittlerweile knurrend über sich ergehen.

Fred wäre gerne ein reinrassiger Jagdhund, weshalb seine Lieblingsbeschäftigung ist, links und rechts des Weges wild schnüffelnd nach Beute Ausschau zu halten. Ich habe deshalb eine lange Leine gekauft, damit er so viel Bewegungsfreiheit hat, dass er die Bären und Luchse, die sich seiner Meinung nach in den gepflegten Anlagen des Stadtparks versteckt halten, professionell aufscheuchen kann. Tatsächlich ist Fred als Jagdhund unbegabt. Ich bilde mir ein, Hasen im Stadtpark gesehen zu haben, die hinter seinem Rücken Faxen machten, derweil er nicht in der Lage war, ihre Witterung aufzunehmen.

Als Günther mich zu einer Karriere als ehrenamtlicher Hundeausführer überredete, war eines seiner Argumente, dass ich Dutzenden alleinstehenden Hundebesitzerinnen begegnen würde, allesamt auf der Suche nach einem ehrlichen Mann mit Hund. Günther meinte, allein die Fähigkeit, ein paar vernünftige Sätze übers Wetter zu formulieren, würde mir viele erotische Abenteuer bescheren, zumal es keinen besseren Anlass für ein Gespräch gäbe als die gemeinsame Liebe zu Hunden.

Das hat sich nicht bewahrheitet. Da Fred andere Hunde hasst wie die Pest und grundsätzlich auf alles losgeht, was nach Artgenosse aussieht, sind die Reaktionen alleinstehender Hundebesitzerinnen eher gemischt.

Meistens ernte ich tadelnde Blicke, weil man natürlich mich für Freds rüpelhaftes Benehmen verantwortlich macht, augenscheinlich bin ich einer jener bedauernswerten Hundebesitzer, die ihren Liebling nicht im Griff haben. Das kommt mir aber ganz gelegen, denn so kann ich mich nach Belieben aus dem Staub machen. Interessiert mich eine alleinstehende Hundebesitzerin, kläre ich das Missverständnis einfach rasch auf und erzähle in groben Zügen Freds Leidensgeschichte. Das tue ich aber mit äußerster Vorsicht, weil ich bei dieser Gelegenheit an Ulrike und ihren Labrador Timmi geraten bin. Ich hatte kaum angefangen mit Freds Biographie, da schossen Ulrike die Tränen in die Augen, und sie sah abwechselnd Fred und mich an, als überlegte sie, wie sie die Adoptionsformalitäten für uns beide beschleunigen könnte. Ich spürte, dass Fred sich unwohl fühlte. Er sah sich wahrscheinlich schon mit Glöckchenhalsband und selbstgestricktem Leibchen durch die Fußgängerzone tippeln. Ich verabschiedete mich deshalb rasch, musste Ulrike aber versprechen, mich mal mit ihr auf einen Tee zu treffen. Bislang hat sich das nicht ergeben, vermutlich weil ich am nächsten Tag die Route geändert habe.

Inzwischen hat sich im Stadtpark herumgesprochen, dass Fred und ich bei unserem imaginären Marsch durch die Wildnis nicht gestört werden möchten. Ordentliche Hundebesitzer mit gut sozialisierten und folgsamen Tieren machen einen großen Bogen um uns, im Gegenzug würdigen wir die Hundespielwiese, wo reinrassige Exemplare heiter mit Bällen tollen, während sich ihre Herrchen und Frauchen angeregt über Immobilienschnäppchen austauschen, keines Blickes.

Fred ist maulkorbpflichtig, hat aber das Gestänge bei der Jagd nach einer Spitzmaus kürzlich im Gestrüpp verloren. Ich habe das bislang im Tierheim noch nicht gebeichtet, weil ich um meine Lizenz als ehrenamtlicher Hundeausführer fürchte. Mehr noch ängstigt mich aber die Vorstellung, mir eine halbstündige Gardinenpredigt von Frau Dr. Korff, der Leiterin des Tierheims, anhören zu müssen. Wenn irgendwann auffliegt, dass Fred und ich illegale Spaziergänge unternehmen, dann werden wir wohl mit empfindlichen Sanktionen zu rechnen haben. Die Drückerkolonne des Ordnungsamtes, die sich morgens immer im Park herumtreibt, hat uns bereits zweimal erwischt, es aber bislang noch bei strengen Ermahnungen belassen. Dabei kam aber auch zur Sprache, dass diskutabel wäre, ob Fred an einer zehn Meter langen Leine geführt werden dürfe, weil er nämlich als halber Bullterrier zu den Kampfhunden gezählt werden könne und dann nur einen gesetzlichen

Anspruch auf eine Leine von einem Meter fünfzig hätte. Fred hat dieses Gespräch mit Interesse verfolgt, ich glaube aber, ihm den Gleichmut eines notorischen Kriminellen ansehen zu können.

Jedenfalls habe ich beschlossen, nochmal zu der Stelle zu gehen, wo Fred seinen Maulkorb verloren hat. Vielleicht finde ich ihn und kann damit weiteren Scherereien aus dem Weg gehen.

Die Sache gestaltet sich komplizierter als erwartet. Dort, wo zuvor das Gestrüpp war, steht nun ein Feldhäcksler, der bereits einen großen Teil der Dornbüsche zerkleinert hat. Momentan beschäftigen sich die städtischen Arbeiter aber offenbar mit ihrem zweiten Frühstück, weshalb ich wahrscheinlich Gelegenheit habe, nach Freds Maulkorb Ausschau zu halten. Beim Näherkommen fällt mir auf, dass die Männer keineswegs Pause machen, sondern etwas ratlos vor ihrer schweren Maschine stehen.

Aufgrund einer Vorahnung geselle ich mich zu dem Grüppchen.

«Da haben Sie sich ja einiges vorgenommen», sage ich, um das Eis zu brechen, indem ich auf proletarischer Kumpel mache.

Immerhin einer der vier reagiert. «Ach was. Wir wären schon längst fertig, wenn nicht hier diese ...» Er sucht nach einem geeigneten Wort.

«Scheiße?», fragt ein Kollege fast beiläufig.

Sein Vorredner nickt. «Genau, wenn nicht hier diese Scheiße passiert wäre.» Dabei deutet er mit dem Kopf in Richtung des Häckslers. Mein Zeichen, etwas näher zu kommen.

Fred zieht an der Leine, ihm ist das alles nicht geheuer.

«Was ist denn passiert?», frage ich möglichst unschuldig.

«Irgendein ...», er überlegt abermals, findet aber diesmal

selbst das richtige Wort, «... Idiot hat hier so 'n Ding im Gestrüpp liegenlassen.»

Ich bin jetzt nah genug, um Freds ehemaligen Maulkorb zu sehen, der das Messerwerk des Häckslers in einen Haufen Schrott verwandelt hat und nun so hoffnungslos eingeklemmt ist, dass man ihn auch mit Hammer und Brechstange nicht wieder herausbekommt.

«Oh, sicher teuer, so 'ne Maschine, oder?», frage ich wieder möglichst beiläufig. Keine gute Idee, denn einer der Männer sieht erst mich an, dann Fred, dann wieder mich.

Ein anderer nickt und sagt: «Die Reparatur geht sicher in die Tausende.»

Der Argwöhnische blickt wieder auf die Maschine, offenbar hält er den Gedanken, dass ich etwas mit dem Ding im Zerhäcksler zu tun haben könnte, dann für doch zu abwegig.

Ich beschließe, seine letzten Zweifel zu zerstreuen. «Was ist das denn überhaupt für ein ... Ding?», frage ich und recke interessiert den Kopf vor.

«Vielleicht 'n Maulkorb?», erwidert der Argwöhnische.

«Ja, könnte sein», entgegne ich anerkennend und spiele den Erstaunten.

«Sie haben nicht zufällig einen verloren, oder?»

Ich schüttle den Kopf, lächle. «Nein, mein Hund braucht keinen Maulkorb. Hat den Wesenstest direkt beim ersten Mal problemlos bestanden.» Für den Bruchteil einer Sekunde tätschle ich Fred den Kopf, und der ist so verdutzt, dass er nicht mal nach mir schnappt.

Der Argwöhnische nickt, wendet sich wieder dem Häcksler zu. Sieht aus, als hätte er mir die Geschichte abgekauft.

Ich verabschiede mich, wünsche viel Glück bei der Problembehandlung und obendrein einen wunderschönen Tag. Fred und ich machen uns zügig auf den Heimweg.

Keine Sorge, sie können uns nichts beweisen. Was soll schon passieren? Wollen sie den Maulkorb nach Speichelspuren untersuchen und einen DNA-Test machen? Für ein paar Sekunden überlege ich unbehaglich, ob das vielleicht sogar ein gangbarer Weg wäre. Wer weiß, auf was für kranke Ideen die bei der Stadt kommen?

HERR ENGELKES WÄRE DANN AUCH SO WEIT

«Besorgen Sie mir einen Maulkorb. Am besten einen gebrauchten.»

«Welche Größe haben Sie denn?»

Ich stutze. Hat Frau Hoffmann da gerade ihren ersten Witz seit 1959 gemacht?

«Jagdhund-Bullterrier-Mix, mittelgroß.»

«Gut. Herr Engelkes wäre dann auch so weit», sagt Frau Hoffmann und wartet darauf, dass ich jetzt erwidere: «Dann rein mit ihm.»

«Ich lasse bitten», sage ich und sehe ein böses Funkeln in ihren Augen.

Engelkes ist Mitte zwanzig. Er glaubt an das Gute im Menschen. Würde er das nicht tun, könnte aus ihm vielleicht was werden.

Ich kann schlecht einschätzen, ob er nächtens eine Gruppe Marxisten um sich versammelt und mit ihnen alternative Unternehmensformen diskutiert, während ein schlechter Wein die Runde macht, oder ob er eine ehrgeizige Frau hat, die ihm morgens den Krawattenknoten richtet, einen Kuss auf die Wange haucht und dadurch seine gesamte Kraft auf die Karriere lenkt, jedenfalls lässt Engelkes nichts unversucht, seinen Willen zur Macht unter Beweis zu stellen.

«Wie gefällt Ihnen mein Konzept?»

Immer langsam mit den jungen Pferden, lieber Herr Engelkes. Und gewöhnen Sie sich mal diesen forschen Ton ab.

«Nun, ich habe selbstverständlich Ihr Konzept gelesen ...»

Er beugt sich vor. «Und?»

Wenn Sie mich ausreden lassen würden, Herr Engelkes, dann könnte ich mal rasch pointiert formulieren, warum die Welt ihre Ideen nicht braucht.

«Ehrlich gesagt glaube ich nicht, dass sich unter den Zeitungsausträgern, die momentan für unser Unternehmen tätig sind, jene Genies befinden, die die Zukunft unserer Firma maßgeblich durch brillante Ideen beeinflussen könnten. Außerdem bin ich der Ansicht, dass ...»

«Jeder Mensch hat gute Ideen», grätscht Engelkes rein.

Haben Sie mich da gerade schon wieder unterbrochen, Herr Engelkes? War ich möglicherweise just mitten im Satz, verdammte Scheiße nochmal?

Ich sammle mich mühsam, lächle. «Ich wollte auch nur sagen, dass meiner Ansicht nach ...»

«Kurzum, Sie glauben nicht an mein Konzept», sagt er barsch.

Es reicht, Arschloch! Wenn du mich nochmal unterbrichst, dann glaube ich vor allen Dingen nicht daran, dass wir dieses Gespräch weiterhin friedlich gestalten können.

«Nein. Ehrlich gesagt, ich glaube nicht daran», sage ich im milden Tonfall eines Klosterbruders, obwohl ich gerade mächtig wütend bin.

Engelkes lehnt sich zurück.

«Dann haben Sie sicher nichts dagegen, wenn ich mein Konzept trotzdem heute Nachmittag Dr. Görges und dem Vorstand präsentiere, oder?», fragt er in überheblichem Tonfall und fixiert mich.

Muss ich kurz mal drüber nachdenken. Also, ich bin dein

Vorgesetzter, und du hechtest an mir vorbei, um dem Vorstand ein Konzept zu unterbreiten, das ich für indiskutable Scheiße halte. Und du fragst mich jetzt, ob ich etwas dagegen habe, wenn du mich bei der Entscheidungsfindung schlicht übergehst, ja mehr noch, im Grunde durch einen Vorstandsbeschluss auszustechen versuchst. Was soll ich dazu nun sagen? Vielleicht so was wie «Fahr zur Hölle»?

Ich überlege eine halbe Sekunde und erwidere stattdessen locker: «Nein. Kein Problem. Stellen Sie das Konzept vor, sagen Sie allen, was Sie denken, und überzeugen Sie den Vorstand.»

Engelkes ist zufrieden. Ich sehe ihm an, er hat mit mehr Gegenwehr meinerseits gerechnet, vermutlich denkt er, seine Frechheit hätte gesiegt.

Damit wäre dann heute sein großer Tag. Eine Präsentation im Vorstand. Die betrunkenen Marxisten oder seine ehrgeizige Frau werden stolz auf ihn sein.

Als er mein Büro verlässt, erscheint Frau Hoffmann in der Tür. «Ihre Tochter ist am Telefon.»

Meine Tochter ist eigentlich nicht meine Tochter. Sophie ist das Kind meiner Exfrau Lisa. Sophies leiblicher Vater hat Lisa noch während der Schwangerschaft sitzenlassen. Als ich Lisa kennenlernte, war Sophie gerade sechs, heute ist sie fünfzehn, fast sechzehn. Bei der Trennung haben Lisa und ich beschlossen, dass Sophie und ich weiterhin Kontakt halten. Schien mir auch irgendwie selbstverständlich, denn Sophie sieht mich als ihren Ersatzvater, und ich sehe sie als meine Ersatztochter.

«Hi, was gibt's?»

«Ich wollte nur wissen, ob wir uns heute Abend sehen.»

Sie kann das einfach nicht lassen. Ich glaube, ich hab sie vor knapp zwei Jahren ein einziges Mal versetzt, seitdem lässt sie sich unsere Verabredungen immer zuvor nochmal bestätigen.

Ich versuche, mir nicht anmerken zu lassen, wie sehr mich das auf die Palme bringt, und antworte: «Selbstverständlich sehen wir uns heute Abend. Überleg dir doch schon mal, was wir machen wollen, okay?»

«Okay. Ich freu mich.»

«Ich freu mich auch, Sophie.»

Derweil ich mich durch meine Mails wühle, geht mir Engelkes nicht aus dem Kopf. Vielleicht ist er ja deshalb so arrogant, weil er schon ein paar entscheidende Stimmen im Vorstand gesammelt hat. Ich denke, er wird nicht gewagt haben, direkt an Görges ranzugehen, Raakers ist für strategische Spielchen nicht zu haben, Schamski interessiert sich nur für Fragen, die sein Hoheitsgebiet betreffen, und meine Meinung kennt Engelkes ja.

Bliebe noch Burger.

Ich rufe ihn kurzerhand an.

«Ja, stimmt, Herr Engelkes hat mir sein Motivationskonzept für die Zeitungsausträger in groben Zügen vorgestellt.»

Tja, Engelkes, netter Versuch.

«Und? Wie finden Sie es?»

Burger zögert. «Ich finde es prinzipiell keine schlechte Idee, wenn jeder in einem Unternehmen Vorschläge machen kann, damit der Betrieb besser läuft. Wobei man das ja immer von zwei Seiten sehen muss ...» Burger tastet sich offensichtlich an die Antwort heran, er ist nicht sicher, wie sie ausfallen muss, damit ich seinen Plan, ein Unternehmen für Werbemittel zu gründen, unterstütze. Das heißt aber auch, er ist willens zu verhandeln.

«Ich sehe das ja ein klitzekleines bisschen skeptisch», sage ich unschuldig.

Burger versteht sofort. «Zum jetzigen Zeitpunkt stimme ich Ihnen da völlig zu, vielleicht kann man über den Vorschlag nochmal in zwei oder drei Jahren diskutieren, aber jetzt ist das alles etwas verfrüht.»

Geht doch.

«Ja. Da bin ich ganz Ihrer Meinung», erwidere ich, «zumal wir ja momentan andere wichtige Aufgaben haben wie etwa die Realisation Ihres Werbemittelkonzepts.»

Ich sehe förmlich vor mir, wie Burgers Augen hinter seiner Otternbrille zu leuchten beginnen. «Heißt das etwa, Sie werden meinen Vorschlag unterstützen?», fragt er freudig.

«Sagen wir, ich halte den richtigen Zeitpunkt, Ihr Konzept in die Tat umzusetzen, für gekommen, Herr Dr. Burger.»

«Sie können sich nicht vorstellen, wie sehr mich das freut, Dr. Schuberth.»

O doch, kann ich sehr wohl, zumal der Handel mit Hasenohren ein hoher Preis dafür ist, Engelkes in den Arsch treten zu können. Aber darauf kann ich jetzt im Moment leider keine Rücksicht nehmen.

Auf dem Weg zum Konferenzraum geht mein Handy. Im Display erscheint Kathrins Nummer. Ich lasse den Anruf auf die Mailbox laufen und schalte das Handy stumm.

Engelkes' Präsentation ist mittelmäßig. Er hat offenbar ordentlich recherchiert und die Fakten gut aufbereitet, aber sein Vortrag ist langatmig und vor allem pointenlos. Ich sehe mich dezent um.

Görges langweilt sich. Er ist ein rundlicher Typ Mitte fünfzig, seine vornehmste Aufgabe besteht darin, die Familie, die das Unternehmen mehrheitlich besitzt, daran zu hindern, die jährlichen Gewinne vollständig mit Yachtkäufen und Strandpartys zu verprassen. Görges leitet den Laden seit fast zwanzig Jahren und hat es immer wieder verstanden, die sinkenden Auflagen der regionalen Tageszeitung, die das Herzstück des Unternehmens bildet, durch neue Printprodukte zu kompensieren. Um die Abverkaufszahlen der diversen Zeitungen und Zeitschriften kümmert er sich persönlich. Zwar ist der Betrieb unter seiner Führung ein Gemischtwarenladen geworden und bringt nun auch Titel heraus, auf die man nicht unbedingt stolz sein muss, aber immerhin, der Laden läuft.

Raakers, Görges' Stellvertreter und Finanzchef, macht sich Notizen auf dem vor ihm liegenden Block. Er ist ein hochgewachsener, dünner Mann mit ernsten Gesichtszügen, ein Puritaner durch und durch. Raakers ist der Einzige in der Runde, den ich nicht mag. Er mag mich auch nicht, ich habe aber von ihm keine krummen Touren zu erwarten, weil er ein Mann mit christlichen Prinzipien ist.

Schamski, Vertriebschef und der einzige Nichtakademiker im Vorstand, starrt wie üblich unbewegt auf seine Tasse. Er ist derjenige in der Runde, zu dem ich den besten Draht habe. Wir treffen uns häufiger auf einen Drink und haben inzwischen ein freundschaftliches Verhältnis zueinander. Ich weiß, Schamski hört zwar zu, interessiert sich aber nicht die Bohne für Engelkes' Ideen. Als Vertriebschef befehligt Schamski ein Heer von fast zweihundert Anzeigenverkäufern. Er ist nicht interessiert an gutgemeinten Vorschlägen, sondern ausschließlich an gutgemachten Umsätzen. Die personelle Fluktuation in seiner Abteilung erinnert mich immer ein wenig an Napoleons Russlandfeldzug, ich glaube deshalb nicht, dass Schamski für demokratische Strukturen zu erwärmen ist.

Burger hört überhaupt nicht zu, er ist offenbar mit seinem eigenen Vortrag beschäftigt, sortiert Papiere, macht sich hier und da noch letzte Notizen. Vor ihm liegen die Hasenohren.

Engelkes kommt langsam zum Ende, nicht ohne darauf hinzuweisen, dass er bereits Gelegenheit hatte, mit Dr. Burger über seine Vorschläge zu reden, der diese vollumfänglich unterstütze.

Burger sieht auf, etwas erstaunt.

Ich habe geahnt, dass Engelkes versuchen würde, Burger durch einen kleinen Überraschungsangriff ins Boot zu holen.

Also, Ihr Auftritt, Dr. Burger.

«Ja, ich finde Ihre Vorschläge in der Tat sehr interessant, nur haben Sie mich offenbar missverstanden, wenn Sie glauben, dass ich eine sofortige Umsetzung favorisiere. Ich denke, das Thema sollte man eher perspektivisch angehen.» Ich vermute, Burger hat sich den Text aufgeschrieben und sorgfältig einstudiert. So hört er sich zumindest an.

Ich sehe eine leichte Bestürzung in Engelkes' Gesicht. Instinktiv schaut er zu mir herüber, ich nicke ihm aufmunternd zu. Wer wird denn so schnell aufgeben, lieber Herr Engelkes?

«Also mir gefallen Ihre Ideen gut», sagt Dr. Raakers. Wahrscheinlich spürt er, dass er mich ärgern kann, wenn er sich auf Engelkes' Seite schlägt.

Burger fürchtet um sein Hasenohrengeschäft. «Das sehe ich ja genauso wie Sie, lieber Herr Dr. Raakers, nur momentan stehen eine Menge anderer Aufgaben an, und ich denke, wir müssen Prioritäten setzen.»

Jovial mischt sich nun Dr. Görges ein. «Was meint denn unser Personalvorstand zu der Sache?»

«Ich bin ehrlich gesagt ein wenig skeptisch», sage ich. «Wir haben bislang unseren Zeitungsausträgern immer nur Sozialleistungen zukommen lassen, die gesetzlich unabdingbar waren. Warum sollten die Leute uns also jetzt den Gefallen tun und darüber nachdenken, wie man das Unternehmen verbessern kann? Ich denke, eine Chance hat das Konzept nur, wenn wir spürbare finanzielle Anreize für die Mitarbeiter schaffen. Dann allerdings halte ich Herrn Engelkes' Ideen für durchaus praktikabel.»

Ich sehe aus den Augenwinkeln Engelkes, der ebenso überrascht wie erfreut ist, dass ich mich für ihn starkmache. Damit hat er wohl überhaupt nicht gerechnet.

Schamski hebt den Kopf, wirft mir einen kurzen, blitzenden Blick zu und schaut im nächsten Moment wieder auf die vor ihm stehende Tasse. Ich unterdrücke ein Lächeln. Schamski hat kaum eine Sekunde gebraucht, um zu erraten, was ich im Schilde führe. Raakers wird nämlich alles tun, um den sozialen Frieden im Unternehmen nicht zu gefährden. Wenn die Zeitungsverteiler heute mehr Geld bekommen, um nach Feierabend bei Cervelatwurstbroten und Dosenbier neue Geschäftsmodelle auszuknobeln, dann stehen morgen die Anzeigenverkäufer und übermorgen die Callcentermitarbeiter auf der Matte und wollen ebenfalls Zulagen fürs Mitdenken.

Engelkes hält das kurze Schweigen im Konferenzraum für ein produktives Innehalten, Hoffnung keimt in ihm auf. Tatsächlich ist er kaum zwanzig Sekunden von seinem Waterloo entfernt, denn Görges lässt jetzt kurzerhand abstimmen.

Ich hebe als Einziger die Hand, um für Engelkes' Vorschläge zu stimmen, und glaube im gleichen Moment ein Lächeln über Schamskis Gesicht huschen zu sehen. Engelkes kassiert vier Gegenstimmen und verlässt den Konferenzsaal wie ein geprügelter Hund.

«Vielen Dank, Herr Engelkes.»

Ja, vielen Dank, Herr Engelkes – et bon voyage.

Weiter geht es mit Burger. Der erhebt sich, begibt sich nach vorn und setzt die Hasenohren auf. «Diese Ohren sind auf dem deutschen Markt nicht unter zwei Euro zu haben», ist der markige erste Satz seines Vortrages.

Ich ahne, wir beiden Judasse werden kein leichtes Spiel haben.

Immerhin, Burgers neuerlicher Vorstoß wird nicht gänzlich abgeschmettert, der Vorstand beschließt eine eingehende

Prüfung, Burger soll sein Modell detaillierter ausarbeiten. Ein Teilsieg.

Da Burger nach der Sitzung noch Görges und Raakers mit weiteren Aspekten seines Hasenohrenplanes nervt, machen Schamski und ich uns schon mal allein auf den Weg in unsere Abteilungen. Die Fahrstuhltüren schließen sich, Schamski sieht mich an, zieht die Augenbrauen fragend hoch.

Keine Ahnung, was er will.

«Du weißt aber schon Bescheid, oder?»

Ich zucke mit den Schultern. «Worüber soll ich Bescheid wissen?»

Schamski grinst breit. «Du weißt es also nicht?»

«Guido, wenn du mir was zu sagen hast, dann sag es einfach.»

Der Fahrstuhl hält, und Frau Billenhausen, Chefin des Callcenters, steigt ein. Artige Begrüßung allerseits. Schamski und ich wissen, was wir jetzt sagen, können wir auch ebenso gut als Rundmail versenden. Frau Billenhausen ist quasi eine fleischgewordene Rundmail. Die Türen schließen sich.

«Ja, habe ich gelesen», sagt Guido, «schönes Buch. Ich habe mich schon lange nicht mehr so amüsiert.»

«Ich glaube, es ist sein zweites, oder?», spiele ich mit.

«Sein drittes, dachte ich», erwidert Guido.

«Kann auch sein», sage ich.

Der Fahrstuhl hält, Frau Billenhausen verschwindet, die Türen schließen sich, wir sind wieder unter uns.

«Also, was sollte ich wissen?», frage ich.

Schamski lächelt. «Zum Beispiel, dass Engelkes Görges' Tochter vögelt.»

«Scheiße. Das ist nicht wahr.»

Schamski nickt. «Absolut zuverlässige Quelle.»

Tja, das hätte ich wirklich gerne vorher gewusst. Mist.

Schamski sieht mir meinen Ärger an.

«Ich dachte, ich sag es dir mal, damit du dich nicht wunderst, wenn Görges vorschlägt, Engelkes zu deinem Stellvertreter zu machen.»

«Hat er das etwa vor?», frage ich erschrocken.

«Seinen zukünftigen Schwiegersohn zu protegieren? Früher oder später, sicher. Wenn Engelkes ihr einen Antrag macht oder wenn er sie schwängert, dann ...»

«Du musst jetzt nicht gleich den Teufel an die Wand malen, Guido, okay?»

Der Fahrstuhl hält.

Schamski zuckt mit den Schultern. «Also ich würd sie schwängern.»

«Du bist ja auch amoralisch», erwidere ich.

Die Türen öffnen sich.

«Paul, es gibt keine Moral ...»

«... ich weiß, Guido, es gibt nur gute und schlechte Lügen.»

Schamski nickt zufrieden, zündet sich im Gehen eine filterlose Zigarette an und verschwindet durch die Tür mit dem Schild «Rauchen strengstens verboten!», hinter der sich seine Gladiatorenschule befindet.

Wieder in meinem Büro, bin ich ähnlich schlecht gelaunt wie mutmaßlich Ludwig XVI., als er den Pariser Pöbel beim Verwüsten der Tuilerien beobachtete. Frau Hoffmann versucht es «mit einer schönen Tasse Tee», offenbar so ein Trick aus den Sechzigern. Aber ich gebe zu, der Tee hilft ein bisschen.

Sie hat den Besitzer einer nahegelegenen Tierhandlung beschwatzen können, eine größere Auswahl Maulkörbe zur Ansicht ins Büro zu liefern. Einer sieht Freds verlorenem Maulkorb zum Verwechseln ähnlich. Immerhin etwas Erfreuliches.

«Den nehm ich.»

Frau Hoffmann nickt, packt die anderen schweigend zusammen.

Ich denke, das Beste wird sein, den Tag schnell zu vergessen und einen schönen Abend mit Sophie zu verbringen. Vielleicht gehen wir ins Kino oder ins Theater, oder in eine hippe Sushibar. Sophie liebt Sushi.

«Falls nichts mehr ansteht, würde ich heute gerne etwa früher gehen», sage ich und bin bereits beim Zusammenpacken.

«Herr Engelkes hat gefragt, ob Sie vielleicht spontan noch ein paar Minuten Zeit für ihn hätten.»

Ich halte inne, sehe sie an, und sie sieht mir an, dass ich keine Lust habe, noch rasch ein paar Minuten mit Herrn Engelkes zu verbringen.

«Er klang, als wäre es ihm wichtig», ergänzt Frau Hoffmann vorsichtig.

Ich atme durch, überlege. Zwar hat Engelkes mich heute geärgert, mehrfach, aber ganz offensichtlich ist er einer der kommenden Männer in diesem Unternehmen, es wäre also höchst unklug, ihn abblitzen zu lassen. Wer weiß, welche märchenhafte Karriere er noch machen wird. Womöglich ist er gar der zukünftige Vorstandsvorsitzende.

Frau Hoffmann wartet geduldig.

«Geben Sie ihm den erstmöglichen Termin morgen früh», entscheide ich und packe weiter zusammen.

«Aber ...», Frau Hoffmann will widersprechen, ich hebe abwehrend eine Hand, und sie verstummt.

«Morgen früh», wiederhole ich nachdrücklich, und Frau Hoffmann nickt.

Als sie das Büro verlässt, merke ich, dass es mir spontan bessergeht.

Einer der größten Vorteile, wenn man älter als vierzig ist, besteht darin, nicht mehr andauernd klug sein zu müssen.

WIR MÜSSEN REDEN

Ich habe gerade zum dritten Mal mit Kathrin geschlafen. Wie es dazu kam, kann ich nicht genau sagen. Ich vermute aber, was in meinem Kopf vorging, wird mühsamer zu rekonstruieren sein als das Kennedy-Attentat.

Männer wie Frauen haben einen prähistorischen Blackout-Schalter, wenn es um bestimmte Situationen geht. Deshalb sind langjährige Paare oft uneins über Details ihres Kennenlernens oder des ersten Rendezvous. Beide Geschlechter erleben ein und dieselbe Situation nämlich unterschiedlich und beurteilen sie später auch demgemäß. Fragt man Männer nach dem Inhalt des Films «Titanic», dann vergessen die meisten, die darin vorkommende Liebesgeschichte zu erwähnen. Frauen hingegen kennen alle Details dieser Liebesgeschichte, können sich aber oft nicht mehr daran erinnern, dass das Schiff am Ende untergeht.

Es war schon spät, als ich Kathrin anrief und ihr erklärte, warum ich mich erst jetzt meldete. Ich glaube, ich brachte es auf den famosen Satz: «Ich hab's nicht früher geschafft.»

Jedenfalls war sie erfreut, plauderte und sagte irgendwann nach irgendeiner banalen Gesprächspause ernsthaft und unaufgeregt: «Ich würde jetzt übrigens sehr gerne sofort mit dir vögeln.»

Kathrin, ich würde jetzt auch gerne sofort mit dir vögeln, bin mir aber nicht sicher, ob wir uns da nicht in etwas hineinsteigern. Womöglich haben wir beide unterschiedliche Vorstellungen davon, was aus uns werden könnte. Und während die Beantwortung dieser Frage bei mir in dem Wort «nichts» Platz findet, hast du vielleicht andere, womöglich opulentere Pläne mit uns. Was ich sagen will, ist, wir sollten uns wie erwachsene Menschen verhalten und uns keinen Hoffnungen hingeben, die nachher bitter enttäuscht werden könnten ...

Das und eine Menge mehr muss ich wohl gedacht haben, stand aber trotzdem einen prähistorischen Blackout und ein paar Minuten später vor Kathrins Tür. Sie empfing mich in einem hauchdünnen dunkelblauen Seidenpyjama, der ihre hübsche Figur perfekt zur Geltung brachte. Ich konnte mir bildhaft vorstellen, wie sich ihre Brüste sanft unter dem hauchdünnen Stoff heben und senken würden, wenn sie ging, kam aber nicht dazu, sie beim Gehen zu betrachten, denn kaum hatte ich die Wohnung betreten, da ließ Kathrin ihr Pyjamaoberteil zu Boden gleiten, derweil sie mich an sich zog und entschlossen Richtung Schlafzimmer dirigierte. Ich weiß nicht genau, wie sie es schaffte, mich auf dem Weg dorthin vollständig zu entkleiden, aber es schien mir, als hätte sie eine genaue Vorstellung von dem, was jetzt kommen würde, und so ließ ich sie gewähren.

Sie schläft jetzt. Sie liegt neben mir, und ihr Atem geht leise und gleichmäßig. Ich drehe mich zur Seite, stütze mich auf den Ellbogen und betrachte sie. Sie hat einen schönen Mund, ein sanftes und doch kräftiges Rot. Ihr dunkles Haar umrahmt den zierlichen Kopf und lässt ihn noch ein wenig zerbrechlicher aussehen. Ihre Haut ist fast makellos, oberhalb der rechten Schläfe hat sie einen winzigen Leberfleck, den man aber nur sehen kann, wenn ihr Pony wie jetzt zufällig ein wenig nach links gerutscht ist.

Ich drehe mich wieder auf den Rücken.

Habe ich da gerade ein bisschen für Kathrin geschwärmt?

Ja, ein bisschen, vielleicht. Ich kann das aber rasch nivellieren, indem ich mir vergegenwärtige, dass sich in diesem Schlafzimmer kein Fernseher befindet und in der gesamten Wohnung kein einziges Buch. Im Kühlschrank liegen nur frisches Obst und Gemüse und eine Flasche halbtrockener Sekt. Die Einrichtung stammt von irgendeinem gesichtslosen Möbeldiscounter, und im Wohnzimmer hängt eine Pinnwand mit Fotos von Mallorca, Fotos diverser Urlaube, die aber auf erschreckende Weise alle gleich aussehen.

Tut mir leid, Kathrin, wirklich, aber ich befürchte, ich will deshalb nicht bei dir bleiben, weil ich mir einfach zu genau vorstellen kann, wie unser Leben aussähe, wenn ich es täte.

Immerhin, jetzt gerade fühle ich mich ziemlich wohl. So wohl, dass ich vielleicht wenigstens heute Nacht bleiben werde.

Ich blickte ins Dunkel, muss an Sophie denken, an unser Gespräch heute Abend.

Als ich sie abholen wollte, öffnete mir Tommi. Tommi heißt eigentlich Thomas, findet aber nichts dabei, wenn erwachsene Männer ihre Namen verniedlichen. Tommi lebt seit knapp zwei Jahren mit Lisa und Sophie zusammen. Er ist Gitarrist und in den Achtzigern mit diversen Rockbands um die Welt gezogen. Vor knapp fünfzehn Jahren wäre er in London fast an einer Überdosis gestorben, und diese Erfahrung hat ihn völlig umgekrempelt. Tommi änderte sein Leben von Grund auf, er wurde Studiomusiker, Gesundheitsapostel und ein unverbesserlicher Spießer. Seine liebste Beschäftigung ist es, sich um irgendwas oder irgendwen Sorgen zu machen, vorzugsweise um Lisa oder Sophie. Bei Sophie komme dann ich ins Spiel.

Wenn ich sie abhole, muss ich darüber Auskunft geben, wo wir hinwollen und wann ich sie wieder nach Hause bringe. Je nach Ausflugsort bekomme ich von Tommi wärmende, atmungsaktive oder sonst wie praktische Kleidung für Sophie in die Hand gedrückt, meist verbunden mit ein paar sehr mütterlichen Tipps und Ratschlägen.

Besonders wichtig ist Tommi, dass ich Sophie von jeglichen Drogen fernhalte. In Tommis Nichtraucherhaus sind die Alkoholika in einer Art Waffenschrank untergebracht, der Schlüssel dazu ist wahrscheinlich bei einer Schweizer Bank deponiert und wird nur vor Festtagen eingeflogen. Kurzum, Tommi ist eine viktorianische Gouvernante und für mich außerdem das abschreckendste Beispiel für die katastrophalen Folgen von Drogenmissbrauch, insbesondere von vorzeitig abgebrochenem Drogenmissbrauch.

«Wir müssen reden», begrüßte mich Tommi, und ich konnte ihm ansehen, dass er schon jetzt sehr schwer zu leiden hatte unter der Last des nun folgenden Gesprächs.

Ich nahm Platz auf einem dieser beschissenen Sitzsäcke, von denen man kaum wieder hochkommt, Tommi hockte sich auf den Teppich und setzte ein sorgenvolles Gesicht auf.

«Du hast Sophie empfohlen, mit einem Mann zu schlafen», sagte er.

«Sicher nicht», erwiderte ich.

Er atmete hörbar aus. «Sie hat es mir erzählt, Paul. Sie hat mir gesagt, dass ihr über ihren Wunsch, jungfräulich in die Ehe zu gehen, gesprochen habt.»

«Ach so, das meinst du.»

Er nickte wie ein strenger, aber doch sehr gerechter Sektenführer. «Ja, genau das meine ich, Paul. Und? Hast du es ihr empfohlen?»

Ich überlegte. Was hatte ich denn da noch gesagt? Ach ja.

«Ich habe ihr gesagt, sie kann in ihrem ganzen Leben noch oft genug keinen Sex haben und sie soll sich gut überlegen, ob sie jetzt schon damit anfangen will», antwortete ich wahrheitsgemäß.

Tommi saß einfach nur da und sah mich mit dem bedauernden Blick eines Erleuchteten an, der nicht weiß, was er mit dem armen, verwirrten Ungläubigen vor sich anfangen soll. Dann schüttelte er traurig den Kopf.

«Ich fürchte, wir müssen mit Lisa darüber sprechen.»

Zeit, ein wenig einzulenken. «Hör mal, Tommi, Sophie wird in einem Monat sechzehn. Ich denke, sie kann gut mit verschiedenen Meinungen umgehen. Wenn sie vor der Ehe keinen Sex haben will, dann respektiere ich das natürlich. Aber wenn sie mich fragt, was ich davon halte, dann sage ich ihr auch, wie ich dazu stehe.»

Tommi straffte sich, sah jetzt ein bisschen wie ein Yogi aus. «Ich denke, Sophie weiß sehr gut, was sie will, und Lisa und ich bestärken sie darin. Ich brauche dir nicht zu sagen, was einem jungen Mädchen da draußen alles passieren kann. Deshalb erwarte ich, dass du nicht gegen uns arbeitest. Es ist doch schon schwer genug, eine Familie zusammenzuhalten. Du weißt das doch wohl am besten, oder?»

Schon klar, Tommi, ich habe es ja nicht geschafft, diese Familie zusammenzuhalten, deswegen muss ich mir ja jetzt hier auf diesem Scheißsitzsack den Rücken ruinieren. Danke aber dafür, dass du mir mein Versagen bei jeder Gelegenheit aufs Butterbrot schmierst. Ich bin gespannt, ob deine laktose- und glutenfreie Diktatur hier auch acht Jahre hält.

«Das heißt?», fragte ich.

«Das heißt, Lisa und ich erwarten deine Unterstützung und keine erzieherischen Alleingänge», sagte Tommi mit milder Strenge.

Gut, Tommi, du hast gewonnen, ich lenke ein. So wie ich jedes Mal einlenke. Ich werde aber Sophie auch in Zukunft ehrliche Antworten geben, wenn sie mir Fragen stellt, die ihr wichtig sind. Und zur Strafe werde ich danach jedes Mal auf diesem Anklagesitzsack Platz nehmen und mir dein unerträgliches Geschwätz anhören.

«Einverstanden», log ich scheinbar geläutert und nickte zur Bestätigung.

«Fein», freute sich Tommi, «dann wollen wir mal sehen, wo Sophie bleibt.»

Sophie wollte nicht ins Kino und nicht ins Theater, sie wollte nur «Sushi essen und ein bisschen quatschen». Passte mir sehr gut in den Kram.

Ich hätte eigentlich darauf kommen müssen, dass sie etwas auf dem Herzen hatte, als sie einen Sushi-Mix bestellte. Normalerweise nimmt Sophie sich viel Zeit dafür, eine perfekte Sushi-Auswahl zu komponieren, selbstredend unter Berücksichtigung der Nahrungsmittelrichtlinien, die Tommi aufgestellt hat. Da sie, wenn sie mit mir unterwegs ist, essen darf, was sie will, übertritt sie zwar meistens Tommis Ernährungsgesetze, allerdings mit dem Kalkül eines Radrennprofis, der sich den Dopinggrenzwerten nur sehr vorsichtig nähert.

Heute also ein Sushi-Mix. Ich bestellte das Gleiche, dazu einen Alibi-Tee und ein Glas Wein. Während wir unsere Happen kauten, versuchte ich es mit den üblichen Themen: Schule, Musik, Mode, aber ein Gespräch wollte nicht so recht in Gang kommen. Sie saß da, aß, strich sich ihre blonden Strähnen abwechselnd hinter das linke und das rechte Ohr und antwortete einsilbig. Vielleicht war sie heute einfach müde oder maulfaul, dachte ich und beschloss, dass wir eine Weile schweigen würden, zumal auch das eine gute Erfahrung zwischen zwei

Menschen sein kann, die sich mögen, schweigen können nämlich.

«Wie ... ist eigentlich ... Sex?», fragte sie plötzlich aus heiterem Himmel.

Ich weiß nicht, ob es dieses grüne Wasabi-Zeug war, jedenfalls brach mir spontan der Schweiß aus.

«Gut», erwiderte ich kleinlaut, wollte eigentlich nur Zeit gewinnen und merkte, dass man mit einem aus drei Buchstaben bestehenden Wort nicht sehr viel Zeit gewinnen kann.

Sie sah mich an, fragend.

Gut? War das alles, was ich ihr zu sagen hatte?

«Du willst nicht drüber reden, oder?»

«Doch, doch», log ich, «ich frage mich nur gerade, warum du nicht mit Lisa oder Tommi darüber sprichst.»

«Tu ich ja vielleicht, aber jetzt hab ich dich gefragt», erwiderte sie, und ich musste anerkennen, da war was dran. Sie wollte wissen, wie Sex war, und sie wollte es von mir wissen. Wo also war das verdammte Problem?

Zwar sah ich mich schon an den Sitzsack gekettet, um von Tommi die zuvor verhängten einhundertfünfzig Peitschenhiebe für dieses Gespräch zu empfangen, aber das schien mir nichtig im Vergleich dazu, jetzt mein Maul zu halten. Ich legte also die Serviette beiseite, schob den Teller etwas von mir weg und lehnte mich zurück.

Sie beobachtete mich verstohlen, hörte dann auf zu essen und sah mich mit ihren großen blassblauen Augen an.

«Tja, wie ist eigentlich Sex. Gute Frage. Mal toll, mal weniger toll», begann ich einigermaßen eloquent, «und das ist nicht zwangsläufig davon abhängig, ob man den Menschen sehr mag, mit dem man Sex hat. Meistens ist der Sex besser, wenn man sich liebt, aber man kann auch guten Sex haben mit jemandem, den man nicht so gut kennt.»

Was redete ich da eigentlich? Hatte ich noch alle Tassen im Schrank?

«Das heißt, man muss sich nicht lieben, um Sex zu haben?», fragte sie.

Genau diese Problematik wollte ich gerade elegant umschiffen, liebe Sophie, aber jetzt sind wir leider schon mittendrin. «Ich glaube, wenn zwei Menschen sich lieben, dann ist der Sex zwischen ihnen ... intensiver. Aber manchmal fühlt man sich auch zu jemandem einfach nur körperlich hingezogen und hat Lust, Sex mit ihm zu haben, obwohl man ihn vielleicht niemals lieben wird. Oder man liebt jemanden, und der Sex mit ihm ist nicht so toll. Oder man hat Sex mit ihm und verliebt sich erst dann. Es ist alles ein bisschen kompliziert, weißt du?»

«Ja, das merke ich gerade», sagte Sophie gedehnt.

Auch wenn dieses Gespräch vermutlich mein Freifahrtticket in die Hölle war, steckte ich jetzt zu sehr drin, um sie mit dem wirren Mist, den ich gerade verzapft hatte, alleinzulassen.

«Weißt du, Sex ist nicht so wichtig, wie immer alle sagen. Aber er ist auch nicht ganz unwichtig, weil, er hat schon eine Menge mit einem selbst zu tun.»

«Ja, das verstehe ich.» Sie nickte langsam.

Vielleicht kriegte ich ja doch noch die Kurve. «Man muss ja auch nicht sofort automatisch mit jemandem schlafen. Man kann sich an den Sex auch ganz gut rantasten. Hast du schon mal jemanden geküsst?»

Sie sah mich unbeweglich an. Blöde Frage, nächste Frage.

«Egal», sagte ich schnell, «jedenfalls sollte man nichts überstürzen, wenn man mit dem Sex anfängt. Man kann sich küssen, streicheln, bisschen fummeln und dabei feststellen, ob es einem gefällt.»

So weit zumindest mein Kenntnisstand von 1979, wobei mir da gerade noch siedend heiß was einfiel. «Man kann sich auch selbst befriedigen, um festzustellen, was einem Spaß macht. Ich meine damit, man muss sich nicht unter Druck setzen.»

Tja, Alter, gleich bist du mit deinem Latein am Ende. Noch zwei, drei gute Fragen ihrerseits und zwei, drei total beknackte Antworten deinerseits, dann kannst du deine Tochter gleich zum nächsten Therapeuten fahren, damit die psychischen Schäden deiner bescheuerten Sextheorien so klein wie möglich gehalten werden.

«Das heißt, man ist nicht komisch, wenn man noch keinen Sex will?»

Ich ahnte, worauf sie hinauswollte, und schöpfte Hoffnung. «Nein. Natürlich nicht. Du hast alle Zeit der Welt. Du ganz allein bestimmst, ob es passiert und wann es passiert.»

Sie sah mich an. «Aber du findest es falsch, bis zur Ehe zu warten.»

Ich stellte mir vor, wie ich gleich aufspringen, aufgeregt auf die Straße laufen und rufen würde: «Zu Hilfe! Wir brauchen einen Therapeuten! Ist hier irgendwo ein Therapeut?»

Ich atmete hörbar aus. «Nein, ich finde es nicht prinzipiell falsch. Ich denke nur, dass Sex auch viel mit Ausprobieren zu tun hat. Wenn du jemanden heiratest, den du liebst, mit dem der Sex aber nicht so großartig ist, wie es deine Gefühle für ihn sind, dann bist du vielleicht enttäuscht. Und ich möchte nicht, dass du enttäuscht wirst.»

Sie lächelte. «Was würdest du denn an meiner Stelle tun?»

Ich überlegte. Ich hatte bis jetzt wahrscheinlich ziemlich viel Mist erzählt, aber immerhin hatte ich nicht gelogen. Ein guter Moment, jetzt nicht damit anzufangen. «Ich würde versuchen, herauszufinden, was ich will ...»

Darum wird es übrigens auch für den Rest deines Lebens

gehen, liebe Sophie, aber das ist ein anderer, schwieriger Abend.

«... und ich würde mich nicht von einer Idee einschränken lassen. Wenn es dich glücklich macht, keinen Sex zu haben, weil du damit bis zur Ehe warten willst, dann ist das völlig okay. Wenn du aber spürst, dein Glück könnte woanders liegen, dann musst du überlegen, ob du dem folgen willst. Denn eigentlich geht es immer nur darum, ob du glücklich bist.»

Sie sah mich an, schwieg.

Ich vermutete, mit meinem letzten Statement hatte ich mir satte hundert Peitschenhiebe zusätzlich verdient, aber das war jetzt auch egal.

Sie zog ihren Teller wieder zu sich, pickte im Sushi, grübelte. Ich winkte die Kellnerin heran, um einen Schnaps zu ordern, besser gleich zwei.

Sophie grübelte weiter, als ich die Rechnung bezahlte, sie grübelte auf dem Weg zum Auto, und sie grübelte auch auf dem Heimweg. Zum Abschied küsste sie mich auf die Wange, sagte: «Danke. Für alles. Du hast mir ziemlich geholfen, glaube ich», und schenkte mir ein Lächeln.

Als die Autotür ins Schloss fiel und kurz danach die Innenbeleuchtung langsam erlosch, sah ich gerade noch, bevor es gänzlich dunkel wurde, im Rückspiegel mein Gesicht. Ich lächelte ebenfalls.

Gerade lächle ich wieder. Ich liege neben Kathrin und lächle in die Dunkelheit. Falls ich noch nach Hause will, dann sollte ich jetzt gehen, denn ich merke, dass ich langsam müde werde. Ich bin unentschlossen.

In diesem Moment rollt Kathrin sich schlafend zu mir herüber und schmiegt sich an mich. Vorsichtig, um sie nicht aufzuwecken, nehme ich ihren Kopf in den Arm. Ich lehne mich zurück, schließe die Augen.

Für den Moment haben die Götter gesprochen.

HALT DICH FEST

Ich habe gerade mit Kathrin geschlafen. Es hat sich einfach so ergeben. Wir sind aufgewacht, haben uns angesehen, sie hat gelächelt, mich geküsst, ich habe ebenfalls gelächelt, sie langsam an mich gezogen, und im Handumdrehen lag ich auf ihr beziehungsweise sie auf mir und so weiter. Das Zählen unserer sexuellen Aktivitäten kann ich mir jedenfalls jetzt sparen, denn so wie man vor Gericht spätestens nach vier identischen Verbrechen als Wiederholungstäter eingestuft wird, so muss man sich auch beim Sex irgendwann eingestehen, dass man nach Lage der Fakten zumindest eine Affäre, womöglich aber sogar eine Beziehung unterhält, wenn man andauernd mit derselben Person ins Bett steigt. Einmal Sex kann jedem passieren und hinter zweimal Sex muss auch noch kein Plan stecken, bei dreimal Sex wird die Sache aber periodisch und ab viermal Sex notorisch. Ich bin also jetzt ein Wiederholungstäter und habe wie meine kriminellen Verwandten genau zwei Möglichkeiten: Ich kann einen Schlussstrich unter die Vergangenheit ziehen, oder ich kann rückfällig werden. Ich bin selbst gespannt, wie es weitergeht.

Da ich mit ein paar Minuten Verspätung ins Büro komme, wartet Herr Engelkes schon. Ich entschuldige mich wortreich und präsentiere ihm einen gutgelaunten und aufmerksamen Vorgesetzten.

Erst jetzt sehe ich, dass Engelkes einen bedrückten Eindruck macht und so gar nichts geblieben ist von der forschen und fordernden Art, die er gestern noch an den Tag gelegt hat. Fast sieht er sogar aus wie ein gebrochener Mann. Seltsam, er hat doch bloß eine Präsentation vergeigt, außerdem gehe ich davon aus, dass sowohl sein künftiger Schwiegervater Dr. Görges als auch dessen reizende Tochter den Vorfall längst als erledigt betrachten. Wenn sich einer hier Sorgen machen muss, dann bin ich es, zumal ich damit rechnen muss, dass der zukünftige Vorstandsvorsitzende Engelkes sauer auf mich ist. Jetzt bin ich doch gespannt, was kommt.

«Schön. Also dann, was kann ich für Sie tun, lieber Herr Engelkes?» Ich klinge derart munter und aufgeräumt, dass es fast zum Kotzen ist.

Engelkes lächelt etwas gequält. «Ich wollte mich einerseits dafür bedanken, dass Sie mir gestern bei der Vorstandssitzung unter die Arme gegriffen haben, und mich andererseits dafür entschuldigen, dass ich nicht auf Sie gehört habe.»

Will er mich verarschen, oder ist das ein Trick?

«Nicht der Rede wert», erwidere ich, um etwas möglichst Unverfängliches zu sagen, außerdem habe ich das Gefühl, der interessante Teil kommt noch.

Er macht eine Pause, ringt mit sich. «Darf ich ganz offen sein, Herr Dr. Schuberth?»

Lieber Herr Engelkes, ich bin so oft von Leuten beschissen worden, die ganz offen zu mir sein wollten, dass es völlig gleichgültig ist, ob Sie mir jetzt tatsächlich Ihr Herz ausschütten oder aus einem Märchenbuch vorlesen. Ich glaube Ihnen sowieso erst mal überhaupt gar nichts. Aber ein anderer Aspekt Ihrer Fragestellung interessiert mich. «Dachten Sie bislang nicht, dass Sie offen mit mir reden können?»

Engelkes sieht mich an. «Ich weiß es nicht. In einer so großen Firma, da muss man ja ständig Angst haben, dass einem irgendwer ein Bein stellen könnte, also nicht Sie jetzt, aber ...»

Allerdings, Herr Engelkes, eine sehr richtige Erkenntnis.

«... ich möchte einfach beruflich noch eine Menge erreichen, wissen Sie?»

Ich nicke würdevoll, obwohl ich mit Variationen dieser Aussage in wirklich jedem Vorstellungsgespräch gelangweilt werde. Außerdem habe ich gerade weder Zeit noch Lust, Engelkes bei der Formulierung von Gemeinplätzen zuzuschauen. Also sage ich: «Gut, Herr Engelkes, worauf wollen Sie hinaus?»

Engelkes strafft sich. «Als Sie mir gestern im Vorstand beigesprungen sind, obwohl Sie mein Konzept nicht gut fanden, da wusste ich, dass Sie nicht nur ein sehr anständiger Mensch sind, sondern mir auch ehrlich helfen wollen. Deshalb dachte ich, Sie könnten mir vielleicht einen Rat geben.»

Ihre Annahme basiert auf völlig falschen Schlussfolgerungen, lieber Herr Engelkes, aber wenn Sie mich zu Ihrem Vertrauten machen wollen, dann werde ich Sie bei dieser Eselei selbstverständlich tatkräftig unterstützen.

«Dann raus mit der Sprache.»

Engelkes atmet hörbar aus. «Ich habe mich in die Tochter von Dr. Görges verliebt. Martina und ich haben uns zufällig kennengelernt, außerhalb des Verlages. Ich wusste nicht, wer sie war.»

Ich spiele den Erstaunten. «Aber das ist doch eigentlich sehr schön, wo ist denn das Problem?»

Engelkes lächelt gequält. «Das Problem ist, ich dachte gestern, ich könnte ihren Vater beeindrucken, deshalb habe ich meine Präsentation auch unbedingt halten wollen. Aber wie Sie ja wissen, ist der Schuss kräftig nach hinten losgegangen.»

Ich schaue ihn fragend an. Worauf will er hinaus?

«Dr. Görges weiß noch nichts von mir und Martina ...»

Zeit für ein schönes Pokerface meinerseits.

«... und ich befürchte, wenn er hört, dass ein Sachbearbeiter aus seinem Unternehmen mit seiner Tochter anbändelt, dann wird er vermuten, ich mache das womöglich nur um meiner Karriere willen.»

Engelkes, du bist entweder ein sehr geniales Schlitzohr oder ein fußballfeldgroßer Waschlappen.

«Was soll ich tun, Dr. Schuberth? Ich habe einfach Angst, Martina zu verlieren, sie verehrt ihren Vater. Wenn er mich nicht akzeptiert, dann weiß ich nicht, ob unsere Beziehung von Dauer sein wird. Andererseits kann ich es ihm auch nicht ewig verschweigen.»

Tja, Herr Engelkes, da muss ich jetzt mal eben überlegen, was ein Mann mit Eiern tun würde, wenn er vor dem gleichen Problem stünde, denn dann kann ich mir das Gegenteil vorstellen und mich so in Ihre Lage versetzen.

«Das ist in der Tat ein Problem», sage ich langsam. «Wie gefestigt ist denn die Beziehung?»

«Wir kennen uns seit ein paar Monaten, aber ich weiß schon jetzt, sie ist die Frau, mit der ich alt werden will. Ich würde ihr lieber heute als morgen einen Heiratsantrag machen.»

Danke, genau das wollte ich wissen. Ich muss also zügig handeln.

«Lassen Sie mich eine Nacht darüber schlafen», sage ich entschlossen. «Morgen Mittag treffen wir uns wieder, und ich werde Ihnen meine Sicht der Dinge schildern, einverstanden?»

Er freut sich. «Vielen Dank, Herr Dr. Schuberth. Ich weiß gar nicht ...»

Ich winke ab. «Schon gut, Herr Engelkes, warten Sie erst mal ab, ob ich Ihnen überhaupt helfen kann.»

Auf der Fahrt zum Tierheim ruft Günther an.

«Halt dich fest», sage ich und lege das Handy auf den Oberschenkel, weil mich gerade ein Polizeiwagen überholt. Ich gehöre zu jenen unverantwortlichen Zeitgenossen, die während der Fahrt mit dem Handy telefonieren, seit ich um ein Haar einen vollbesetzten Schulbus von der Straße abgedrängt habe, weil ich mich in meinem gesetzeskonformen Headsetkabel verfummelt hatte. «Da bin ich wieder.»

Günther möchte gerne heute Abend ins Pan Tao gehen, um mit Iggy unverfänglich ins Gespräch über die rein zufällige Begegnung bei der Vernissage zu kommen.

«Ich kann nicht, ich treffe mich mit Schamski, wir müssen eine Intrige spinnen, um eine junge Liebe und eine ebenso junge, hoffnungsvolle Karriere zu zerstören», sage ich.

Günther meint, ich solle mein Gespräch mit Schamski doch einfach ins Pan Tao verlegen. Da Günther sich ja nur für Iggy interessiere, hätten Schamski und ich genug Zeit, um uns mit unseren intriganten Schweinereien zu beschäftigen.

Prinzipiell keine schlechte Idee, allerdings war Schamski schon mal im Pan Tao und hat danach beim Augenlicht seiner Mutter geschworen, nie wieder hinzugehen. Günther bettelt so lange, bis ich Schamski anrufe und meinerseits so lange bettle, bis der sich breitschlagen lässt.

Kurz vor Erreichen des Tierheims halte ich an, hole den von Frau Hoffmann besorgten Maulkorb aus dem Kofferraum, verbiege ihn ein wenig und lasse ihn absichtlich ein paarmal auf den Boden fallen, damit er gebraucht aussieht. Jetzt fühle ich mich sicher. Trotzdem steigt mein Puls, als ich mich wenig später in die Liste der ehrenamtlichen Hundeausführer eintrage und mir die Empfangsdame nebenbei mitteilt, ich solle doch bitte mal bei der Geschäftsführung reinschauen.

Die Geschäftsführung befindet sich auf der anderen Seite des Geländes. Auf dem Weg dorthin frage ich mich, ob meine Haftpflichtversicherung womöglich den Häckselmaschinenschaden abdeckt, mache mir aber nicht allzu große Hoffnungen. Ich beschließe, Frau Dr. Korff anzulügen, so gut es geht, atme tief durch, klopfe und trete ein. Am besten beginne ich damit, ihr einen wunderschönen Tag zu wünschen und dabei ... Jesus Christus! Wer ist denn die atemberaubende Erscheinung hinter dem Schreibtisch? Gerade hebt sie den Kopf, und hinter ihren dunklen Locken taucht ein Gesicht auf, für das selbst Tizian gemordet hätte. Ich muss jetzt schnell was sagen, sonst mache ich ihr sofort einen Heiratsantrag.

«Ich soll mich hier melden», beginne ich und klinge vermutlich wie ein verunsicherter Melonenpflücker, der das Tagespensum mal wieder nicht geschafft hat.

Sie sieht mich fragend an, und es ist mit Abstand der erotischste fragende Blick, den ich je gesehen habe.

«Schuberth, Paul Schuberth», erkläre ich und frage mich, ob meine Stimme wohl arg zittert.

«Ach ja.» Sie nickt freundlich, erhebt sich, kommt um den Schreibtisch herum und streckt mir ihre Hand entgegen. Sie trägt einen langen grauen Kittel, aber ich weiß, dass sich darunter ein Körper verbirgt, der so atemberaubend ist, dass ich im Moment froh über den Kittel bin.

«Dr. Jasper. Ich bin Veterinärin und leite das Tierheim ab sofort. Frau Dr. Korff wurde ...», sie sucht nach dem richtigen Wort, «... abberufen.»

Sie lächelt, und für einen winzigen Moment wird mir schwarz vor Augen.

Liebe Frau Dr. Korff, ich weiß nicht, ob Sie Gelder veruntreut oder mit Waffen gehandelt haben, ob Sie Inhaberin einer Opiumhöhle oder ein führendes Mitglied der russischen Mafia sind, aber es ist mir auch ganz egal, ich möchte Ihnen einfach nur danken. Von ganzem Herzen. Danke.

«Aber bitte, setzen Sie sich doch.»

Gute Idee, viel länger hätte ich mich auch nicht auf den Beinen halten können. Sie kehrt wieder hinter ihren Schreibtisch zurück und kramt in den Unterlagen. Vielleicht sollte ich sie einfach zum Essen einladen, denke ich. Dann fällt mir ein, dass ich seit der Begegnung mit Ulrike und ihrem Labrador Timmi bewusst keinen Wert auf mein Äußeres lege, wenn ich mit Fred unterwegs bin. In meinem Kofferraum liegen immer ein paar alte Klamotten, die ich mir überziehe, um meine Bürokleidung zu schonen. Momentan trage ich eine ziemlich idiotische Mütze, eine fleckige und an einigen Stellen zerschlissene Jacke und ein Paar verdreckter Boots. Wenn ich sie in diesem Aufzug zum Essen einlade, wird sie vermuten, dass ich ihr unter freiem Himmel Elchsteaks grillen will, die wir dann mit Dosenbier runterspülen.

Sie hat gefunden, was sie sucht, schlägt eine Kladde auf. «Felix hat sich eine schwere Infektion zugezogen, vermutlich eine Magen-Darm-Geschichte. Er hat heute Morgen Blut erbrochen.»

Braver Hund.

«Ich würde ihn mir deshalb gerne etwas genauer ansehen. Aber Sie wissen ja, er ist sehr schwierig im Umgang, deshalb dachte ich, Sie könnten mir vielleicht helfen. Sie können doch ganz gut mit ihm umgehen.»

«Gerne», erwidere ich und denke im nächsten Moment, da hätte man auch bequem einen ganzen Satz draus machen können, um nicht wie ein zurückgebliebener Texaner rüberzukommen.

Wenig später sind wir auf der Krankenstation. Generell kann man sagen, ein schlechtgelaunter Hund bekommt nicht unbedingt bessere Laune, wenn er eine schwere Infektion hat, die ihn Blut erbrechen lässt. Fred veranstaltet auf dem OP-Tisch einen Affentanz, knurrt und schnappt und lässt sich überhaupt nicht mehr beruhigen. Irgendwann bin ich es leid, werfe ihn auf die Seite, halte ihm mit einer Hand die Schnauze zu und fixiere mit der anderen seinen Körper.

Dr. Jasper schenkt mir einen anerkennenden Blick und lächelt. «Sie machen das ja schon ziemlich professionell.»

Sie beginnt mit der Untersuchung, und ich frage mich, ob in dem gerade geäußerten Satz eine persönliche Note mitschwang. Wenn ich meinen Mund halte, werde ich es wohl nie herausfinden.

«Haben Sie eigentlich auch einen Vornamen?»

«Iris», sagt sie, ohne aufzusehen.

Iris, aha. Das ist doch ein Anfang. «Ich bin Paul.»

«Ich weiß, Sie sagten es eben.»

Hat sie sich also gemerkt, immerhin. Sie horcht weiter den Hund von Baskerville ab, derweil ich überlege, ob ich sie nicht vielleicht doch zum Essen einladen soll.

Sie legt ihr Instrument beiseite und erhebt sich, offenbar ist ihr warm, oder der Kittel schränkt ihre Bewegungsfreiheit ein, denn sie beginnt nun, ihn aufzuknöpfen, wendet sich dabei zu einem hinter ihr befindlichen Garderobenhaken.

Frau Dr. Jasper, liebe Iris, ich weiß nicht, ob das jetzt eine gute Idee ist, denn wenn ich richtig vermute, dann befindet sich in der Jeanshose, die unter Ihrem Kittel herausschaut, ein rasend hübscher Hintern, der mich möglicherweise auf der Stelle wahnsinnig werden lässt.

Der Kittel gleitet von ihrem Körper.

Fred jault ein bisschen, ich erschrecke mich, weil ich für einen Moment befürchte, ich könnte gejault haben. Iris hat eine Figur, die mir den vor Jahren verlorenen Glauben an ein höheres Wesen zurückgibt. Sie streckt sich ein wenig, um mit dem Kittel den Garderobenhaken zu erreichen, während ich versuche, mich von ihrem Anblick loszureißen, indem ich an irgendetwas ganz anderes denke. Leider fällt mir rein gar nichts anderes ein.

Als sie sich wieder zu mir dreht, lese ich in ihren Augen die Frage, ob ich ihr da wohl gerade auf den Hintern geschaut habe. Jetzt kann ich verschämt den Blick senken oder alles auf eine Karte setzen. Ich überlege kurz. Was soll's? «Würden Sie mit mir essen gehen, Iris?»

«Lieber nicht», sagt sie ruhig, aber bestimmt, krempelt dabei die Ärmel ihrer Bluse hoch und wendet sich dem Waschbecken zu. «Sie können ihn wieder in seinen Zwinger bringen, er braucht ein paar Tage Ruhe. Und machen Sie bitte nur kurze Spaziergänge mit ihm, okay?»

«Okay. Und warum nicht?», frage ich.

Sie greift zum Handtuch. «Warum ich nicht mit Ihnen ausgehen möchte?»

Ich nicke.

«Wollten Sie nur mit mir essen gehen, oder sollte es ein Rendezvous werden?» Sie hängt das Handtuch zurück, krempelt die Ärmel wieder herunter. Ich könnte ihr stundenlang zusehen.

«Ein Rendezvous», sage ich ehrlich. In meinem Alter muss man auch keine Spielchen mehr spielen.

Sie nickt. «Das habe ich mir gedacht. Es ist nur so, ich bin so gut wie verheiratet», sagt sie und lächelt. «Aber trotzdem, danke für das Angebot.»

Erst jetzt merke ich, dass ich Fred immer noch auf den OP-Tisch drücke. Ich lasse ihn los, er springt auf, schüttelt sich und sieht mich an, als wäre er zutiefst enttäuscht von mir. Ich tätschle ihm vorsichtig den Kopf, erwarte, dass er nach mir schnappt, aber er steht nur da und sieht ziemlich fertig aus.

Ich glaube, ich kann nachvollziehen, wie er sich gerade fühlt.

Wieder auf dem Weg ins Büro, frage ich mich, ob so gut wie verheiratet zu sein ein zulässiger Grund ist, ein Rendezvous auszuschlagen. Wahrscheinlich schon. Obwohl es auf der Welt bestimmt von Sachen wimmelt, die so gut wie sicher sind, dann aber doch aus irgendwelchen Gründen in die Hose gehen. Egal, ich will sowieso nicht darauf warten, dass Iris' Ehe in die Brüche geht, zumal das eine Weile dauern kann, wenn noch nicht mal Hochzeit war. Außerdem sieht sie zwar hinreißend aus, aber sonst weiß ich praktisch nichts von ihr. Vielleicht würden wir uns schon am ersten Abend anöden. Vielleicht wären wir aber auch ein Traumpaar. Wir werden es beide wohl nie erfahren.

Kathrin kommt mir in den Sinn. Warum denke ich jetzt an Kathrin? Seltsam. Mein Handy klingelt. Im Display ist Kathrins Nummer zu sehen.

«Ich habe gerade an dich gedacht.»
«Das ist doch 'ne glatte Lüge», lacht sie.
«Nein, wirklich.»
«Gut, dann freu ich mich. Was machst du heute Abend?»
«Termin. Geschäftlich.»
«Und morgen?»
«Noch nichts.»
«Gut. Sehen wir uns?»
«Ja, warum nicht?»
«Bei dir?»

Bei mir? Wir waren noch nie bei mir. Aber stimmt, warum sollen wir uns nicht mal bei mir treffen? Ist doch völlig normal, dass man sich mal hier und mal dort trifft. Ist doch nichts dabei. Muss man ja keine große Sache draus machen.

«Klar. Sehen wir uns bei mir.»
«Gut.»

Neben mir hupt jemand. Eine ziemlich hübsche und ziemlich junge Polizistin zeigt auf mein Handy und bedeutet mir, dass ich mal gerade rechts ranfahren soll.

«Bist du in Eile?», fragt Kathrin.

«Nein, nein», sage ich, «jetzt nicht mehr.»

ICH HATTE AUCH MAL 'NE KATZE

Im Pan Tao herrscht der übliche Trubel, das heißt, es ist totenstill, und Günther sitzt mutterseelenallein mit einer Illustrierten am Tresen.

Schamski und ich treffen fast zeitgleich ein. Er hat eine Kiste Wein dabei, und ich befürchte, es wird in wenigen Sekunden zu einem Eklat kommen, sofern er darauf besteht, seinen mitgebrachten Wein zu trinken statt des im regulären Ausschank erhältlichen Unkrautvernichtungsmittels.

Ich irre mich jedoch gründlich. Schamski verkauft Iggy ziemlich galant und sehr überzeugend, dass er beste Verbindungen zu diversen Winzerverbänden hat und ausgezeichnete Weine zu unglaublich kleinen Preisen besorgen kann. Deswegen hat er einfach mal ein paar Pullen für eine spontane Weinprobe mitgebracht. Kostenlos, versteht sich.

Die Idee von Schamski ist auch deshalb brillant, weil sich Iggy, nunmehr offiziell zur Verkostung eingeladen, an unseren Tisch setzen wird. Die Wahrscheinlichkeit, dass es dabei zu einem Gespräch zwischen Günther und Iggy kommt, ist zwar äußerst gering, aber immerhin existent.

«Gott schütze dich», raune ich Schamski zu, als wir von unserer freien Platzwahl Gebrauch machen und einen Tisch in der Ecke besetzen.

Iggy stellt für den Anfang einen entkorkten Blaufränkischen auf den Tisch, dazu Wasser, ein paar Oliven, ein bisschen Brot und Butter. Dann setzt sie sich auf den freien Platz neben Günther, der nicht weiß, was er dazu sagen soll, und deshalb mit einem Lächeln reagiert. Iggy lächelt zurück.

Geht doch.

Schamski fackelt nicht lange und schenkt die Gläser voll, derweil ich überlege, wie ich Günther und Iggy in kommunikativer Hinsicht auf Betriebstemperatur bringen kann.

Günther kommt mir zuvor. «Wir haben uns zufällig auf dieser Vernissage getroffen», sagt er zu Iggy, die ihn erwartungsvoll ansieht, weil sie vermutet, dass der Satz einen etwas längeren Gesprächsbeitrag einleiten wird. Sie kennt Günther noch nicht gut, sonst würde sie wissen, dass er nicht unbedingt ein packender Erzähler ist. Ehrlich gesagt, ist «Wir haben uns zufällig auf dieser Vernissage getroffen» schon das Packendste, was ich seit Jahren von Günther gehört habe. Er lächelt und wartet auf eine Reaktion von Iggy.

Ich weiß nicht, wie oft ich Günther schon gesagt habe, dass ein Gespräch mit einer Frage, einem Kompliment oder einer witzigen Banalität beginnt, definitiv aber nicht mit einer einfachen Aussage, auf die der Gesprächspartner nichts Sinnvolles erwidern kann. «Sie tragen ein sehr hübsches Kleid» oder «Haben Sie schon die Desserts probiert?» sind also zulässige Gesprächseröffnungen. «Senf wird aus Senfkörnern hergestellt» oder «Der Klondike ist ein Nebenfluss des Yukon» eignen sich hingegen nicht, um das Eis zu brechen. Da Günther das trotz seiner hohen Intelligenz wohl niemals verstehen wird, springe ich ihm bei. «Ja, stimmt. Ich war auch da. Bronko. Aktzeichnungen. Ihr habt wohl das Catering gemacht, oder?»

Iggy erinnert sich. «Ach ja, da hab ich dich auch kurz gesehen ...», sagt sie, zeigt dabei mit dem Finger auf mich, um dann nachdenklich Günther anzusehen. «Und du warst auch da.» Es klingt wie eine Feststellung, könnte aber durchaus als Frage gemeint sein. Ich sehe Günther an, dass es ihm das Herz brechen wird, wenn sie sich nicht erinnern könnte, und Iggy sieht es in diesem Moment wohl auch. «Logisch, klar erinnere ich mich. Haben wir uns da nicht auch unterhalten?», fragt sie.

«Ja, aber nur ganz kurz», erwidert Günther schnell und erleichtert.

Iggy nickt. «Du, da waren so viele Leute ...»

«Ja klar», sagt Günther jovial und wirkt für seine Verhältnisse im Moment regelrecht wortgewaltig. Ich hebe rasch mein Glas, um Wein auf die Mühlen zu gießen. «Also dann, auf einen schönen Abend.»

Schamski gießt sich schnell nach, er hat bereits ein Glas gekippt, als wir drei noch in die Gesprächseröffnung vertieft waren. Man prostet sich zu.

Wir sprechen über Bronkos Bilder, über Iggys einstige Ambitionen, Modedesign zu studieren, über Günthers Job, insbesondere seine Pionierleistungen zu Zeiten des Internetbooms, und über eine Menge mehr. Schamski hat längst begriffen, dass meine missionarische Tätigkeit an diesem Tisch erst dann beendet ist, wenn Günther und Iggy in der Lage sind, ein Gespräch ohne fremde Hilfe zu führen. Weil das offenbar noch eine Weile dauert, macht Schamski sich in der Logistik nützlich. Er sorgt für Wein- und Wassernachschub und organisiert zwischendurch auch schon mal eine Runde Obstbrände, weil sich am Tisch die Meinung durchgesetzt hat, dass die Butter wohl doch nicht mehr ganz frisch war und die Anwesenden nun mit Schnäpsen etwaigen Magenproblemen vorzubeugen versuchen. Jedenfalls warten Schamski und ich geduldig auf jenen magischen Moment, an dem Günther und

Iggy ein Thema finden, das sie vielleicht eine halbe Stunde lang allein beschäftigt.

Und dann ist dieser magische Moment plötzlich und endlich da.

«Auf jeden Fall meine Katze», antwortet Iggy auf Günthers saudoofe Frage, welche drei Dinge sie mit auf eine einsame Insel nehmen würde.

«Ich hatte auch mal 'ne Katze», sagt Günther seufzend und wirkt in diesem Moment wie ein trauriger Bär, der sich versehentlich auf seinen besten Spielkameraden gesetzt hat. Iggy sieht Günther an und spürt sofort, dass da eine sehr ergreifende Geschichte in ihm steckt, die dringend erzählt werden muss, sofern er eines Tages wieder ein normales Leben führen will.

Sie rückt ein wenig näher.

Schamski und ich tauschen einen kurzen Blick. Unsere Mission ist fast erfüllt. In weniger als einer Minute werden wir uns dezent an einen der anderen Tische verpissen und Günther und Iggy ihrer Trauer und ihrem Schmerz überlassen können.

«Erzähl», sagt Iggy sanft und berührt vorsichtig Günthers Schulter.

Okay, Günther, ich hoffe, du erinnerst dich an meinen Vortrag über die Mitleidstour, insbesondere an jene Passage, in der es darum ging, dass man die Mitleidstour auf keinen Fall übertreiben darf. Drück also jetzt bei deiner Katzengeschichte nicht zu sehr auf die Tränendrüse. Das sage ich auch vor dem Hintergrund, dass ich die Geschichte kenne und es nicht besonders traurig finde, dass eine steinalte Katze eines Morgens nicht mehr aufwacht. Das schreit förmlich nach Ausschmückungen, wovor ich dich ausdrücklich warnen würde. Ansonsten von meiner Seite: toi, toi, toi.

Ich erhebe mich, Schamski ist sowieso gerade wieder mal hinter der Theke verschwunden, und bedeute Iggy, dass sie vielleicht nun mit Günther eine Weile allein reden sollte. Sie versteht mich sofort und nickt tapfer.

Schamski und ich schnappen uns den am weitesten von Iggy und Günther entfernten Tisch, können aber trotzdem nicht verhindern, dass gelegentliches Schluchzen zu uns herüberweht. Den Wein hat Schamski drüben gelassen und für unser Gespräch eine Flasche Obstbrand organisiert. Er schenkt grinsend ein. «Bin sehr gespannt auf deine Neuigkeiten.»

Ich nippe am Obstbrand und lächle mein überlegenstes Lächeln.

«Jetzt rück schon raus mit der Sprache», sagt Schamski, «ich hab schließlich lange genug gewartet.» Gedämpfter fährt er fort: «Außerdem dauert die Katzengeschichte bestimmt nicht ewig, und dann musst du zurück auf deine Au-pair-Stelle.» Wir sehen hinüber zu Günther und Iggy. Sie tätschelt ihm den Rücken. Günther blickt zu Boden, sein massiger Körper wird von lautlosen Weinkrämpfen geschüttelt. Schamski und ich wenden uns im gleichen Moment wieder unseren Obstbränden zu. Sieht so aus, als hätten wir schon noch ein bisschen Zeit.

«Also?», sagt Schamski, und man sieht ihm die Vorfreude an.

«Görges weiß überhaupt noch nichts von der Affäre zwischen seiner Tochter und Engelkes», erkläre ich locker.

Schamski pfeift anerkennend, kippt einen halben Obstbrand. «Wer, zur Hölle, kann denn solche Informationen besorgen?»

«War 'n Zufall. Engelkes glaubt, ich stünde auf seiner Seite, und hat mich um Rat gebeten. Er befürchtet, man könnte ihm die Idee, mit der Tochter des Vorstandsvorsitzenden ins Bett zu steigen, als karrierefördernde Maßnahme auslegen. Und jetzt weiß Engelkes nicht, ob sein künftiger Schwiegervater ihm wohlgesinnt ist oder nicht.»

Schamski lässt sein Schnapsglas gegen meines klackern. «Dann steckst du ja ganz schön tief in der Scheiße, Paul.»

Ich nicke. Wieder mal hat Schamski binnen einer Sekunde die Situation erfasst. Spreche ich nicht mit Görges, dann wird der an meiner Nibelungentreue zur Führungsspitze zweifeln, spreche ich mit ihm, vergraule ich womöglich seinen künftigen Schwiegersohn, der perspektivisch mein Vorgesetzter sein könnte.

«Hast du das Gefühl, Görges und Engelkes würden sich mögen?»

Habe ich mir natürlich auch schon überlegt. «Ja, wahrscheinlich. Engelkes hat 'ne gute Ausbildung, er ist fleißig und ehrgeizig, bisschen großmäulig vielleicht, bisschen naiv auch, trotzdem nett. Am Ende stimmt es wahrscheinlich sogar, dass er die Frau kennengelernt hat, ohne zu wissen, wer ihr Vater ist. Görges hat also eigentlich keinen Grund, Engelkes zu hassen, zumal er milde urteilen wird, weil ja das Glück seiner Tochter davon abhängt.»

«Das heißt, eigentlich könntest du Engelkes raten, mit Görges zu reden», schlussfolgert Schamski.

«Eigentlich ja, nur dann verliere ich völlig die Kontrolle über die Situation. Wer weiß, vielleicht kommt Görges auf die Idee, Engelkes zum neuen Personalchef zu machen. Dann bin ich draußen und hab selbst daran mitgearbeitet. Wie blöd ist das denn?»

«Ja, schon möglich», sagt Schamski, «aber politisch sind dir ja sowieso die Hände gebunden, nachdem du offiziell weißt, dass Engelkes die kleine Görges pimpert. Egal, was du tust, wenn es rauskommt, wird man es dir als Taktik auslegen.»

Ich nicke, proste Schamski zu. Da hat er recht.

Schamski überlegt weiter. «Mit Görges selbst ein offenes Gespräch zu suchen ist auch keine gute Idee. Ich wäre jedenfalls ziemlich sauer, wenn ich von meinem Personalchef erfahren würde, wer gerade meine Tochter bumst.» Schamski schweigt und überlegt.

«Und was bleibt dann?», frage ich.

«Ziemlich schwierige Situation», sagt Schamski gedehnt. Er grübelt eine ganze Weile, kippt dabei einen Obstbrand, dann noch einen und noch einen. Ich schweige, denn ich weiß, dass er gerade die dunklen Gänge seiner Seele durchwandert und nach einer perfiden Möglichkeit sucht, die scheinbar aussichtslose Situation herumzureißen. Alles, was ich dabei tun kann, ist, ihm nachzuschenken.

Plötzlich hellt sich seine Miene auf, und er sagt leichthin: «Vielleicht sollte Engelkes einfach kündigen.»

«Ja», erwidere ich, «oder vielleicht sollte ich mal jemanden um Rat fragen, der nicht schon ein Fass Obstler gesoffen hat.»

Schamski hebt abwehrend eine Hand. «Warte mal. Engelkes will doch beweisen, dass er kein Karrierist ist und Görges' Tochter aufrichtig liebt ...»

Ich stelle die Flasche ab und erahne Schamskis dreckige Absichten.

«... und das kann er am besten tun, indem er seinen aktuellen Job aufgibt und damit zeigt, dass er nur an der Tochter und nicht an der Firmenlaufbahn interessiert ist.»

Wie abgrundtief verwerflich ist denn diese Idee? Respekt.

«Könntest du Engelkes zügig anderswo eine adäquate Stelle besorgen?», fragt Schamski.

«Denke ja», antworte ich und gehe im Kopf schon mal rasch durch, wer mir noch was schuldig sein könnte.

«Okay», sagt Schamski. «Gesetzt den Fall, Engelkes kündigt, Görges erfährt von der Liaison und ist tief beeindruckt von der Haltung seines baldigen Schwiegersohnes: Dann musst du lediglich zur Stelle sein, um Engelkes ins Unternehmen zurückzuholen, idealerweise als Vorstandsassistenten. Engelkes wird Görges niemals von dem Plan erzählen und dir ewig dankbar sein, und Görges wird deine Einsatzbereitschaft und Loyalität zu schätzen wissen.»

«Was, wenn Görges sich einen Scheißdreck für Engelkes' noble Absichten interessiert?», werfe ich ein.

«Dann bist du Engelkes los», erwidert Schamski. «Ist doch auch gut.»

«Und wenn er Görges erzählt, dass der Plan von mir stammt?»

«Dann sagst du Görges, du habest Engelkes zwar helfen, dich aber nicht in Familienangelegenheiten einmischen wollen.»

Ich denke angestrengt nach, aber spontan fällt mir kein Haken ein. Schamskis Plan ist zynisch, menschenverachtend und vor allem großartig.

«Was wird aus der jungen Frau?», frage ich rein rhetorisch und gieße uns Obstbrand nach.

Schamski lächelt und prostet. «Sie wird einen anderen finden, der besser zur Familie passt und ihr obendrein multiple Orgasmen beschert. Vielleicht bringt er sogar eine Tennisausrüstung und ein Paar Polohosen mit in die Ehe. Oder er hat einen Adelstitel. Oder ein Haus in Malibu. Vielleicht ist er sogar ...»

«Guido, vielen Dank», unterbreche ich, «ich kann ihn mir ganz gut vorstellen, glaube ich.»

Am anderen Ende des Raumes schnäuzt Iggy sich geräuschvoll die Nase. Angesichts dessen, dass dort hinten eine vor vielen Jahren verstorbene Methusalemkatze hingebungsvoll beweint wird, während wir hier Pläne schmieden, um junge Menschen ins Unglück zu stürzen, habe ich einen halben Schnaps lang ein schlechtes Gewissen.

«Findest du, dass wir hartherzige Arschlöcher sind?», frage ich Guido.

Er nickt. «Auf jeden Fall, aber wir hatten keine andere Wahl. Dich hat die Gesellschaft kaputt gemacht, bei mir waren es die Exfrauen.»

Auf dem Heimweg bin ich bester Dinge. Ich habe einen ausgezeichneten Plan, um mit Engelkes fertig zu werden, und Günther, den Schamski und ich bei Iggy zurückgelassen haben, weil die beiden noch quatschen wollten, könnte heute Nacht dem Ziel, seine Traumfrau zu becircen, ein gewaltiges Stück näher kommen. Mein Handy klingelt. Es ist Günther.

«Was ist? Wo bist du?», frage ich entgeistert.

«Zu Hause.»

«Hat sie dich rausgeschmissen?»

«Nein, im Gegenteil. Sie hat vorgeschlagen, dass ich noch mit in ihre Wohnung komme. Aber ich wollte mich nicht aufdrängen.»

Günther, wenn sie demnächst nackt vor dir tanzt und dabei ein Schild hochhält, auf dem steht: «Heirate mich! Ich will Kinder von dir!», dann ruf mich bitte dringend an, bevor du irgendetwas unternimmst.

Ich seufze. «Habt ihr euch wenigstens verabredet?»

Schweigen.

«Günther, sag mir bitte, dass ihr euch verabredet habt», flehe ich und schwöre insgeheim bei Günthers mausetoter Katze, dass ich ihm nie wieder bei der Umsetzung eines seiner bekloppten Pläne helfen werde, wenn er diese großartige Gelegenheit verbockt hat.

Kurzes Schweigen.

«Ja», sagt Günther dann triumphierend, «wir werden essen gehen.»

Ich bin erleichtert. «Sehr gut. Wann?»

«Das haben wir noch nicht ausgemacht.»

«Och, Günther!» Vor mir taucht eine Baustelle auf, der Verkehr staut sich, ich komme hinter einem Kastenwagen zum Stehen. «Das kann doch nicht so schwierig sein, sich mit einer Frau zu verabreden. Ich meine, sie mag dich doch offenbar, sonst hätte sie dir nicht angeboten, noch mit in ihre Wohnung zu kommen.»

«Meinst du das wirklich?», fragt Günther. Ich höre mehrfaches Schlucken, denke an Red Bull mit Ramazotti und muss mich ein wenig schütteln.

«Sie wollte ja offenbar nicht, dass du ihr die Klospülung reparierst, oder?»

«Nein. Ich hab angeboten, ihr WLAN einzurichten.»

Ach, Günther.

Jemand klopft an meine Scheibe. Ein junger Polizist. Zweimal an einem Tag mit dem Handy am Steuer erwischt zu werden trägt nicht gerade zur Besserung meiner Laune bei. «Halt dich fest, Günther.»

Der Polizist bedeutet mir, die Scheibe zu öffnen, ich drücke den entsprechenden Knopf und lasse sie heruntersummen.

Er beugt sich zu mir und stellt sich vor. «Allgemeine Verkehrskontrolle. Haben Sie Alkohol getrunken?»

«Keinen Schluck», erwidere ich ungerührt.

Kurzes Schweigen. Er sieht mich an. «Auch keinen Schnaps?»

«Besonders keinen Schnaps», sage ich.

«Führerschein, Fahrzeugschein, bitte. Stellen Sie den Motor ab und steigen Sie bitte aus.»

Ich tue, was mir befohlen wurde, wende mich dann wieder Günther zu. «Günther, wir müssen jetzt Schluss machen, ich habe hier gerade ein kleines Problem.»

«Nein, warte!», sagt Günther. «Was hältst du denn jetzt davon? Glaubst du wirklich, sie mag mich?»

Jetzt sehe ich, dass vor dem Kastenwagen, hinter dem ich gehalten habe, der Porsche von Schamski steht. Als wir uns sehen, hebt Schamski erstaunt die Arme. «Wieso bist du hier? Ich hab dir doch 'ne SMS geschrieben, dass die hier kontrollieren», ruft er und kassiert ein paar indignierte Blicke.

«Ich hab Günther am Telefon», rufe ich.

Schamski nickt. «Hat er sie denn rumgekriegt?»

Ich schüttle den Kopf. Schamski zuckt bedauernd mit den Schultern und schiebt sich eine filterlose Zigarette zwischen die Lippen.

«Günther, ich muss jetzt wirklich Schluss machen, wir reden morgen weiter, okay?»

«Du willst mich nur schonen. Eigentlich glaubst du, sie mag mich nicht, aber du willst mir das jetzt nicht sagen, stimmt's?»

«Günther, ich bin hier gerade in einer Verkehrskontrolle und werde voraussichtlich meinen Führerschein verlieren. Deswegen bin ich gerade etwas kurz angebunden.»

«Das stimmt nicht. Das sagst du nur, weil du mir nicht die Wahrheit ins Gesicht sagen kannst», erwidert Günther trotzig.

Der junge Polizist hat inzwischen einen Alkoholtester beigebracht und wartet darauf, dass ich mein Gespräch beende, um zu pusten.

«Günther, halt dich fest.»

Der Polizist hält mir das Gerät hin.

«Hören Sie», bitte ich, «wenn Sie meinem Freund sagen,

dass ich hier in einer Verkehrskontrolle bin, dann puste ich, okay?»

Saublöde Idee, ich puste ja so oder so. Und genau das lese ich auch im Gesicht des Polizisten.

«Bitte», sage ich flehentlich. «Er hat Liebeskummer und denkt jetzt, ich will ihn nur vertrösten. Er glaubt nicht, dass ich hier bin.»

Der Polizist verharrt. Dann aber hält er mir den Alkoholtester hin und streckt die Hand aus, um das Handy zu nehmen.

«Danke», sage ich und bin diesmal wirklich dankbar.

Wir tauschen die Geräte. Mit einem «Hauptwachtmeister Strasser hier» wendet sich der Polizist ab, derweil ich mich anschicke, in das Gerät zu pusten. Da steht plötzlich Schamski neben mir.

Ich sehe den Polizisten, der mir den Rücken zuwendet und der von Günther offenbar binnen zwei Sekunden in eine Beziehungsdiskussion verwickelt worden ist, dann sehe ich Schamski, und sofort keimt in mir ein teuflischer Plan auf.

«Hast du schon gepustet?»

Schamski nickt.

«Und?»

«Null Komma zwei.»

Erstaunlich, aber wie auch immer. Ich halte ihm das Gerät hin, Schamski blickt mich verwundert an, dann versteht er, nimmt es und pustet, bis der Signalton verstummt.

Als der Polizist sich uns wieder zuwendet, greife ich blitzschnell das Gerät und reiche es ihm. Er hat nichts gemerkt.

Der Polizist gibt mir mein Handy zurück. «Sie sollen Günther gleich nochmal anrufen. Es geht ihm nicht so toll.»

Ich nicke verständig und sorgenvoll.

Der Polizist schaut nachdenklich auf den Alkoholtester und hält ihn mir dann hin. Das Display zeigt eins Komma drei

Promille. «Sie müssen mit zur Wache kommen, wir brauchen eine Blutprobe.»

Ich sehe Schamski an. Der zuckt mit den Schultern. «Du hast doch nicht geglaubt, dass ich wirklich null Komma zwei Promille habe, oder?»

Der Polizist will sich abwenden.

«Warten Sie», sage ich, «das Gerät muss kaputt sein oder so. Ich möchte nochmal pusten.»

Der Polizist wendet sich mir wieder zu, reicht mir den Alkoholtester, und diesmal puste ich persönlich.

Das Display zeigt jetzt eins Komma vier Promille.

«Sie müssen immer noch mit zur Wache kommen, wir brauchen eine Blutprobe», sagt der Polizist ungerührt, «und vergessen Sie bloß nicht, Günther anzurufen.»

DIESES GESPRÄCH BLEIBT BITTE UNTER UNS

Ich habe kürzlich einem Studentenmagazin ein Interview gegeben. Ich hatte das schon fast vergessen, aber Frau Hoffmann hat heute ein Belegexemplar auf meinem Schreibtisch deponiert. Selbstverständlich ist das Heft an der betreffenden Stelle aufgeschlagen, und Frau Hoffmann hat mein Interview farbig markiert. Vermutlich befürchtet sie, dass ich weder mein Foto erkenne noch meinen Namen mit mir in Verbindung bringe.

Unterhalb des Fotos, welches mein einigermaßen freundlich dreinschauendes Allerweltsgesicht zeigt, ist zu lesen: «Dr. Paul Schuberth, Personalvorstand der Beuten Medien GmbH». Daneben wurde, wohl zur Einstimmung auf das Interview, ein Auszug aus einem Vortrag abgedruckt, den ich vor ein paar Monaten bei einem Zeitungskongress gehalten habe: «... Ein Personalchef muss Menschen nicht nur danach beurteilen, ob sie für eine Position geeignet sind, er muss auch erkennen, ob die anstehenden Aufgaben einen Menschen glücklich machen können. Ein perfekt ausgebildeter Mitarbeiter kann für eine Position somit weniger geeignet sein als jemand, der nicht so hoch qualifiziert ist, seine Aufgaben jedoch glücklich erledigen wird. Eine gute Personalentwicklung sollte sich deshalb an den Bedürfnissen des Individuums orientieren. Ein Personalchef darf nie diesen Respekt vor den Menschen verlieren ...»

Ich lege das Magazin zur Seite und nippe an meinem Tee.

Ich erinnere mich, dass ich den Respekt vor den Menschen vor ungefähr sechs Jahren verloren habe. Ein weinender Familienvater versicherte mir, falls er die Stelle als Buchhalter in unserem Unternehmen bekäme, würde ich allabendlich in die Gebete seiner fünf Kinder eingeschlossen. Knapp zwei Monate später verschwand der Mann mit einem hohen Geldbetrag und einem Firmen-Pkw auf Nimmerwiedersehen. Er war weder verheiratet, noch hatte er Kinder. Buchhalterische Kenntnisse hatte er schon gar nicht. Seine kompletten Unterlagen inklusive aller behördlichen Papiere waren schlicht gefälscht.

Was mich an dem Vorfall ärgerte, war nicht so sehr die Tatsache, dass er mich um Haaresbreite den Job gekostet hätte, sondern der Umstand, dass es sich bei dem Mann um meinen vor fünfzehn Jahren verschwundenen Bruder handelte, der behauptete, er hätte in Kanada Pech gehabt und würde sich jetzt in Deutschland ein neues Leben aufbauen, um baldmöglichst seine Familie nachzuholen.

Immer wenn ich einen schwachen Moment habe und noch einmal an das Gute im Menschen zu glauben drohe, krame ich meine Kontoauszüge hervor und führe mir vor Augen, wie viel Geld ich besäße, wenn ich nicht versucht hätte, eine inexistente kanadische Familie nach Deutschland zu holen, indem ich meinem Bruder das nötige Startkapital lieh. Glücklicherweise sind solche schwachen Momente selten, gewöhnlich bin ich davon überzeugt, dass der Mensch gemein, hinterlistig und bösartig ist.

Schon den ganzen Morgen versuche ich, Engelkes zu verschachern, allerdings momentan noch ohne Erfolg.

Hanno Theis, ein Jungmanager aus der Werbebranche, der in Vorstellungsgesprächen so widerliche Sachen sagt wie

«Überraschen Sie mich», ist zum Senior Vice Irgendwas aufgestiegen und kümmert sich nicht mehr um die Einstellung von Mitarbeitern, sondern nur noch um die Motivation des «vorhandenen Humankapitals». Ein sagenhaft blöder Wichser.

Angelika Kamm, Personalvorstand einer global operierenden Bank, würde mir sehr gerne helfen, steht aber leider gerade vor einer großen Entlassungswelle, weil die Quartalsgewinne entgegen allen Erwartungen nicht im zweistelligen Milliardenbereich gewachsen sind.

Sabine Peschke, Personalchefin einer Gastronomiekette, nimmt mir immer noch übel, dass ich ihre Einladung zu einem romantischen Wochenende ausgeschlagen habe. Sie deutet an, falls ich mich revanchiere, könnten wir über die Sache reden. Eigentlich hätte ich nichts gegen eine Affäre mit Sabine einzuwenden, aber ich habe gehört, sie steht auf Domina-Spiele. Damit kann ich nun leider gar nichts anfangen, außerdem kriege ich schon so genug Kloppe.

Gerade habe ich Hans Sennen in der Leitung, Personalvorstand einer Versicherung und schon sehr lange im Geschäft. Engelkes würde perfekt in die Human Resources passen, weil menschelnde Themen bei Versicherungen immer hoch im Kurs stehen. Umweltschutz, Altersvorsorge, Familie. Da könnte Engelkes sich mit seinen Ideen so richtig austoben.

Leider ist Sennen im Laufe seiner Karriere zuerst vorsichtig, dann übervorsichtig und dann ängstlich geworden. Inzwischen scheint er sich sogar einen Vorstandsbeschluss zu holen, wenn er sich mal am Hintern kratzen will. Jedenfalls lässt Sennen nichts unversucht, um die Übernahme von Engelkes als den gefährlichsten Plan der gesamten Menschheitsgeschichte darzustellen. Ich habe trotzdem keine Lust, aufzustecken, Sennen schuldet mir noch was, und das weiß er.

«Hans, sag mir einfach: ja oder nein?»

«Wie alt, sagst du, war er?»

«Mitte zwanzig», wiederhole ich zum wahrscheinlich vierten Mal.

«Und er ist nochmal ... wie lange bei euch?»

«Knapp zwei Jahre.» Auch das habe ich bereits mehrfach erwähnt.

Sennen überlegt. «Welche Ausbildung, sagst du, hat er nochmal?»

Jetzt wird es mir zu bunt. «Hör mal zu, Hans. Die kleine Koreanerin, die du loswerden wolltest, bringt es als Tippse in unserem Callcenter auf ungefähr neun Buchstaben pro Minute. Ich hab sie trotzdem übernommen, und zwar um deine Ehe zu retten. Das war ein netter Zug von mir. Jetzt kannst du dich revanchieren. Also: ja oder nein?»

Sennen zögert. Ich bete, dass er zusagt, denn langsam gehen mir die Optionen aus. Schwieriger Markt, momentan.

«Ich schau ihn mir einfach mal an, okay?», sagt Sennen zögerlich.

Jetzt bin ich echt sauer. Andauernd helfe ich irgendwelchen Leuten, und wenn ich mal Hilfe brauche, dann stellen sich alle taub. «Nein, Hans! Du schaust ihn dir nicht einfach mal an, sondern du gibst ihm diesen verdammten Job. Sonst sage ich Hong Li, sie soll mal bei deiner Frau vorbeischauen und ihr vormachen, wie toll Koreanerinnen unterm Schreibtisch knien können.»

Ich knalle den Hörer auf. Krieg ich hier vielleicht mal 'n Tee?

Frau Hoffmann erscheint. «Herr Engelkes wäre dann da.»

«Gleich», sage ich und streiche mir etwas unwirsch durchs Haar.

«Tee?», fragt sie.

Ich nicke, Frau Hoffmann verlässt das Büro.

Mein Telefon klingelt. Es ist nochmal Sennen. «Also gut. Einverstanden. Ich nehm diese Flachpfeife. Und danach sind wir quitt. Okay?»

«Okay.»

«Für alle Zeiten», sagt Sennen nachdrücklich.

«Okay.»

Frau Hoffmann erscheint mit dem Tee, stellt ihn ab.

«Sie können jetzt Herrn Engelkes reinschicken.»

Das war knapp.

Das Gespräch mit Engelkes habe ich mir schwieriger vorgestellt. Er hört sich an, was ich zu sagen habe, denkt kurz nach, nickt dann und erwidert: «Ja, vielleicht ist das die beste Lösung. Dann werden endlich alle einsehen, dass es mir nur um Martina und nicht um meine Karriere geht.»

Ich nicke väterlich. «Damit wir uns nicht falsch verstehen, Herr Engelkes. Ich hoffe sehr, dass Sie bald wieder in unser Unternehmen zurückkehren, denke aber, dass Sie zur Lösung Ihrer Probleme diesen – nennen wir es mal – kleinen Umweg machen sollten.»

Wobei dieser kleine Umweg auch eine Reise nach Nirgendwo sein könnte, aber das haben Sie sich dann selbst zuzuschreiben, Sie hätten ja auch die Hose anbehalten können, lieber Herr Engelkes.

«Gut», sagt Engelkes nachdenklich. «Da ist nur ein kleines Problem, der Markt ist gerade etwas schwierig ...»

Ich weiß. Habe ich eben auch festgestellt.

«... und ich wüsste nicht, wo ich mich im Moment bewerben sollte.»

Keine Sorge, Herr Engelkes, ich hab da schon was vorbereitet.

«Ich helfe Ihnen», sage ich, «ich rufe ein paar Kollegen an, und heute Abend, spätestens morgen früh, haben wir ein Angebot für Sie auf dem Tisch.»

Er sieht mich an, ebenso erstaunt wie erfreut. «Wirklich? Das würden Sie für mich tun?»

«Aber ja. Sie gehen jetzt wieder in Ihr Büro und schreiben Ihre Kündigung, und ich hänge mich ans Telefon.»

Ich hänge mich tatsächlich ans Telefon, aber nicht in Sachen Engelkes, sondern um einen Termin mit meiner Exfrau zu machen. Lisa ist Anwältin und muss mir helfen, den Führerschein zurückzukriegen. Schamski kann sie gleich mitvertreten. Lisa und ich verabreden uns für den frühen Abend auf einen Spaziergang. Ich möchte eigentlich die Gelegenheit nutzen, um Fred auszuführen, aber der ist immer noch nicht auf dem Damm und hat keine Lust. Also gehen Lisa und ich allein in den Park.

Sie sieht gut aus. Ein bisschen müde vielleicht, aber gut. Sie trägt einen braunen Hosenanzug, ihr dunkelblondes Haar ist hochgesteckt. Ein paar Strähnen haben sich im Laufe des Tages gelöst und umspielen die feinen Fältchen um ihre Augen. Ich frage mich bei genauerem Hinsehen, ob sie vielleicht doch nicht nur abgespannt ist? Hat sie womöglich etwas auf dem Herzen?

«Geht's dir gut?»

Sie nickt. «Ja. Warum fragst du?»

«Nur so. Du siehst ein bisschen müde aus.»

«Viel zu tun im Moment.»

An dieser Stelle kann ich mir weitere Fragen sparen. Das war schon früher so. Entweder sie hat ein Problem, will aber nicht darüber reden, oder sie hat keines und ist tatsächlich einfach nur etwas abgespannt. Ich werde es nicht erfahren, auch das war schon früher so.

«Also», sagt sie, und das ist ihre typische Eröffnung, um

ohne Umschweife zur Sache zu kommen, «du bist voll wie 'n Eimer in eine Verkehrskontrolle gefahren und hast dabei telefoniert, richtig?»

«Ich hätte es etwas vornehmer ausgedrückt, aber im Prinzip war es so», erwidere ich. «Allerdings hatte ich nur eins Komma vier Promille, voll wie 'n Eimer würde ich das noch nicht nennen.»

«Laut Gesetz bist du damit völlig fahruntüchtig, noch ein, zwei Schnäpse mehr, und du hättest dich nicht mal mehr ungestraft auf ein Fahrrad setzen dürfen.»

«Ja, ja», maule ich, «aber das ist ja alles völlig willkürlich festgelegt.»

«Genau so würde ich vor Gericht argumentieren, das mögen die sehr gerne», erwidert Lisa trocken. «Rechne jedenfalls mal mit sechs bis acht Monaten Führerscheinentzug, ein paar tausend Euro Strafe und sieben Punkten.»

«Nun mal langsam», begehre ich auf, «ich hab niemanden umgebracht, ich bin nur besoffen Auto gefahren.»

«Klar», erwidert Lisa locker, «hättest du auch noch jemanden umgebracht, müsstest du zusätzlich noch in den Knast.»

«Dann bestrafen die das aber ziemlich streng», denke ich laut.

Lisa nickt. «Ich kann da auch nicht viel machen, der Sachverhalt liegt ja auf der Hand.»

Mein Handy klingelt. Es ist Frau Hoffmann, die mir mitteilt, dass Dr. Görges mich sprechen möchte, falls möglich, gerne noch heute, weil ein anderer Termin geplatzt ist. Ob ich es einrichten kann, will sie wissen. Das passt mir jetzt eigentlich überhaupt nicht in den Kram, weil Kathrin gleich kommt und ich noch einkaufen muss. Außerdem hätte ich gerne mit Lisa länger geplaudert. Aber Görges scheint es wichtig zu sein, also sage ich zu.

Lisa hat alles mitbekommen, küsst mich auf die Wange und sagt: «Bis bald, vielleicht schaust du ja mal wieder zum Essen vorbei.»

«Gerne», erwidere ich und versuche, nicht an Tommis Rohkostsalat mit Zitronensaftdressing zu denken.

Knapp dreißig Minuten später stehe ich vor Görges' Büro, wie immer ist die Tür offen. Er sitzt hinter seinem matt glänzenden Schreibtisch und blättert in einem regionalen Immobilienmagazin, unserem jüngsten Produkt.

«Was halten Sie davon?», fragt er, als ich eintrete, und wirft das Heft auf meine Seite des Schreibtisches.

«Ehrlich gesagt, ich würde es nicht kaufen.»

Görges zieht eine Augenbraue hoch. «Und warum nicht?»

«Ich finde, es sind weder gute Tipps noch gute Angebote drin. Außerdem wirkt die Aufmachung billig.»

Görges zieht das Blatt wieder zu sich. «Die Aufmachung IST billig, deswegen wirkt sie auch so. Leider teilen die Kunden Ihre Einschätzung und kaufen das Produkt einfach nicht.» Er wirft das Heft verärgert zur Seite.

«Wollten Sie mich deshalb sprechen?»

Er schüttelt den Kopf. «Ich wollte mit Ihnen über diesen jungen Mann aus Ihrer Abteilung reden. Norbert Engelkes.»

Ich nicke und frage mich, was denn jetzt wieder für eine Gewitterfront auf mich zurollt.

«Meine Tochter und dieser Herr Engelkes haben ein Verhältnis. Ich weiß nicht, ob es diesbezüglich bereits Gerüchte gibt, aber das ist mir auch egal.»

Tja, was soll ich dazu sagen? Am besten gar nichts.

«Jedenfalls scheint es diesem Herrn Engelkes ernst zu sein, denn meine Tochter hat mir gesagt, dass er sie heiraten will. Jetzt frage ich mich natürlich, ob er das aus Liebe tut oder weil sie eine gute Partie ist und seiner Karriere nützlich sein könnte.» Er sieht mich an, wartet offenbar, dass ich auch mal was sage.

«Und jetzt möchten Sie wissen, wie ich ihn einschätze.»

Görges nickt.

«Er ist okay, braucht noch etwas Erfahrung, aber ich denke, er wird seinen Weg machen.»

«Ehrgeizig?»

«Schon, aber nicht krankhaft.»

Görges überlegt, ich denke ebenfalls nach, und zwar, ob ich in die Offensive gehen soll. Ich komme zu dem Schluss, dass mir eigentlich nichts anderes übrigbleibt. «Ehrlich gesagt wusste ich von dem Verhältnis», sage ich.

Görges sieht mich durchdringend an, zieht erneut eine Augenbraue hoch.

«Engelkes hat sich mir anvertraut und mich um Rat gefragt. Er wollte nicht, dass Sie denken, er wäre nur um seiner Karriere willen mit Ihrer Tochter zusammen.»

Görges' Augenbraue klebt unvermindert in der oberen Hälfte seiner Stirn. Er sieht aus, als trüge er ein unsichtbares Monokel. «Und was haben Sie ihm geraten?»

«Ich habe ihm gesagt, um Ihnen zu beweisen, dass ihm nur an Ihrer Tochter gelegen wäre und nicht an seiner Karriere, müsste er schlicht die Firma wechseln.»

Görges' Augenbraue scheint jetzt festgetackert. «Und?»

«Ich habe ihm geholfen, einen neuen Job zu finden, und jetzt will er die Kündigung einreichen.»

Langsam sinkt Görges' Augenbraue in ihre Normalposition. Ich bin gespannt, was jetzt kommt.

«Ein ziemlich entschlossenes und überzeugendes Vorgehen von Herrn Engelkes», lächelt Görges und zupft an seinem Ohrläppchen, was er immer tut, wenn er scharf nachdenkt.

Ich nicke.

«Könnte natürlich auch ein Trick sein, um mich zu beeindrucken und sich als Vorstandsassistent zu empfehlen.»

«Glauben Sie das?», frage ich und bin angetan von so viel Misstrauen.

«Was glauben Sie?», erwidert Görges.

«Ich glaube, Engelkes ist es ernst mit Ihrer Tochter, und er will Sie um jeden Preis davon überzeugen.»

«Warum?», fragt Görges und fingert nach einem Zigarillo.

Ich zucke etwas lustlos mit den Schultern. «Ich vermute, er möchte, dass Sie ihn akzeptieren.»

«Ich will ihn nicht heiraten. Er muss meiner Tochter gefallen, nicht mir.» Görges zündet sein Zigarillo an.

Ich unterdrücke ein Grinsen. «Ich glaube, Engelkes ist ...»

«... ein Weichei?», fragt Görges ganz selbstverständlich und bläst den Rauch an die Decke.

«Ja, so könnte man es ausdrücken», erwidere ich und nicke nachdrücklich.

«Schade», sagt Görges. «Was schlagen Sie vor?»

«Das müssen Sie entscheiden. Ich kann die Kündigung rückgängig machen. Ich kann mich um Engelkes kümmern. Vielleicht möchten Sie ihn aber auch selbst unter Ihre Fittiche nehmen. Das liegt ganz bei Ihnen.»

Görges zupft an seinem Ohrläppchen, dann schüttelt er den Kopf. «Nein», sagt er dann entschlossen, «wir akzeptieren seine Kündigung, lassen Sie ihn gehen. Wenn er meine Tochter dann immer noch heiraten will, sehen wir weiter.»

Ich nicke. Gute Strategie.

Görges reicht mir die Hand. «Dieses Gespräch bleibt bitte unter uns.»

Ich nicke nochmal.

Auf dem Weg in mein Büro begegne ich Schamski, er ist allerbester Laune.

«Gibt's Neuigkeiten?»

«Ja, aber wir reden morgen. Ich bin spät dran.»

«Gut», sagt Schamski, «ich muss auch los. Mein Fahrer wartet.»

Ich halte inne. «Dein Fahrer?»

«Ja, einer meiner Praktikanten fährt mich ab jetzt. Die stehen doch sonst sowieso nur blöd in der Gegend rum. Willst du auch einen haben?»

So weit kommt's noch. Der Vertriebschef stellt einen Praktikanten ab, um den Personalchef durch die Gegend kutschieren zu lassen, weil dieser seinen Lappen versoffen hat. Ich kann mir lebhaft vorstellen, wie man sich hinter meinem Rücken das Maul zerreißen würde.

Eine schlechte Idee ist es trotzdem nicht, sich einen Fahrer anzuschaffen, denke ich auf dem Weg durch die Gänge, denn die Taxikosten sind nicht unerheblich, außerdem werde ich ständig in surreale Gespräche verwickelt, so wie eben, als ich vom Park in die Firma fuhr.

«Welche Route soll ich nehmen?», fragte der Fahrer.

«Ist mir egal», erwiderte ich.

«Durch die Stadt ist es am kürzesten.»

«Dann fahren Sie eben durch die Stadt.»

«Da ist aber um diese Zeit Stau.»

«Aha. Dann nehmen Sie doch einfach eine andere Route.»

«Die ist dann aber etwas länger.»

«Ist mir klar, aber ich dachte, wir wollten den Stau in der Stadt umfahren.»

«Das liegt bei Ihnen. Wenn Sie wollen, dann fahren wir durch die Stadt.»

«Aber ich denke, da ist Stau.»

«Sie sind der Gast. Wenn Sie sagen, dass ich durch die Stadt fahren soll, dann mach ich das.»

«Gut, dann fahren Sie bitte durch die Stadt.»

«Da ist aber um diese Zeit ...»

«... Stau, ich weiß. Aber die andere Route ist ja länger.»

«Stimmt. Aber in der Stadt ist Stau, ich sag Ihnen das nur gleich.»

Als ich bei Frau Hoffmann reinschaue, befindet die sich bereits im Aufbruch, will jedoch ihren Mantel sofort wieder an die Garderobe hängen, als sie mich sieht. Ich winke ab. «Es geht ganz schnell, Frau Hoffmann. Hat Herr Engelkes was für mich abgegeben?»

«Ja, seine Kündigung.»

«Sehr gut. Und könnten Sie mir bitte einen Fahrer besorgen? Am besten so einen Ein-Euro-Jobber. Möglichst billig jedenfalls, ich brauche ihn privat. Und wahrscheinlich für ein paar Monate.»

Frau Hoffmann macht sich rasch eine Notiz und verkneift sich die Frage, warum ich einen privaten Fahrer engagieren möchte, obendrein gleich für ein paar Monate.

Was man in meinem Alter auch nicht mehr machen muss, ist, um den heißen Brei herumreden, zum Beispiel, wenn man seinen Lappen versoffen hat. «Die Sache ist, man hat mir leider gestern den Führerschein abgenommen», erkläre ich also.

Frau Hoffmann sieht mich ohne einen Funken Mitleid an. Ich bin sicher, in den vorbildlichen späten fünfziger und frühen sechziger Jahren hat kein einziger Chef in Deutschland je seinen Führerschein verloren.

«Wann soll ich Ihnen die Kandidaten vorstellen?», fragt Frau Hoffmann professionell unaufgeregt.

«Stellen Sie mir bitte niemanden vor. Entscheiden Sie einfach, wer der Richtige ist. Achten Sie nur bitte darauf, dass die Kosten einigermaßen im Rahmen bleiben.»

«Gut», erwidert Frau Hoffmann knapp.

Ich danke ihr und wünsche einen schönen Abend.

«Ich wünsche Ihnen auch einen schönen Abend, Herr Dr. Schuberth.»

Werde ich hoffentlich haben. Zunächst aber muss ich in Windeseile noch ein paar Kleinigkeiten fürs Abendessen besorgen, genauer gesagt das komplette Essen inklusive Getränke und Tischdekoration.

Ich erwäge für einen kurzen Moment, Kathrin in ein Restaurant auszuführen, entscheide mich aber dagegen. Sie hat sich gewünscht, dass der Abend bei mir stattfindet, also kann ich mich jetzt nicht als Gastgeber aus der Verantwortung stehlen.

Kathrin und ich treffen fast zeitgleich ein, sie hilft mir, die Besorgungen in die Wohnung zu tragen, was mir ausgesprochen peinlich ist.

«Im Büro war heute ein bisschen viel los», entschuldige ich mich.

«Du hättest doch einfach anrufen können, dann wären wir was essen gegangen», entgegnet Kathrin locker.

«Ich dachte, wir wollten heute zu Hause bleiben», antworte ich.

Kathrin lächelt. «Hört sich an, als wären wir 'n altes Ehepaar.»

Ich lächle ebenfalls. «DU wolltest dich bei mir treffen.»

«Klar. Ich bin eben neugierig.»

Der Abend verläuft gänzlich anders, als ich es mir ausgemalt habe. Während Kathrin am Tisch sitzt und Gemüse schnippelt für einen Lammtopf, den wir später dann doch nicht essen werden, weil wir uns zwischendurch an einer zwar gekauften, aber trotzdem ausgezeichneten Mousse au Chocolat überfressen, unterhalten wir uns über Gott und die Welt. Das Gespräch ist weder verkrampft noch langweilig, und es gibt ein paar schöne Momente der Vertrautheit. Wir arbeiten Hand in Hand, trinken, lachen und tauschen wie selbstverständlich nebenbei ein paar Zärtlichkeiten, eine Berührung hier, einen Kuss dort, eine kurze Umarmung.

Außerdem werde ich mit meinen Vorurteilen Kathrin gegenüber konfrontiert, und das ist größtenteils zutiefst beschämend. Ich erfahre, dass sie halbtrockenen Sekt genauso verabscheut wie ich, die Flasche in ihrem Kühlschrank ist lediglich ein Geschenk. Nach Mallorca fährt sie nur mangels anderer Möglichkeiten, ihr Freundeskreis ist auf die Insel abonniert, sie hat sich bislang nicht dazu durchringen können, andere Ziele auf eigene Faust zu erkunden, würde aber sehr, sehr gerne mal nach Italien, Frankreich oder Irland. Zufällig sind das auch von mir bevorzugte Reiseziele.

Es stimmt allerdings, dass Kathrin keine Büchernärrin ist. Sie betrachtet meine kleine bunte Bibliothek ohne großes Interesse, lediglich für ein paar Bildbände scheint sie sich zu erwärmen.

Kathrin hält es außerdem für pervers, einen Fernseher im Schlafzimmer zu haben. Ihrer Meinung nach wird im Schlafzimmer geschlafen oder gevögelt, aber nicht ferngesehen. Ich bin da grundsätzlich anderer Meinung, muss aber zugeben, speziell an diesem Abend habe ich für meinen Schlafzimmerfernseher tatsächlich nicht die geringste Verwendung.

DER FREUT SICH

Als ich aufwache, habe ich das Gefühl, dass ein Teil meines Gehirns inwendig an der Schädeldecke klebt. Durch vorsichtige Kopfbewegungen manövriere ich es an seinen ursprünglichen Platz zurück, verrenke mir dabei aber ein wenig den Nacken. Ich kann mich dunkel erinnern, dass Kathrin und ich zu späterer Stunde noch eine Flasche halbtrockenen Sekt getrunken haben, den ich für den gestrigen Abend gekauft hatte, in dem Glauben, sie würde ihn mögen. Unabhängig davon, dass infolgedessen mein Gehirn wahrscheinlich einen Großteil der Nacht auf dem Trockenen lag, reicht mein Blutzucker immer noch aus, um mehrere Diabetiker ins Grab zu bringen. Ich beschließe, noch rasch zu duschen, bevor mich meine Hyperglykämie aller Voraussicht nach erblinden lässt. Nach der Dusche geht es mir spontan besser, ich mache mir sogar zarte Hoffnungen, mittel- bis langfristig wieder sprechen zu können.

Schreiben kann ich jedenfalls noch nicht, denn gerade werfe ich den fünften Brief an Kathrin in den Mülleimer. Mal ist mir der Ton zu persönlich, dann wieder nicht persönlich genug. Jetzt vergegenwärtige ich mir, was ich bereits geschrieben habe, und versuche, die besten Formulierungen in eine überzeugende Fassung zu bringen. «Guten Morgen! Ich wünsche dir einen wunderschönen Tag und danke dir für den schönen Abend ...»

Hört sich irgendwie nicht nach einer federleichten Liebeserklärung an, sondern eher wie eine uninspirierte Passage aus dem Pfarrgemeindebrief. Ich knülle das Papier zusammen und werfe es weg. Dann nehme ich ein neues Blatt und schreibe darauf: «Ich wäre sehr gerne bei dir geblieben.» Den Zettel lege ich auf den Nachttisch, beschwere ihn mit einer Rose und stelle einen Saft daneben, den ich eben frisch gepresst habe, obwohl mir das Geräusch des Entsafters fast den Schädel gespalten hätte. Dann mache ich mich auf den Weg ins Büro.

Auf dem Parkplatz treffe ich Frau Hoffmann, die erstaunt darüber ist, mich aus meinem Wagen steigen zu sehen.

«Haben Sie den Führerschein etwa schon zurückbekommen?»

«Noch nicht», erwidere ich unbehaglich, «aber es sieht ganz gut aus.»

Sie wirft mir einen tadelnden Blick zu, und ich nehme mir vor, von jetzt ab daran zu denken, dass ich nicht im Besitz einer gültigen Fahrerlaubnis bin. Ich finde aber meinen Fauxpas heute Morgen entschuldbar, weil der Restalkohol mir zu schaffen macht und ich deswegen auch nicht an alles denken kann.

Als ich mich an den Schreibtisch setze, sackt mein Kreislauf derart ab, dass ich in den folgenden acht Stunden von einem Komapatienten nicht zu unterscheiden bin. Danach beschließe ich, den Tag mit einem langen Spaziergang mit Fred ausklingen zu lassen. Für die Fahrt zum Tierheim nehme ich versehentlich erneut meinen Wagen.

Fred geht es immer noch sehr schlecht, ich habe sogar die Befürchtung, dass es ihm schlechter als gestern geht. Ein Spaziergang kommt jedenfalls definitiv nicht in Frage.

«Drehen Sie doch eine Runde mit Spike. Der freut sich», schlägt eine sehr hübsche, aber stark lispelnde Mitarbeiterin vor, die mich an Freds Zwinger stehen sieht. Ich bin zwar nicht begeistert, brauche aber dringend etwas Bewegung, also nicke ich.

Spike ist ein freundlicher Staffordshire-Bullterrier, der ausgelassen an der langen Leine tobt und sich dabei so richtig zum Affen macht. Als er mir ein Stöckchen vor die Füße legt und seinen Kopf an meinem Bein reibt, um mir zu bedeuten, ich möge es werfen, ist mir klar, dass Spike und ich niemals Freunde werden. Fred würde nie im Leben ein Stöckchen anschleppen, geschweige denn es holen, wenn ich es geworfen hätte. Bälle und Knuddeltiere ignoriert er ebenfalls, Apportieren scheint ihm insgesamt ein völlig indiskutabler Zeitvertreib. Wenn ich mir Spike so ansehe, der hechelnd und sabbernd vor mir steht, erwartungsvoll dreinblickt und mich an einen Dorftrottel erinnert, dann ahne ich, warum Freds komplette Verweigerungshaltung mir irgendwie sympathisch ist.

Wieder daheim, stelle ich zwei Dinge fest. Zum einen muss ich mir irgendeine Notiz an den Schlüsselbund machen, wenn ich es vermeiden möchte, zum Gerichtstermin versehentlich mit dem eigenen Auto zu erscheinen. Zum anderen hat Kathrin mir keine Nachricht hinterlassen, was mich ein wenig enttäuscht. Das Glas Saft ist halb geleert, der Zettel und die Rose liegen noch an ihrem Platz. Wahrscheinlich war sie in Eile, denke ich, überlege dann, ob ich sie anrufen soll. Eigentlich könnten wir ja essen gehen.

Kathrin kommt mir zuvor, indem sie mir eine SMS schickt: «Würde gerne mit dir reden. Hast du Zeit? Heute Abend?»

Ich freue mich. Ich weiß zwar noch nicht abschließend, ob ich für eine Beziehung mit Kathrin bereit bin, aber wahrscheinlich hat sie recht, und es ist an der Zeit, dass wir uns über die nähere Zukunft unterhalten sollten. Jedenfalls scheint es in ihr ja mächtig zu arbeiten, wenn sie eine solche

SMS schreibt. Mal sehen, ob ich sie beziehungstechnisch etwas bremsen muss. Wir wollen ja auch nichts überstürzen.

Ich lasse mir einen romantischen Italiener einfallen und simse ihr Ort und Zeit zurück. In diesem Moment klingelt es an der Tür.

Ich erwarte niemanden. Ob das Kathrin ist? Will sie mich etwa überraschen? Das wäre einerseits schön, andererseits hätte ich gerne noch schnell geduscht und mich mental ein wenig auf den Abend vorbereitet. Irgendwie überwiegt aber jetzt gerade die Freude, sie gleich in den Armen halten zu können. Ich öffne.

Schamski steht vor der Tür.

«Kann ich 'ne Weile bei dir wohnen?»

«Was ist passiert?», frage ich entgeistert.

«Ich bin zu Hause ausgezogen. Meine Frau macht mir das Leben mit ihren ständigen Eifersuchtsszenen zur Hölle. Sie glaubt, ich hätte ein Verhältnis mit meiner Sekretärin.»

Ich stutze. «Guido, du hast ein Verhältnis mit deiner Sekretärin.»

«Das sind aber zwei völlig verschiedene Paar Schuhe», begehrt Schamski auf. «Können wir das nicht außerdem drinnen besprechen?»

Ich nicke, trete zur Seite, und Schamski kommt rein, wobei ich nun sehe, dass hinter ihm die ganze Zeit zwei Männer mit einem Klavier standen.

«Was ist das?»

«Mein Klavier», sagt Schamski. «Sie kann alles haben, nur nicht den Porsche und das Klavier.»

Ich winke die Männer herein. «Wusste gar nicht, dass du Klavier spielst.»

«Tu ich auch nicht. Ist ein Erbstück. Genauer gesagt das Einzige, was ich geerbt habe.»

Schamski lässt sich in einen Sessel fallen, ich zeige den Männern eine freie Wand, wo sie das Klavier abstellen können.

«Was trinken?», frage ich Schamski.

«Gerne», sagt einer der beiden Klavierträger.

«Schönes kaltes Bier wär jetzt gut», ergänzt der andere.

Schamski zuckt mit den Schultern, nickt.

Die beiden Klavierträger haben einen ordentlichen Zug am Leib, weshalb wir ein paar Minuten später bereits bei der zweiten Runde sind. Sie heißen Pjotr und Fjodor, aber wer Pjotr und wer Fjodor ist, kann sich sowieso nur ihre Mutter merken. Schamski kennt die beiden seit rund fünfundzwanzig Jahren. Pjotr und Fjodor haben sein Klavier in mehrere Beziehungen und drei Ehen hinein- und später dann wieder herausgetragen, insofern sind die beiden auch ziemlich gut mit seinem Liebesleben vertraut. Die Kurzversion des noch zwei Flaschen dauernden Gesprächs lautet, einer der beiden ist der Ansicht, Schamski sei sexsüchtig und «kommt damit eines Tages noch zum Arzt am Gehen», der andere vertritt die These, Schamski habe die Richtige nur noch nicht gefunden, die aktuelle Frau Schamski sei aber sicher nicht die Richtige, das hätten ihm beide ja schon zum Einzug gesagt.

Als Pjotr und Fjodor sich mit zwei weiteren Flaschen Bier als Wegzehrung vom Acker gemacht haben, zeige ich Schamski das Gästezimmer, den Kühlschrank und das Bad und erkläre ihm, wie man den Fernseher bedient. Ich bin etwas spät dran für das Treffen mit Kathrin und muss mich beeilen, Schamski kann sich ja 'ne Pizza kommen lassen oder so.

«Keine Umstände», sagt Schamski, fischt dabei zielsicher einen Grand Cru Classé aus meinem Weinregal und hat ihn entkorkt, bevor ich andeuten kann, dass die Flasche eigentlich zur Taufe meines Erstgeborenen gedacht war.

Das Fillippos ist ein schöner und schlichter Laden, ich war aufgrund einer kleinen Auseinandersetzung mit dem Inhaber eine Weile nicht hier. Fillippo Dabresi hatte mir so aufdringlich von seinem potthässlichen Neonschriftzug über dem Eingang vorgeschwärmt, dass ich gewitzelt hatte, falls er den Laden mal aufgäbe, könnte er ja versuchen, als Nachmieter eine Schwulensauna zu finden, die bräuchte dann weder den Schriftzug noch den Namen zu ändern. Zu diesem Zeitpunkt wusste ich leider noch nichts von Dabresis homosexuellen Neigungen. Zwar entschuldigte ich mich sofort und schenkte ihm ein paar Tage später obendrein Ballettkarten, aber ich merkte, dass Fillippos Groll dennoch nicht ganz verschwunden war. Also beschloss ich, mich eine Weile nicht bei der eingeschnappten Tunte blicken zu lassen, bis Gras über die Sache gewachsen wäre.

Kathrin ist schon da. Gut sieht sie aus.

«Entschuldige die Verspätung.» Küsschen links, Küsschen rechts. «Ich musste noch einem Freund helfen.»

Sie lächelt betörend. «Kein Problem.»

Ich setze und entspanne mich. Fühlt sich gut an, hier mit Kathrin zu sein. Wir sind ein schönes Paar, könnte man sagen. Schade, dass Schamski bei mir rumhängt, sonst würden wir nach einem fürstlichen Essen den Abend mit einem Glas Wein bei Kerzenschein ausklingen lassen. Apropos Wein.

«Rot oder weiß?»

Kathrin schüttelt den Kopf. «Für mich nicht, ich muss noch fahren.» Ostentativ nippt sie an ihrem Mineralwasser.

«Weiß du denn schon, was du isst?», frage ich, und mir fällt auf, dass Kathrin sich ein wenig unbehaglich fühlt.

«Nur 'ne Kleinigkeit. Das Lachscarpaccio.»

«Damit fange ich auch an, dann sehen wir weiter.» Ich lege die Speisekarte beiseite, wende mich Kathrin zu und sage:

«Okay, du hast etwas auf dem Herzen, das ist nicht zu übersehen. Also, raus mit der Sprache.»

Kathrin versucht ein Lächeln. «Ich wollte es dir eigentlich schon gestern sagen, aber ...» Sie ringt mit sich.

Mich durchzuckt plötzlich der Gedanke, dass sie schwanger ist. Das würde ihre gedämpfte Stimmung erklären. Sie hat Angst vor dem, was kommt. Sie weiß nicht, ob ich das Kind will, ob ich sie will, ob ich ein gemeinsames Leben, eine gemeinsame Zukunft will.

«... aber es war ein wirklich wunderschöner Abend, und ich wollte das dann auch nicht verderben.»

Entspann dich, Kathrin. Das kommt zwar jetzt etwas unerwartet mit deiner Schwangerschaft, aber ich bin sicher, wir werden einen Weg finden. Erst mal ziehst du zu mir. Ob wir gleich heiraten müssen, weiß ich noch nicht. Das können wir ja auch nach der Geburt des Kindes entscheiden.

«Jedenfalls ist die Sache die ...»

Ich sehe sie ruhig und interessiert an und nicke bedächtig. Keine Sorge, Kathrin. Was immer du mir zu sagen hast, alles wird gut.

«Wir werden uns nicht wiedersehen, Paul.»

Ich nicke immer noch bedächtig und sehe dabei aus wie ein tibetanischer Mönch, der gerade von seinem Elefanten gerammt worden ist.

Dann sage ich völlig tonlos: «Tja», womit ich meine, dass Kathrins Ankündigung mir dann doch ein wenig die Pläne für den heutigen Abend und den Rest meines Lebens versaut hat.

«Du bist ein toller Mann, Paul, und ich hab das mit dir sehr genossen. Aber ich weiß natürlich, dass ich für dich nur eine Affäre bin ...»

Hoffnung keimt in mir auf. Wenn es allein das ist, was Kathrin zum Schlussstrich bewogen hat, dann kann ich das sicher geradebiegen und den Abend doch noch herumreißen.

«... außerdem sind wir einfach zu verschieden. Ich bin nur eine kleine Sekretärin und du ein ... Manager. Du bist weltgewandt und gebildet. Ich fahre einmal im Jahr nach Mallorca, und Bücher interessieren mich nicht ...»

Aber Kathrin! Das macht doch nichts! Wir fahren mal woandershin. Und Lesen bedeutet mir wesentlich weniger als beispielsweise Sex. Wirklich! Wesentlich weniger.

«Ich hab einfach gemerkt, dass das nicht meine Welt ist.» Sie macht eine kleine Pause, seufzt. «Und ich hab gemerkt, dass ich zu Rüdiger gehöre.»

«Rüdiger», wiederhole ich dezidiert und begrabe gleichzeitig meine Pläne, den Abend doch noch herumzureißen.

«Wir waren so gut wie verlobt, dann hat er plötzlich kalte Füße gekriegt. Er wollte sich noch nicht binden, hat er mir gesagt. Aber als er gemerkt hat, dass ich mit dir zusammen bin, hat er angefangen, wieder um mich zu werben. Und vorgestern hat er mir einen Heiratsantrag gemacht.»

Sie lächelt ihr hübsches Lächeln.

«Rüdiger», sage ich erneut, und es scheint fragend zu klingen, denn Kathrin sieht mich an und erwidert: «Du könntest ihn mal gesehen haben, er ist auf ein paar der Urlaubsfotos, die bei mir in der Küche hängen.»

Ich zucke mit den Schultern. Ja, kann sein, keine Ahnung.

«Moment», sagt Kathrin und kramt in ihrer Tasche. «Ich glaube, ich hab ein Foto von ihm dabei.»

Kathrin, du hast ein Foto von Rüdiger dabei? Etwa immer?

«Hier.» Sie reicht mir ein Foto, auf dem ein Mittdreißiger mit Halbglatze und leicht abstehenden Ohren zu sehen ist.

«Das ist Rüdiger?», frage ich, und es beschleicht mich das Gefühl, dass meine heutige Niederlage wohl doch exorbitanter ausfallen wird, als ich dachte, bevor Rüdiger ins Gespräch kam.

Kathrin nickt. «Süß, oder?»

Kathrin, erwartest du ernsthaft von mir, dass ich deinen künftigen Mann süß finde? Niemals!

Ich kapituliere mit einem kurzen Nicken.

«Stell dir vor, als er mir den Antrag gemacht hat, da hat er sich vor mich hingekniet, obwohl er doch ein steifes Bein hat und ihm das wehtut, wenn er in die Hocke gehen muss. Er hatte mal Kinderlähmung, weißt du?»

Nein, weiß ich nicht, Kathrin, ist mir aber auch schnurz.

Ich gebe ihr das Foto zurück.

«Gratuliere», sage ich und kratze das bisschen Ehre, das ich noch im Leib habe, zusammen. «Ich wünsche euch alles Glück der Welt.»

«Danke», sagt Kathrin und steckt das Foto weg, nicht ohne einen kurzen, verliebten Blick darauf zu werfen.

Das war's also. Schluss, aus und vorbei. Unübersehbar, dass Kathrin jetzt gerne gehen würde, und zwar auf der Stelle. Sie hat hier nichts mehr verloren und wird nur aus Gründen des Anstandes das folgende Essen über sich ergehen lassen.

«Hör mal, wenn du gehen musst, dann ist das kein Problem», sage ich.

Kathrin blickt mich an. «Und was ist mit dem Essen?» Es ist ein halbherziges Bedauern, das hört man deutlich.

«Geh schon», sage ich. «Ihr müsst sicher noch eine Menge vorbereiten. Außerdem sollten frisch Verliebte jede freie Minute zusammen verbringen.»

Sie lächelt, springt auf, drückt mir einen Kuss auf den Mund und ist binnen weniger Sekunden aus dem Fillippos verschwunden. Und damit auch aus meinem Leben. Das ging schnell, denke ich.

Ich sehe nach, ob ich Zigaretten dabeihabe. Natürlich nicht, ich will es mir ja abgewöhnen. Fühlt sich nicht besonders gut an, gerade von einem Glatzkopf mit Segelohren, der obendrein ein Bein nachzieht, ausgestochen worden zu sein.

Fillippo erscheint, hat wohl mitbekommen, dass Kathrin gegangen ist. «Was ist mit der Dame, kommt die wieder?»

Ich schüttle den Kopf.

«Oh, das tut mir wirklich leid.»

Ich zucke mit den Schultern. «Schon gut. Vielleicht möchten Sie ja mit mir essen?»

Fillippo bedauert, aber er hat gleich noch eine Verabredung mit einem «sehr schönen Mann aus Apulien».

Ich ordere Zigaretten und eine Flasche Wein, um zu begießen, dass ich mir zur Abrundung des Abends gerade noch rasch einen Korb von einer sizilianischen Fummeltrine geholt habe.

Es ist spät, als ich nach Hause komme. In der Küche brennt Licht, leise Geräusche dringen in den Flur, was mich daran erinnert, dass Schamski bei mir zu Gast ist. Das trifft sich gut, ich werde mit ihm noch ein paar Schnäpse kippen und mich danach in den Schlaf weinen.

«'n Abend», sage ich, als ich in die Küche komme.

Katja Riebinger, Schamskis Sekretärin, steht am Kühlschrank, schreckt auf und lässt die Tür ins Schloss fallen. «Guten Abend, Herr Dr. Schuberth», erwidert sie mit einem leicht verkrampften Lächeln.

Frau Riebinger ist splitternackt, hat aber momentan womöglich die vage Hoffnung, ich könnte es noch nicht bemerkt haben. Höflich, wie ich bin, spiele ich mit.

«Kann ich Ihnen vielleicht helfen?»

«Ich habe nur etwas zu trinken gesucht», erwidert Frau

Riebinger und spielt leicht nervös unterhalb ihres Busens mit dem Saum ihrer nicht vorhandenen Bluse.

«Alkoholisch oder nichtalkoholisch?», frage ich.

«Ein Wasser würde mir reichen.»

«Kommt sofort», sage ich und wende mich meiner kleinen Vorratskammer zu. «Ich habe aber leider kein gekühltes.»

«Das macht nichts», sagt sie.

Ich halte mich ein wenig länger als nötig in der Vorratskammer auf, um Frau Riebinger die Möglichkeit zu geben, mit einem «Entschuldigen Sie mich kurz» zu verschwinden und einen Bademantel zu organisieren.

Frau Riebinger tut jedoch nichts dergleichen.

Als ich mich ihr wieder zuwende, hat sie sich die grüne Küchenschürze, die immer neben dem Kühlschrank hängt, umgebunden. Solange Frau Riebinger sich nicht umdreht, ist die Schürze ziemlich kleidsam.

«Aber bitte, setzen Sie sich doch», sage ich freundlich, und Frau Riebinger nimmt am Küchentisch Platz. Ich reiche ihr das Wasser, halte eine Flasche Wein fragend in die Höhe, und Frau Riebinger bedeutet mir, dass sie vielleicht dann doch ein winziges Schlückchen mittrinken würde. Ich gieße uns ein, wir prosten uns zu. Sie lächelt, nippt an ihrem Wein.

«Nett haben Sie es hier.»

«Danke sehr.»

«Leben Sie allein in dieser riesigen Wohnung?»

Manchmal sind ein Arbeitskollege und eine nackte Frau da, denke ich, nicke aber schlicht.

Das Geräusch einer Tür, die geöffnet und wieder geschlossen wird, ist zu hören, dann Schritte im Flur, schließlich betritt Schamski die Küche. Er trägt einen viel zu kleinen Morgenmantel, offenbar den von Frau Riebinger, blinzelt, setzt sich wortlos an den Tisch und gießt sich Wein ein. Er nimmt einen Schluck, schmeckt dem guten Tropfen nach und ist zufrieden.

«Ihr habt euch schon bekannt gemacht, oder?», fragt Schamski.

Ich nicke. «Wir waren gerade dabei.»

Frau Riebinger nickt ebenfalls. «Herr Dr. Schuberth und ich kennen uns ja auch aus dem Büro», ergänzt sie.

«Ich glaube, du kannst Paul zu ihm sagen», nuschelt Schamski.

Ich nicke ihr aufmunternd zu. «Aber klar, gerne.»

Sie freut sich. «Fein, ich bin die Katja.»

«Freut mich, Katja.»

Wir stoßen an, im gleichen Moment klingelt mein Handy. Für einen kurzen Moment habe ich die Hoffnung, es könnte Kathrin sein, absurde Idee, denke ich im nächsten Augenblick.

Es ist Günther. Er war mit Iggy essen und braucht nun dringend ein paar Ratschläge von mir. Und die braucht er sofort, denn sonst wird er sicher heute Nacht kein Auge zutun, was gesundheitlich bedenklich wäre, weil er schon die letzten zwei Nächte kein Auge zugetan hat. Die Anspannung vor dem Treffen mit Iggy war nämlich einfach zu groß.

«Günther, ich weiß nicht, ob ich dir helfen kann, ich bin selbst ein bisschen angeschlagen.»

«Verstehe», sagt Günther tieftraurig, «na ja ...»

Ein kurzes Schweigen.

«Okay. Komm einfach vorbei», schlage ich vor, «hier sind noch ein paar andere Leute, wir können ja wenigstens was trinken.»

«Gut», sagt Günther. «Bin in einer Minute da.»

«In einer Minute?», frage ich erstaunt.

«Ja», erwidert Günther kleinlaut, «ich steh schon vorm Haus.»

ODER SO

Es dämmert. Günther und ich sind immer noch dabei, den Abend mit Iggy in seine Bestandteile zu zerlegen, und dabei schon vor Stunden auf der atomaren Ebene angekommen. Günther will wie üblich jede noch so kleine Gefühlsregung, jede winzige Irritation, jeden Seufzer analysiert wissen.

Vor uns stehen die leeren Grand Cru Classés für meine Zweit- bis Fünftgeborenen. Außerdem eine fast leere Flasche Grappa, für die mein Weinhändler mir den heiligen Schwur abgenommen hat, sie frühestens in fünf Jahren zu öffnen. Es fehlen zwar noch vier Jahre, elf Monate und drei Wochen, aber die Welt ist eben nicht perfekt. Ich gieße Günther und mir den letzten Grappa ein.

Schamski ist auf dem Stuhl eingenickt, wacht aber manchmal auf, um ein paar Wortfetzen von sich zu geben. Ich vermute, einen ganz ähnlichen Eindruck hat Molière vor seinem letzten Auftritt gemacht.

Katja steht am Herd und versucht, ein Frühstück zuzubereiten. Es ist ihr offenbar entfallen, dass die Küchenschürze nur den vorderen Teil ihres Körpers bedeckt, aber ich weiß ja sowieso, wie sie nackt aussieht, und Günther ist angetrunken und vollauf mit Iggy beschäftigt, ihm ist deshalb gar nicht aufgefallen, dass Katja rückseitig unbekleidet ist.

Gerade sind Günther und ich an einem kniffligen Punkt angelangt. Es geht um Iggys Satz «Eigentlich mag ich ja keine

Männer mit Vollbart», den ich so verstehe, dass Iggy Günther definitiv mag, und zwar trotz seines Vollbartes. Günther hingegen vermutet, Iggys Äußerung wäre ein dezenter Hinweis darauf, dass nur dann etwas aus den beiden werden könnte, wenn Günther sich den Bart abnähme.

Zwar rede ich auf Günther ein mit der Engelsgeduld eines ligurischen Eseltreibers, der gerade versucht, sein störrischstes Exemplar in den Stall zu lotsen, kann aber trotzdem nicht verhindern, dass Günther sich schließlich entschlossen erhebt, um mit leichter Schlagseite zu verkünden: «Der Bart kommt ab. Und zwar sofort.»

Weil ich befürchte, dass er sich in seinem aktuellen Zustand nicht nur den Bart, sonden auch den Kopf abschneidet, versuche ich, Günther noch umzustimmen, aber der wischt meine Bedenken mit einer Handbewegung fort und torkelt in Richtung Gäste-WC.

«Frühstück ist gleich fertig», flötet Katja.

«Ich geh mal kurz duschen», erwidere ich und kippe meinen Grappa.

Zwanzig Minuten später fühle ich mich exakt wie vorher, nur geduscht. In der Küche ist die Stimmung entspannt. Schamskis Zeit ist wohl doch noch nicht gekommen, er ist bei Bewusstsein und kultiviert seine vornehme Blässe mit einem mehrstöckigen Espresso und einer filterlosen Zigarette.

Katja hat Eier mit Speck gemacht. Man kann zwar die Eier nicht vom Speck unterscheiden, aber trotzdem würde ich dieses Frühstück jetzt nicht mal gegen den Brunch im Ritz-Carlton tauschen.

«Wo ist denn Günther?», frage ich und setze Wasser auf.

«War der nicht bei dir?», erwidert Katja.

Nein, Katja, Günther war nicht bei mir. Wir haben weder zusammen geduscht noch uns dabei gegenseitig rasiert.

Ich habe die schlimme Befürchtung, dass Günthers Rasurpläne schiefgegangen sind. Wahrscheinlich wimmelt es in meiner Wohnung gleich von Polizisten, die wissen wollen, wie es möglich war, dass ein Mann sich mit einem Einwegrasierer in Stücke schnitt. Deshalb beschließe ich, rasch mal nach Günther zu sehen, doch in diesem Moment erscheint er im Türrahmen.

«Und? Was sagt ihr?» Günther präsentiert stolz sein glattrasiertes Gesicht und blickt erwartungsvoll in die Runde.

Leicht erschrockenes Schweigen.

«Vorher fand ich es auch nicht schlecht», bemerkt Katja etwas schüchtern.

Günther sieht mich fragend an.

«Katja hat recht, du solltest dir einen Bart stehenlassen», sage ich.

Günthers Gesichtsausdruck wechselt zu missmutig. «Du warst es doch immer, der gepredigt hat, dass ich mir den Bart abnehmen soll», motzt er.

«Ja», erwidere ich, «da wusste ich aber noch nicht, dass du ohne Bart aussiehst wie der Junge auf der Kinderschokolade.»

Günther zieht einen Flunsch. «Ja, nu isser ab.»

Er setzt sich und nimmt sich von Katjas Frühstück, derweil ich mich frage, ob Günther künftig noch ohne Begleitung eines Erwachsenen in Disneyfilme reinkommt.

Es klingelt an der Tür.

«Das ist Bode», sagt Schamski. «Er soll warten. Das hier ist nix für ihn.»

Das hat Schamski sehr treffend formuliert. Einen jungen Menschen könnte die Situation womöglich spontan um den Verstand bringen. Eigentlich will Schamski natürlich nur vermeiden, von seinem fahrenden Praktikanten in einem unwürdigen Aufzug ertappt zu werden. Schamski sieht nämlich immer noch aus wie ein Mann, der versucht hat, sich im Morgenmantel seiner Mutter das Leben zu nehmen.

Zwanzig Minuten später sind wir abfahrbereit. Schamskis Praktikant Bode ist ein nervöser Brillenträger, der wirkt, als könnte man ihn mit einer Knallerbse auf einen Baum jagen. Ich vermute, Schamski tut das auch mehrmals täglich.

«Wo soll ich denn hinfahren?», fragt Bode, als wir Günther abgesetzt haben.

«Zum Verlag?», wundert sich Schamski.

«Schon klar», erwidert Bode, «aber wohin da genau?»

Schamski stutzt, dann versteht er, dass Bode offenbar auf die Anwesenheit von Katja anspielt.

«Sie meinen aus Gründen der Diskretion?», fragt Schamski fast beiläufig.

«Genau», erwidert Bode unbehaglich.

«Mal überlegen», sagt Schamski, und sein Tonfall verrät, dass er sich über Bode amüsiert, «wir könnten Frau Riebinger auf der Autobahn rauslassen, damit sie sich durch den Stadtpark von hinten ans Verlagsgebäude heranschleicht. Dr. Schuberth müsste sich als Pizzalieferant verkleiden und den Pförtner ablenken, denn dann könnte ich am Empfangstresen vorbeikriechen, um in mein Büro zu gelangen. Was halten Sie von dem Plan?»

Bode ist in sich zusammengesunken. «Soll ich Sie einfach alle am Haupteingang rauslassen?», fragt er kleinlaut.

«Das wäre sehr freundlich von Ihnen, Herr Bode», erwidert Schamski, und es klingt nicht ungefährlich.

Im Büro erwarten mich eine heiße Tasse Tee und eine etwas unterkühlte Frau Hoffmann. Sie hat einen Termin umbuchen wollen und mich nicht auf dem Handy erreicht. Eigentlich ist das kein Beinbruch, zumal der Termin gar nicht heute ist, aber Frau Hoffmann wertet den Vorfall als klaren Beweis dafür, dass Handys den Büroalltag unkoordinierbar machen. Genau wie das Internet.

Auf meinem Schreibtisch liegt ein Päckchen, es ist von Engelkes, er möchte sich für meine tatkräftige Hilfe bei seiner Jobsuche mit einer guten Flasche Rotwein bedanken. Er hat sich nicht lumpen lassen, es ist ein Grand Cru Classé, weshalb ich nun zumindest zur Taufe meines Erstgeborenen wieder ein passendes Getränk habe. Damit die Flasche nicht meinem Mitbewohner in die Hände fällt, werde ich sie vorerst im Büro deponieren.

Beim Durchgehen der Post finde ich einen Prospekt der Anonymen Alkoholiker und mutmaße, dass Frau Hoffmann mich dezent auf ein Alkoholproblem hinweisen möchte. Darüber müssen wir reden, und zwar sofort, denn wenn so ein Gerücht die Runde macht, dann ist der Ruf schneller ruiniert, als man ein Eau de Vie kippen kann.

«Es ehrt Sie, Frau Hoffmann, dass Sie sich um meinen Gesundheitszustand sorgen, aber ich kann Ihnen versichern, es ist alles in Ordnung. Wäre das jedoch anders, müsste ich Sie trotzdem darum bitten, sich nicht in meine Privatangelegenheiten einzumischen.»

Frau Hoffmann sieht mich fragend an und hat offenbar nicht die leiseste Ahnung, wovon ich rede, also ziehe ich den Prospekt aus dem Poststapel und lasse ihn auf ihre Seite des Schreibtisches flattern. Sie wirft einen Blick darauf, und ihr Gesicht verdüstert sich.

«Und Sie glauben, ich hätte Ihnen das in die Post gelegt?»

Ich nicke und sehe im selben Moment, dass Frau Hoffmann offenbar den Tränen der Empörung nahe ist.

«Herr Dr. Schuberth», stößt sie hervor und beherrscht sich sichtlich, um nicht die Fassung zu verlieren, «ich arbeite seit über vierzig Jahren als Sekretärin und habe für eine ganze Reihe von Alkoholikern gearbeitet, aber ich wäre nie auf die Idee gekommen, jemals auch nur ein Wort darüber zu verlieren. Wie Sie wissen, gehöre ich zur alten Schule, und es enttäuscht mich maßlos, wenn Sie auch nur im Mindesten an meiner Loyalität zweifeln.»

Das hat gesessen. Ich bin sprachlos.

Frau Hoffmann steht auf, strafft sich. «Ihr neuer Fahrer wartet draußen, ich dachte, Sie möchten ihn vielleicht kennenlernen», sagt sie mit Grabeskälte in der Stimme.

Da ich die Situation im Moment ohnehin nicht entschärfen kann, erwidere ich: «Schicken Sie ihn bitte herein», und sehe der maßlos enttäuschten Frau Hoffmann dabei zu, wie sie aufrechten Hauptes mein Büro verlässt.

Mit ein wenig Nachdenken hätte ich auch selbst darauf kommen können, dass Frau Hoffmann mir niemals einen solchen Prospekt untergejubelt hätte. Als sie zur Sekretärin ausgebildet wurde, da tranken Chefs doppelte Weinbrände, weil der erste Kaffee damit besser schmeckte, und auf Intensivstationen durfte noch geraucht werden. Homosexualität hielt man für eine Krankheit, Alkoholismus für ein Hobby. Und Sekretärinnen waren dazu da, volltrunkene Wirtschaftskapitäne vor der Öffentlichkeit zu schützen und ihre Affären zu koordinieren. Deshalb auch die Vorzimmer.

Da werden wohl ein sehr großer Blumenstrauß und eine sehr große Entschuldigung fällig sein, denke ich, lasse den Rundbrief der Anonymen Alkoholiker und die Flasche Wein in meinem Schreibtisch verschwinden und erhebe mich in genau dem Augenblick, als mein Fahrer vor mir steht.

«Guten Tag, es freut mich sehr, Sie kennenzulernen», sagt er, lächelt freundlich und streckt mir die Hand entgegen.

Ich mache ein ähnlich erstauntes Gesicht wie an jenem Tag,

als ich erfuhr, dass mein Aktiendepot das Platzen der Dotcom-Blase etwa so gut überstanden hatte wie Pearl Harbor den Angriff der Japaner, und ergreife die Hand des vor mir stehenden Mannes. Es ist Kathrins Bruder Bronko, der Mann, der keine nackten Frauen zeichnen kann.

«Bronko Steiner», sagt er und liest das fortgesetzte Erstaunen in meinem Gesicht. «Ähm ... kennen wir uns vielleicht?»

Leugnen hat keinen Sinn, ich nicke. «Paul Schuberth, ich war kürzlich auf einer Ihrer Vernissagen.»

«Oh», erwidert Bronko, und es klingt wie eine Mischung aus Erstaunen und Bedauern. Wahrscheinlich wäre es ihm lieber, wenn ich nichts von seinen künstlerischen Aktivitäten wüsste. Mir wäre es auch lieber, denn im Moment fällt mir keine Frage ein, die Bronkos Malerkarriere betrifft und ihn nicht brüskieren würde. Die Tatsache, dass er in den nächsten Monaten einen Trunkenbold wie mich durch die Gegend kutschieren muss, spricht nicht für seinen künstlerischen Durchbruch. Offenbar hat weder die Staatsgalerie bei ihm angeklopft, noch hat er auch nur ein einziges Bild verkauft.

Ich wechsle rasch das Thema. «Setzen Sie sich doch bitte. Darf ich Ihnen etwas zu trinken anbieten?»

«Danke nein.» Es setzt sich, blickt links an mir vorbei zum Flipchart und rechts an mir vorbei aus dem Fenster. Ich ahne, das werden keine leichten Monate.

«Ich glaube, Sie kennen meine Schwester Kathrin, nicht wahr?»

Gut, Bronko, dann sind wir jetzt quitt. Ich weiß, dass du nicht malen kannst, du weißt, dass ich deine Schwester gevögelt habe.

Ich nicke. «Ja, wir ... kennen uns.»

Ich stelle gerade fest, dass Bronkos linkes Auge mich hin und wieder ansieht. Das rechte scheint dem linken hinterherzuflattern. Vielleicht ist das ähnlich wie bei einem Gewehr, denke ich, Kimme und Korn, links ist bei Bronko die Kimme, rechts das Korn. Ich konzentriere mich auf Bronkos linkes Zielauge und habe das Gefühl, nun ungefähr erahnen zu können, wen oder was er gerade ansieht.

«Gut, was also soll ich tun?», fragt Bronko.

«Hat Ihnen Frau Hoffmann das nicht gesagt?»

«Doch, schon. Aber wenn ich auf Sie warte, könnte ich doch auch Kleinigkeiten erledigen, Besorgungen oder so. Das macht mir nichts aus. Im Gegenteil, dann langweile ich mich wenigstens nicht.»

Keine schlechte Idee. Ich überlege, wann mir in den letzten zehn Jahren schon mal ein ähnlicher Fall von Eigeninitiative untergekommen ist, aber mir fällt keiner ein. Ich nicke anerkennend. «Gut, dann besorgen Sie doch bitte einen großen Strauß Blumen für meine Sekretärin, bunt gemischt, aber keine Rosen.» Ich lege einen Geldschein auf den Tisch und sehe dabei ein leichtes Erstaunen in Bronkos Gesicht. «Ich muss mich noch bei ihr entschuldigen», erkläre ich, aber das Erstaunen in Bronkos Gesicht wird nicht kleiner. «Ich habe gedacht, sie würde mich für einen Alkoholiker halten», versuche ich die Sache zu erhellen, im selben Moment ist mir jedoch klar, dass ich gerade hart daran arbeite, auch von Bronko für einen Alkoholiker gehalten zu werden.

«Verstehe», sagt er, versteht natürlich überhaupt nichts, nimmt den Geldschein und erhebt sich.

Mein Telefon klingelt. Frau Hoffmann erklärt mir betont sachlich, meine Tochter sei am Telefon. Für einen Moment habe ich die Befürchtung, ein Treffen verschusselt zu haben.

«Hi, Sophie.»

«Hallo, Paul.»

«Was liegt an?»

«Och, nichts Besonderes. Ich wollte dich nur fragen, ob du vielleicht morgen zum Essen kommen willst.»

Die Tatsache, dass gewöhnlich Lisa mich einlädt, und der Umstand, dass Sophie sich bemüht, die Einladung so nebensächlich wie möglich klingen zu lassen, zeigen mir, dass durchaus etwas Besonderes anliegt. Aber das möchte sie offenbar nicht am Telefon besprechen.

«Gerne», sage ich also knapp, «soll ich so gegen halb acht bei euch sein?»

«Das wäre super», erwidert Sophie.

«Kann ich mir Wein mitbringen? Und 'n Steak?»

Ich spüre, dass sie lächeln muss.

«Versuch's einfach», sagt sie leichthin.

Gegen Mittag stattet mir Günther einen Kurzbesuch ab. Da ich sein bester Freund bin, wie er betont, soll ich ihm einen Rat geben. Die Freundin eines Bekannten ist nämlich Maskenbildnerin und hat Günthers Bart rekonstruiert. Günther sitzt also vor mir, hat sich als Günther verkleidet und will wissen, ob er an das Original heranreicht. Ich kann es nicht fassen.

«Wieso? Ist doch 'ne gute Idee», wirbt Günther für seinen tollen Plan.

«Ach ja? Stell dir vor, ihr habt Sex, und am nächsten Morgen liegt dein falscher Bart zwischen euch. Was willst du ihr dann sagen? Dass du als Komparse beim Film arbeitest oder dass du von Interpol gejagt wirst?»

Günther zieht die Schultern hoch. «Deswegen will ich ja von dir wissen, was ich machen soll.»

«Günther! Jeden Tag rasieren sich auf der Welt Milliarden Leute. Du hast das heute Morgen auch getan. Da ist nichts dabei.»

«Aber was, wenn Iggy mich ohne Bart nicht mag?», fragt

Günther sorgenvoll, und ich glaube zu beobachten, dass sich ein kleines Stück seines falschen Flaums am Ohr ablöst.

«Vielleicht mag sie den Bart, vielleicht mag sie ihn nicht», erwidere ich genervt, «vielleicht scheitert eure Beziehung aber auch an deiner Unterhose, an ihren sexuellen Vorlieben, an deinem Aftershave oder der Tatsache, dass morgen die gesamte Menschheit durch einen Meteoriteneinschlag ausgelöscht wird. Ich weiß es nicht! Hör endlich mal auf, dauernd überall Risiken zu sehen! Du bist ja schlimmer als meine Mutter. Und die ist schon Weltspitze im Risikensehen.»

Günther seufzt. «Ja, du hast ja recht. Ich mache mir immer zu viele Sorgen. Aber ich will halt, dass das mit Iggy und mir klappt.»

«Verstehe ich ja auch», sage ich versöhnlich, «nur, man muss auch manchmal was riskieren, es gibt keine hundertprozentige Sicherheit.»

Günther nickt, und ich habe die leise Hoffnung, dass er gerade eine tiefe Einsicht gewonnen hat. Ich, sein bester Freund, habe ihn vielleicht einem angstfreien Leben nähergebracht. Leider wird meine Hoffnung im nächsten Moment zunichtegemacht, weil Günther mich ansieht und fragt: «Und?»

«Und was?», erwidere ich leicht perplex.

«Na, was soll ich jetzt machen? Lieber mit oder lieber ohne Bart?»

Das ist der Moment, in dem ich die Kontrolle verliere. Ich hechte über den Schreibtisch und strecke die Hand nach Günthers Bart aus, erreiche ihn aber nicht ganz. «Her mit dem Bart!», presse ich hervor, vermutlich mit blutunterlaufenen Augen.

Günther sieht mich angstvoll an. «Meinst du wirklich?»

«Her mit dem Bart!»

Er reckt das Gesicht ein wenig vor, aber ich bekomme den

Bart immer noch nicht ganz zu fassen. «Los! Her damit! Her damit!», belle ich.

Günther beugt sich noch ein paar Zentimeter vor, und jetzt erwische ich tatsächlich die lose Ecke seiner angeklebten Männlichkeit.

Das Geräusch des Reißens und Günthers Gebrüll übertönen offenbar das Klopfen. Jedenfalls steht plötzlich Frau Hoffmann in meinem Büro, sieht den rotgesichtigen Günther und mich mit einem Fetzen Haare in der Hand.

Wenngleich Frau Hoffmann in ihrer rund vierzigjährigen Laufbahn schon sehr viel erlebt hat, so ist es für sie offenbar doch neu, dass ihr Vorgesetzter Besuchern die Bärte aus dem Gesicht reißt.

«Ich komme später nochmal wieder», sagt sie knapp und macht auf dem Absatz kehrt. Dabei klappert die Tasse Tee, die sie mir bringen wollte, als würde Frau Hoffmann ein wenig zittern.

Glücklicherweise ist das Missverständnis rasch aufgeklärt. Günther bekommt eine 1999 abgelaufene Brandsalbe aus unserem Erste-Hilfe-Kasten, außerdem ordne ich zielsicher an, dass die Inhalte sämtlicher im Unternehmen befindlicher Erste-Hilfe-Kästen auf ihr Verfallsdatum hin überprüft werden. Wir möchten ja schließlich keine Scherereien mit den Korinthenkackern von der Berufsgenossenschaft bekommen. Letzteres sage ich übrigens nicht, sondern wähle die Formulierung «Damen und Herren von der Berufsgenossenschaft».

Als es mir am Nachmittag gelingt, Frau Hoffmann mit Blumen und einer feierlichen Ansprache wieder gnädig zu stimmen, scheint der Tag sich doch noch zum Guten zu wenden. Ich habe das Gefühl, sie ist ein wenig gerührt, und ich bedauere in diesem Moment, dass sie in ein paar Monaten in Rente gehen wird. Sekretärinnen, die ein berufliches Ethos haben, das dem Ehrenkodex der Mafia ähnlich ist, sind ja kaum noch zu finden.

Sollte mein Hund wieder auf dem Damm sein und sich zu einem Abendspaziergang überreden lassen, könnte der Tag entspannt enden.

SIE SEHEN MÜDE AUS

Es ist eine ungewöhnliche Erfahrung, von einem Menschen chauffiert zu werden, der permanent aus den Seitenfenstern schaut, aber selten auf die Straße. Bronko hat explizit darum gebeten, dass ich mich nach hinten setze, damit er vorne ungehindert seinen Blick schweifen lassen kann. Das tut er nun ausgiebig, von hinten erinnern seine Kopfbewegungen ein wenig an ein Konzert von Stevie Wonder.

Unter anderen Umständen würde ich wohl um mein Leben fürchten, aber Bronko ist ein äußerst defensiver Fahrer, die Tachonadel klebt bei dreißig Stundenkilometern, schlimmstensfalls würde ich mir bei einem Unfall wohl ein wenig das Hemd verknittern. Die zulässige Höchstgeschwindigkeit liegt aktuell bei siebzig, aber ich habe mich bereits damit abgefunden, dass Bronko immer dreißig fährt, egal, wie die erlaubte Höchstgeschwindigkeit ist. Wahrscheinlich macht er das sogar auf der Autobahn, was ich aber nicht ausprobieren möchte, weil ich mir dann Urlaub nehmen müsste. Inzwischen ignoriere ich sowohl die wütenden Gesichter anderer Verkehrsteilnehmer als auch deren ständiges Hupen. Bronko scheint beides nicht wahrzunehmen, weil er so in seine Aufgabe vertieft ist.

Es dämmert bereits, als wir am Tierheim ankommen, quer durch den Park kann ich die oberen Etagen des Verlagsgebäudes sehen, zu Fuß ist es etwa fünfzehn Minuten entfernt, mit dem Auto braucht man nach aktuellen Erkenntnissen knapp eine Stunde.

Ich muss definitiv mit Bronko über seinen Fahrstil reden, allerdings ein anderes Mal, denn wenn ich mich jetzt nicht ein bisschen beeile, dann muss ich meinen Hund aus dem Tiefschlaf holen.

Fred liegt in seiner Hütte und macht keine Anstalten herauszukommen. Erst als ich ihn rufe, schaut er durch die kleine Öffnung seines Holzverschlages. Fred wirkt elend, erhebt sich aber dennoch mühsam und schleppt sich in Richtung Gitter. Auf halbem Weg verlassen ihn die Kräfte, er legt sich auf eine herumliegende Decke. Ich öffne die Zwingertür, gehe hinein, tätschle ihm den Kopf. Ich weiß, dass er zu müde ist, um nach mir zu schnappen. Er legt den Kopf zwischen seine Vorderbeine und lässt es geschehen, offenbar tut es ihm gut.

Um diese Zeit erinnert das Tierheim an eine Art Flüchtlingslager. Irgendwo auf dem Gelände steht ein Mast mit zwei Strahlern, die die Umgebung in fahles Licht tauchen. Es ist fast still. Hier und da hört man noch Knurren oder Bellen, aber langsam senkt sich die Nacht auf das Gelände.

Ich habe immer noch meine Hand auf Freds Kopf, er atmet ruhig. Ich beschließe, eine Weile zu bleiben. Weil mir aber langsam die Knie schmerzen, sehe mich nach einer passenden Sitzgelegenheit um. Als ich meine Hand von Freds Kopf nehme, blickt der kurz hoch, als wolle er mir bedeuten, noch nicht zu gehen.

«Bin gleich wieder da», sage ich leise, obwohl mir klar ist, dass er kein Wort versteht.

Wenig später habe ich mir eine Kiste besorgt, hocke darauf, gegen das Zwingergitter gelehnt, meine Hand ruht auf Freds Kopf. Ich merke schon kurz nach dem Setzen, dass mich bleierne Müdigkeit überfällt. Die durchzechte Nacht und der

Arbeitstag fordern ihren Tribut. Während mir die Augen zufallen, denke ich noch, dass ich jetzt nicht einschlafen darf.

Als ich aufwache, sehe ich vor mir im Schein einer Taschenlampe das Engelsgesicht von Dr. Jasper, so nah, dass mich ihre dunklen Locken fast berühren. Im selben Moment weicht ihr Gesicht zurück.

«Was machen Sie denn noch hier?» Sie fragt es freundlich, aber auch ein wenig erstaunt.

«Ich ... ähm ... Entschuldigung», murmle ich und versuche mich zu sammeln.

«Ist schon gut», sagt sie. «Aber wissen Sie, wie spät es ist?»

Ich schüttle den Kopf.

«Weit nach Mitternacht.»

Ich versuche, mich ein wenig zu strecken, ein paar Knochen knirschen leise. Vermutlich werde ich mich nie wieder von der Kiste erheben können.

«Ich wollte eigentlich mit ihm spazieren gehen», erkläre ich, «aber es geht ihm wieder schlechter.»

Das Engelsgesicht nickt. «Ja. Er hat einen schweren Rückfall. Ich bin nicht mal sicher, ob er die Nacht überlebt.»

«Ich dachte, es wäre nur eine Mageninfektion», erwidere ich und bin jetzt doch ein wenig in Sorge.

«Rein medizinisch gesehen ist er nicht in Lebensgefahr, aber er ist psychisch nicht auf der Höhe.»

«Sie meinen, er lässt sich hängen?», entgegne ich erstaunt.

Sie nickt. «Ja. So könnte man es sagen.»

«Aber warum?»

«Ich weiß es nicht», erwidert sie. «Vielleicht hat er keine Lust mehr, hier allein im Tierheim rumzuhängen und darauf zu warten, dass ihn eines Tages jemand rausholt, dem er nach ein paar Tagen dann doch zu problematisch ist, woraufhin alles wieder von vorne beginnt.»

«Toll», sage ich und fahre mir mit der Hand durchs Haar. «Mein Hund ist nicht nur gemeingefährlich, sondern auch noch lebensmüde.»

Ich glaube, im Dunkeln ein Lächeln über ihr Gesicht huschen zu sehen. «Vielleicht sollten Sie ihn ein paar Tage zu sich nehmen. Nur bis er wieder gesund ist, meine ich. Es würde ihm helfen, Sie scheint er ja zu mögen.»

Ich schaue zu Fred, der auf seiner fleckigen Decke liegt und schläft wie ein Stein. Ja, könnte ich machen, aber irgendwie habe ich so schon genug Scherereien. Vermutlich zerlegt er mir die Einrichtung. Oder er kläfft Tag und Nacht. Und was soll ich tagsüber mit ihm machen? Ich kann ihn ja schlecht mit ins Büro nehmen. Womöglich wird er Frau Hoffmann zerfleischen, und dann ist es nicht mehr mit einem Blumenstrauß getan.

«Und was machen Sie noch hier?», wechsele ich das Thema.

«Arbeit», erwidert sie knapp. «Und ein paar Notfälle.»

Ich nicke und verstehe im nächsten Moment, warum sie zu diesem Zwinger gekommen ist. «Wollten Sie ihn gerade untersuchen?»

Sie nickt. «Eigentlich schon. Aber lassen Sie ihn schlafen. Es ist gut, wenn er schläft, dann kann er Kräfte sammeln.»

Ich erhebe mich vorsichtig und strecke meinen schmerzenden Rücken, so gut es geht. «Tja, dann werd ich mal ...»

«Möchten Sie vielleicht einen Kaffee?», fragt sie.

Ich stutze, damit hatte ich nicht gerechnet. «Hätten Sie eventuell auch einen Tee?», frage ich vorsichtig.

Sie nickt, lächelt ein wenig, aber im Halbdunkel kann ich nur erahnen, wie umwerfend das aussieht.

Wenig später sind wir in ihrem Büro. Nur die Schreibtischlampe brennt und taucht das Zimmer in ein schummriges

Licht. Der Raum wirkt nicht wie das Hauptquartier einer Veterinärin, eher wie der nächtliche Arbeitsplatz einer Künstlerin. Es herrscht eine angenehme Unordnung, zwischen den Papieren liegen die Reste eines Nachtmahls, eine angebrochene Tafel Schokolade, eine fast leere Packung Kekse.

Sie erscheint mit den Tassen, drückt mir eine in die Hand.
«Zucker?»

Ich schüttele den Kopf. Sonst sehr gerne, aber gerade ist mir selbst das Rühren zu anstrengend.

Sie setzt sich hinter den Schreibtisch, stellt ihre Tasse ab, greift zu Keksen und Schokolade und hält beides fragend in die Höhe. Als ich erneut den Kopf schüttele, zuckt sie mit den Schultern, nimmt einen Keks, beißt ein großes Stück ab und betrachtet nebenbei ein vor ihr liegendes Papier.

«Sie umgeben sich gerne mit Tieren», sage ich nach einer kurzen Weile und schreibe diesen arg blödsinnigen Satz dem Umstand zu, dass ich erst seit kurzem wach und im Grunde völlig übermüdet bin.

«Sie meinen, warum ich Veterinärin geworden bin?», fragt sie.

Ich nicke. Danke fürs Umdichten, liebe Iris.

«Ich weiß nicht», antwortet sie und blickt in ihre Tasse. «Der Job hat mich einfach interessiert.» Sie sieht mich nachdenklich an. «Ja, er hat mich einfach interessiert. Ich glaube, das ist schon alles.»

Einen kurzen Moment halte ich ihrem Blick stand, dann habe ich die Befürchtung, in ihren Augen zu ertrinken, und wende nun meinerseits den Blick zur Tasse.

«Und Sie? Was machen Sie so?»

«Einen Bürojob», erwidere ich. «Nichts Besonderes.»

Wieder schweigen wir eine kurze Weile.

«Sie reden nicht gerne viel, oder?», sagt sie dann.

«Doch», sage ich. «Eigentlich schon. Aber gerade bin ich ein bisschen maulfaul. Außerdem ist es ja auch ganz nett, mit Ihnen zu schweigen.»

Sie sieht mich an und lächelt. Ich erwidere ihr Lächeln vorsichtig. Fast könnte man denken, wir würden miteinander flirten. Das ist natürlich Unfug, weil sie bald heiraten wird und ich wahrscheinlich aussehe wie die Hauptfigur aus dem Film «Die Mumie».

«Sie sehen ein bisschen müde aus», sagt sie und bestätigt meine schlimmsten Befürchtungen.

«Ich habe letzte Nacht nicht geschlafen», gestehe ich. «Deshalb sind mir eben auch die Augen zugefallen.»

Sie nickt fast unmerklich, hakt nicht weiter nach und schiebt sich den Rest ihres Kekses in den Mund. Ein paar Krümel bleiben an ihren Lippen hängen, sie wischt sie mit dem Zeigefinger weg, was umwerfend attraktiv aussieht.

Irgendwo auf dem Gelände ist ein kurzes Jaulen zu hören, und ich denke an meinen lebensmüden Hund, der jetzt allein auf einer alten Decke in seinem Zwinger liegt und die Nacht zu überleben versucht.

«Denken Sie, ich sollte heute Nacht hierbleiben?»

Sie sieht auf, wirkt für einen kurzen Moment irritiert. Ich realisiere im gleichen Augenblick, dass der Satz auch ganz gut von einem psychopathischen Serienkiller stammen könnte, den es durch Zufall allein mit seinem nächsten Opfer in ein nächtliches Tierheim verschlagen hat.

«Ich meine, ich kann Felix ja schlecht jetzt mitnehmen, oder?», ergänze ich schnell.

«Nein», erwidert sie, und ich glaube einen Anflug von Erleichterung in ihrem Gesicht zu sehen. «Er sollte jetzt schlafen. Aber vielleicht können Sie morgen früh vorbeischauen. Dann hat er nicht das Gefühl, ganz allein auf der Welt zu sein.»

«Werde ich machen», sage ich, stelle meine leere Tasse auf dem Schreibtisch ab und rappele mich auf. «Danke für den Tee.»

«Gerne», erwidert sie. «Gute Nacht.»

«Gute Nacht.»

«Paul?», sagt sie, als ich bereits die Klinke in der Hand habe. Dass sie mich mit meinem Vornamen anspricht, sorgt bei mir für leichtes Herzflattern. Ich wende mich ihr nochmal zu.

«Danke, dass Sie sich um Felix kümmern.» Sie schenkt mir ein zartes Lächeln.

Ich lächle zurück, so gut es geht. «Mach ich gern.»

Der Blick, den wir tauschen, ist vielleicht eine Sekunde länger als Blicke, die Veterinärinnen und ehrenamtliche Hundeausführer gewöhnlich tauschen, und in diesem Augenblick verstehe ich, warum Günther solche Momente bis ins kleinste Detail analysiert.

Ich nehme mir fest vor, das nicht zu tun, aber als ich in die Nacht hinaustrete frage ich mich, ob sie da gerade doch ein wenig mit mir geflirtet hat. Bereits auf dem Parkplatz habe ich mich aber wieder im Griff, weil ich mir die Worte «so gut wie verheiratet» immer wieder vergegenwärtige.

Bronko wartet auf mich. Er ist ebenfalls eingeschlafen und schreckt hoch, als ich vorsichtig gegen die Scheibe klopfe. Es ist mir peinlich, ihm gleich am ersten Arbeitstag den Feierabend versaut zu haben, zumal seine Entlohnung alles andere als fürstlich ist und solche extremen Überstunden eigentlich nicht rechtfertigt. Ich erkläre, was passiert ist, und entschuldige mich wortreich. Bronko nimmt's gelassen. Er hat ohnehin nichts vorgehabt. Außerdem ist das hier ja sein Job.

Es ist angenehm, mit dreißig Stundenkilometern durch die Nacht zu rollen. Ich öffne das Fenster und lasse mir die Luft um die Ohren wehen.

«Haben Sie einen weiten Heimweg?», frage ich, um irgendwas zu sagen.

«Nicht direkt», antwortet Bronko. «Ich wollte bei einem Freund übernachten.»

«Verstehe», sage ich. «Und wo wohnen Sie eigentlich?»

Er schweigt kurz. «Eigentlich habe ich momentan keine eigene Wohnung», sagt er dann etwas gedehnt.

Jetzt schweige ich.

«Ich hab mein letztes Geld in die Vernissage gesteckt. Ich hatte gehofft, wenigstens ein Bild zu verkaufen, dann hätte ich die Mietschulden bezahlen können. Hat aber leider nicht geklappt.»

«Verstehe», sage ich erneut und denke im nächsten Moment, dass ich mir das rasch abgewöhnen muss, weil Bronko ja nur seh- und nicht sprachbehindert ist. Insofern brauche ich ihm nicht andauernd zu signalisieren, dass ich seine problemlos zu verstehenden Gesprächsbeiträge auch tatsächlich verstanden habe. «Und Ihr Freund wohnt hier in der Nähe.»

«Eigentlich nicht», sagt Bronko und biegt in meine Straße ein. «Er wohnt etwas außerhalb. Also genau genommen auf dem Land.»

Weil ich Bronko zu einer halben Nachtschicht gezwungen habe, meldet sich mein Gewissen. «Und es ist kein Problem, wenn Sie so spät noch bei Ihrem Freund aufkreuzen?»

«Ich glaube nicht», erwidert Bronko. «Ehrlich gesagt weiß ich es nicht, weil ich leider auch kein Handy mehr besitze. Ich habe ihm noch nicht sagen können, dass ich später komme. Aber das ist sicher kein Problem.»

Der Wagen hält, ich krame mein Handy hervor. «Nehmen Sie meins», sage ich, reiche ihm das Gerät nach vorne und steige aus, damit er in Ruhe telefonieren kann.

Ich sehe nach, ob ich Zigaretten dabeihabe, was natürlich

nicht der Fall ist, denn ich will es mir ja abgewöhnen. Jetzt gerade hätte ich gerne eine Zigarette, denn dann könnte ich mich von dem Gefühl ablenken, ein Arschloch zu sein. Mein Fahrer, der stundenlang auf mich gewartet hat und offenbar ein netter Kerl ist, hat keine Bleibe, ich werde gleich in meine Wohnung gehen, in der man problemlos einen Opernchor unterbringen kann, komme aber nicht auf die Idee, ihm ein Bett anzubieten. Bei seinem Fahrstil wird er vermutlich Stunden brauchen, um zu seinem Freund zu gelangen, und Stunden zurück. Wenn er überhaupt ein paar Minuten Schlaf bekommt, hat er Glück gehabt. Da ich außerdem bereits mit seiner Schwester geschlafen habe, gehört Bronko quasi zur Familie. Was spricht also verdammt nochmal dagegen, ihm ein Bett anzubieten?

Die Wagentür wird geöffnet, Bronko erscheint, reicht mir über das Autodach hinweg mein Handy. «Alles okay. Danke fürs Leihen.»

Er sieht mich an, und sein Blick flattert links und rechts an mir vorbei. Er versucht einen möglichst entspannten Eindruck zu machen. Da sein Zielauge mich nicht fixiert, ahne ich, was gerade passiert. Bronko lügt. Nichts ist in Ordnung. Der Freund ist nicht da oder will ihn nicht sehen, aber Bronko möchte mir keine Scherereien machen. Er wird unter irgendeiner Brücke oder in meinem Auto pennen und morgen so tun, als hätte er eine entspannte Nacht auf dem Lande verbracht.

«Sie können bei mir übernachten», sage ich und sehe im gleichen Moment, dass Bronkos Zielauge auf mein Gesicht zoomt. «Bei Ihrem Freund können Sie doch nicht bleiben, oder?»

Ein kurzes Schweigen.

«Na ja ... er hat gerade ein paar kleine familiäre Probleme», erwidert Bronko zögerlich.

«Aha», sage ich.

«Eigentlich kommt er im Moment selbst nicht ins Haus, weil seine Frau ihn rausgeworfen hat. Aber sobald sie nicht mehr auf ihn schießt, wenn er sich dem Haus nähert, kann ich vorbeikommen.»

«Aber das kann ja die ganze Nacht dauern», entgegne ich so vernünftig, als würden wir hier gerade tatsächlich ein vernünftiges Gespräch führen.

«Stimmt», sagt Bronko nachdenklich.

«Also», erwidere ich. «Schließen Sie den Wagen ab. Meine Wohnung ist groß genug. Außerdem bin ich ja schuld daran, dass es so spät geworden ist.»

«Okay», sagt Bronko schließlich und lässt mit der Funkfernbedienung die Autotüren zuschnappen. «Danke.»

FEIN

Wer hätte es gedacht, Schamski ist noch wach.

«Bronko, Guido – Guido, Bronko. Und ich bin übrigens Paul. Es ist mir zu blöd, in den eigenen vier Wänden jemanden zu siezen. Das können wir im Verlag machen, da siezen Guido und ich uns nämlich auch.»

«Freut mich, ich bin Bronko», sagt Bronko, als hätte ich das gerade zu erwähnen vergessen. Dann setzt er sich etwas zögerlich an den Tisch, wo Schamski bereits eingießt. Unter den Akten, die er gerade sichtlich lustlos studiert, finden sich etwas später ein halbvoller Käseteller und etwas Brot.

«Auf der Durchreise?», fragt Schamski.

Bronko schüttelt den Kopf. «Obdachlos.»

«Ist nichts Besonderes, das sind wir hier eigentlich alle», erwidert Schamski, und ich vermute, dieser für ihn ungewöhnliche Hang zur Philosophie hat einen handfesten Grund.

«Irgendwas passiert?», frage ich.

Schamski nickt. «Katja hat mich verlassen, weil sie findet, ich soll zuerst die Sache mit meiner Frau regeln, und meine Frau will die Scheidung einreichen, es sei denn, ich regle zuerst die Sache mit Katja.»

«Dann gibt's doch eigentlich kein Problem», sage ich leichthin. «Da Katja Schluss gemacht hat, muss deine Frau nicht die Scheidung einreichen. Tut sie es dennoch, ist deine Ehe im Arsch, und du kannst mit Katja ein neues Leben anfangen.» Ich streiche mir Gorgonzola auf ein Stückchen Baguette.

«Stimmt», erwidert Schamski. «Ich weiß nur leider nicht, ob ich die eine will oder die andere, oder beide, oder keine.»

Ich nicke bedächtig, schiebe das Brot mit Gorgonzola in den Mund und spüle mit einem Schluck Rotwein nach. «Dann weiß ich es auch nicht», sage ich knapp, zumal ich etwas müde bin.

«Na toll», mault Schamski, und ich zucke zur Bestätigung hilflos mit den Schultern.

Ein kurzes Schweigen.

«Zu welcher der beiden Frauen würdest du denn fahren, wenn du nur noch eine Stunde zu leben hättest?», fragt Bronko und versucht äußerst konzentriert, ein Stück Käse auf seinem Baguette zu positionieren.

Wir drehen beide unsere Köpfe zu ihm, er registriert es und ist leicht verunsichert. «Entschuldigung, ich wollte mich wirklich nicht einmischen.»

«Nein, nein», sage ich und wende mich zu Schamski. «Gute Frage, zu welcher der beiden Frauen würdest du eigentlich fahren, wenn du nur noch eine Stunde zu leben hättest?»

Schamski wirkt ratlos. Dann beginnt er zu grübeln. Gießt sich Wein nach, grübelt weiter. «Ja, gute Frage», murmelt er. «Sehr gute Frage. Was würde ich eigentlich tun, wenn ich nur noch eine Stunde zu leben hätte?»

Mein Handy klingelt.

Es ist nach zwei. Anonymer Anrufer nach zwei. Mein Adrenalinspiegel steigt. Womöglich ein Krankenhaus, das mir mitteilen will, dass meine beiden Eltern mit Herzinfarkt eingeliefert worden sind. Oder die Feuerwehr, die gerade verzweifelt den Verlag zu löschen versucht. Oder ist was mit Sophie passiert? Oder mit Lisa?

«Schuberth?» Ich verdrücke mich mit dem Telefon ins Wohnzimmer.

«Paul?», fragt eine Frauenstimme.

«Ja?»

«Hier ist Biggi. Ich bin eine Freundin von Kathrin.»

Mein Adrenalinspiegel sinkt, gleichzeitig steigt Ärger in mir auf, denn die Frau am Ende der Leitung ist offensichtlich sturzhageldicht.

«Es ist spät», sage ich indigniert.

«Ich weiß», lallt Biggi. «Ich wollte auch nur mal fragen, ob wir uns treffen können. Kathrin findet das eine gute Idee.»

Was soll das? Will Kathrin mich mit Biggi verkuppeln? Ist Biggi ein Lockvogel der Anonymen Alkoholiker? Hat sie das Pan Tao übernommen und betreibt jetzt Kundenakquise um zwei Uhr morgens?

«Aha», sage ich tonlos.

«Ja», erwidert sie gedehnt.

«Vielleicht sollten wir morgen telefonieren, denn momentan bin ich nüchtern und Sie ein wenig betrunken», versuche ich die Situation zu retten.

«Ja», erwidert sie gedehnt.

«Ja, wir telefonieren morgen?», versuche ich zu schlussfolgern.

«Ja», erwidert sie gedehnt. «Is' vielleicht besser.»

Das Gespräch wird beendet.

Als ich in die Küche zurückkehre, höre ich Schamski gerade fragen: «Sag mal, hast du eigentlich irgend so 'n ... Augenproblem?»

Bronko nickt, gießt sich noch etwas Wein nach und nippt. «Wie bist du nur darauf gekommen, Guido?»

Am nächsten Morgen hat Bronko Tee und Kaffee vorbereitet und ist bester Laune. Ich glaube, er hat seit geraumer Zeit kein passables Nachtlager gehabt, vermutlich hat sein Freund schon länger Eheprobleme.

Als Bronko mir einen perfekten Earl Grey in die Hand drückt und dabei die Küche wie ein Terminator scannt, höre ich mich sagen: «Du kannst eine Weile hier wohnen, wenn du möchtest.» Eigentlich hatte ich nur mit dem Gedanken gespielt, ihm das anzubieten, aber nun habe ich es einfach getan. Erneut sehe ich sein Zielauge auf mein Gesicht zoomen.

Ich nicke. «Meine ich so, wie ich es sage. Ist kein Problem.»

Ein kurzes Schweigen.

«Ich könnte mit dem Preis fürs Fahren runtergehen.»

Ich schüttle den Kopf. «Ist schon okay.»

Schamski erscheint. Er sieht aus, als müsste er in einem Remake des Films «Die Körperfresser kommen» seine eigene Kopie spielen.

«Alles in Ordnung?», frage ich, derweil Bronko Schamski einen Espresso in die Hand drückt.

«Ich hab nachgedacht über diese Sache mit der Stunde, die man noch zu leben hat, und was man dann macht», sagt Schamski, kippt seinen Espresso, stellt die Tasse unter die Maschine und drückt erneut den Knopf.

«Und?»

«Keine Ahnung», sagt Schamski. «Vielleicht ist es irgendwann einfach mal an der Zeit, sich zu entscheiden.»

Zeit! Das ist mein Stichwort. Wir stehen hier alle ganz gemütlich rum, dabei habe ich Iris versprochen, vor Bürobeginn bei Fred vorbeizuschauen. Jetzt ist es sehr kurz vor Bürobeginn, von Bronkos Fahrstil einmal ganz abgesehen.

Damit wir keine Zeit verlieren, fährt Bode mich in Schamskis Porsche zum Tierheim, Bronko soll unterdessen Schamski in meinem Wagen zum Verlag fahren, mit etwas Glück werden die beiden am frühen Nachmittag dort eintreffen.

Fred lebt. Immerhin etwas. Er schafft es sogar, zum Gitter zu traben und mich zu begrüßen. Es ist eine eher müde Begrüßung, aber im Vergleich zu gestern Nacht wirkt er wie das blühende Leben. Kurz entschlossen leine ich ihn an und gehe ins Büro, um kundzutun, dass ich ihn ein paar Tage mitnehmen werde.

«So einfach geht das aber nicht», sagt die Leiterin des Katzenhauses, die gerade den Empfang schmeißt und mir körperlich in jeder Hinsicht haushoch überlegen ist.

«Frau Dr. Jasper meinte, es wäre eine gute Idee, wenn ich Felix ein paar Tage zu mir nehmen würde», sage ich und fühle mich wie ein neunjähriger Messdiener, der gerade erklärt, warum er während der Eucharistie versehentlich an der falschen Stelle geklingelt hat.

«So einfach geht das nicht», insistiert die Katzenleiterin.

«Rufen Sie Frau Dr. Jasper an», bitte ich und wirke offenbar ein wenig genervt, weil die Katzenleiterin nun auf stur stellt.

«Frau Dr. Jasper hatte Nachtschicht. Ich kann sie frühestens in einer Stunde anrufen. Machen Sie doch so lange mit Felix einen kleinen Spaziergang.» Es klingt hämisch, sie hat längst gemerkt, dass ich in Eile bin, und demonstriert mir nun die schier grenzenlose Macht einer Leiterin des Katzenhauses.

«Gut. Werde ich tun», lüge ich. «In einer Stunde bin ich wieder da.»

Als ich mit Fred zu Bode in den Porsche springe, fühle ich mich wie ein Gesetzloser, der gerade eiskalt den Coup seines Lebens durchzieht.

«Fahren Sie los», sage ich. Bode sieht mir an, dass jetzt nicht der richtige Zeitpunkt ist, um Fragen zu stellen, und gibt Gas. Zügig verlassen wir den Parkplatz, und kurz danach ist das Tierheim außer Sichtweite.

Bronko und Schamski treffen knapp eine halbe Stunde

später im Verlag ein. Bronko soll sich fortan um meinen entführten Hund kümmern, derweil ich es nicht erwarten kann, dass eine von der Katzenleiterin des Tierheims alarmierte Spezialeinheit den Verlag stürmt und mich zur Herausgabe von Fred zwingt.

«Eine Biggi möchte Sie sprechen», flötet Frau Hoffmann, die seit meinem Blumenstrauß offenbar denkt, wir wären verlobt.

«Schuberth.»

«Hallo, hier ist die Biggi.» In nüchternem Zustand hört sie sich wesentlich netter an.

«Hallo, Biggi.»

«Ja.» Sie sagt es, als könnte das Wort eine Menge erklären. «'tschuldigung, dass ich gestern Nacht angerufen habe ...» Sie macht eine Pause, damit ich so was sagen kann wie «kein Problem».

«Kein Problem», reagiere ich wunschgemäß.

«Jedenfalls meinte die Kathrin, wir sollten uns mal treffen. Und da wollte ich fragen, ob du vielleicht heute spontan Zeit hast.»

«Heute nicht», erwidere ich. Nebenbei frage ich mich, warum ich eigentlich überhaupt Zeit für Biggi haben sollte, aber das wird sie mir hoffentlich bei unserem Treffen erklären. Wir verabreden einen Termin.

«Fein», sagt sie. «Ich freu mich.»

Bronko und Fred verstehen sich prächtig. Im Laufe des Tages beißt Fred ihn nur zweimal, und das relativ lustlos. Als ich Bronko erkläre, dass er Fred beaufsichtigen muss, während ich mit meiner Quasitochter, meiner Exfrau und ihrem bescheuerten Mann zu Abend esse, ist Bronko zuversichtlich, dass sich die Bisswunden nicht entzünden, eigentlich hat er nämlich nach Dienstschluss ein Krankenhaus aufsuchen wollen.

«Wer ist das?», fragt Lisa.

«Mein Fahrer», erwidere ich.

«Und der sitzt jetzt mehrere Stunden allein im Auto, oder was?»

«Willst du ihn zum Essen einladen?»

«Eigentlich nicht.»

«Na also.» Ich schließe die Tür, derweil Lisa ein wenig das Gesicht verzieht. Irgendwie ist sie mit meiner Lösung nicht so ganz zufrieden.

Sophie stellt mir Jennifer vor, eine Austauschschülerin aus Detroit, deren Gastfamilie ein paar Häuser entfernt wohnt. Jennifer und Sophie haben sich im Englischkurs kennengelernt und eher zufällig festgestellt, dass sie quasi Nachbarn sind. Ich ahne nun, worauf der Abend hinauslaufen könnte, wahrscheinlich will Sophie Tommi, Lisa und mir die Finanzierung eines Auslandsaufenthaltes schmackhaft machen. Jennifer soll als Fürsprecherin fungieren, womöglich kann sie Sophie bei der Suche nach einer Gastfamilie behilflich sein, wenn nicht gar Jennifers Familie selbst Sophie einladen wird. Finde ich gut, junge Menschen sollten Auslandserfahrungen sammeln. Außerdem wird Tommi wahrscheinlich an die Decke gehen, wenn er hört, dass Sophie unbeaufsichtigt eine Weile in einem fremden Land leben möchte. Angesichts des bevorstehenden Eklats steigt meine Laune. Selbst die Chicorée-Schiffchen mit einem Klecks ungewürztem Hüttenkäse, die als Vorspeise gereicht werden, können mir im Moment die Vorfreude auf Tommis Gezeter nicht nehmen.

Als zum Hauptgang Tofubratlinge mit Sprossensalat auf den Tisch kommen, vermisse ich dann aber doch schmerzlich einen Rotwein.

Lisa scheint es mir anzusehen. «Möchtest du vielleicht was anderes trinken als Wasser?»

«Habt ihr vielleicht 'n Rotwein?», frage ich und setze vorsichtshalber schon mal eine Büßermiene auf, weil Tommi mir sicher gleich einen strengen Blick zuwerfen wird.

«Klar.» Lisa holt einen eigens für den Abend angeschafften, biologisch angebauten Rotwein aus der Küche und reicht ihn Tommi. Der öffnet die Flasche mit der Sorgfalt eines Sommeliers, der gerade im Begriff ist, den legendären 1787er Château Lafite mit den Initialen von Thomas Jefferson zu dekantieren. Dann kredenzt Tommi mir vorsichtig ein paar Tropfen.

«Der hat keinen Kork», sage ich leicht patzig.

Tommi sieht mich erstaunt an.

«Ein Wein mit Schraubverschluss kann keinen Kork haben», füge ich hinzu.

«Ich weiß», antwortet Tommi, immer noch erstaunt. «Deswegen habe ich dir ja auch gleich eingeschenkt.»

Ach so. Da liegt das Missverständnis. Das halbe Schlückchen in meinem Glas soll die Ration für den Abend sein. Vielen Dank, lieber Tommi, sehr großzügig. Die Hälfte hätte es aber auch getan, im Grunde würde es sogar reichen, wenn ich mir hinter jedes Ohr ein Tröpfchen Wein tupfte, dann könnte ich mich am Duft berauschen.

Demonstrativ kippe ich den Wein in einem Zug, gieße mir ordentlich nach und sehe aus den Augenwinkeln mit Genugtuung, wie Tommi einen Flunsch zieht.

Wo waren wir gerade? Ach ja, Jennifer hatte mit breitem amerikanischem Akzent von der berühmten Detroiter Eishockeymannschaft erzählt. Jenny, wie wir sie nennen sollen, ist ein Eishockey-Fan, hat früher oft mit ihren Brüdern gespielt. Das hält sie aber für nichts Besonderes, eigentlich habe jeder Detroiter ein Faible für Wintersport, das bringe eine Stadt mit langen, kalten Wintern nun einmal so mit sich.

Die Bratlinge schmecken wie das, was man nach dem Braten eines Steaks aus der Pfanne kratzen kann, vorausgesetzt, man hat das Steak nicht gewürzt. Der Sprossensalat passt perfekt, denn auch er schmeckt praktisch nach nichts.

Jenny ist nicht gerade eine packende Erzählerin, deshalb höre ich nur mit halbem Ohr zu und versuche zu erraten, was es wohl zum Dessert gibt. Sicher keine Süßigkeit, weil das den Zähnen schaden würde. Ich tippe auf Obst, alternativ auf Biokäse. Selbstverständlich Hartkäse, weil Weichkäse zu viel Fett enthält. Dann geht mir auf, dass ich mit Käse vermutlich sehr richtig liege, weil heute ausnahmsweise Wein im Haus ist. Der soll wahrscheinlich zum Käse gereicht werden. Spontan keimt in mir der Plan auf, die Flasche noch während des Hauptgangs leer zu saufen, um Tommi zu ärgern. Ich schwöre, er hat nur eine Flasche gekauft, weil das seiner Meinung nach für drei erwachsene Menschen völlig ausreicht. Da Lisa meine Provokation wittern würde, verwerfe ich den Plan jedoch wieder und nippe bedächtig an meiner Rotweinpfütze.

Jenny plappert gerade über die Detroiter Musikszene, über Rhythm and Blues, Soul, Rap, und findet dabei mühelos den Übergang zu Eminem und dem Film «8 Mile», den ich noch nicht gesehen habe, was ich zu Protokoll gebe, weshalb Jenny mir ausführlich erzählt, worum es geht, und dabei meinen Plan, mir den Film auch künftig nicht anzusehen, festigt.

Zum Dessert gibt es drei Hartkäsesorten, geschmacklich sind sie kaum auseinanderzuhalten, liefern aber immerhin einen guten Vorwand, um Wein nachzugießen.

Sophie ist bislang merklich still gewesen. Jetzt glaube ich zu beobachten, dass sie ein wenig unruhig wird. Offenbar ist der große Augenblick gekommen, in dem sie uns mitteilt, dass sie ebenfalls Austauschschülerin werden möchte. Ich schiebe mir ein Stück Parmesan in den Mund, gieße raubauzigen Landwein nach und freue mich auf Tommis Gesicht, wenn er die Neuigkeiten erfährt.

«Ich wollte übrigens noch mit euch sprechen», beginnt Sophie, und ich lehne mich entspannt zurück. Ihr Tonfall ist ernst, weshalb nun auch Lisa und Tommi erwartungsvoll Sophie ansehen.

«Es ist so.» Sie ringt mit sich, sucht nach Worten.

Immer raus mit der Sprache, Sophie, es sind schon andere Leute ins Ausland gegangen, da ist überhaupt nichts dabei.

«Ich bin lesbisch ...»

Ich merke, dass mir gerade der große Brocken Parmesan im Hals stecken zu bleiben droht, und greife rasch zum Weinglas, trinke und fürchte nun, mich zu verschlucken.

«Jenny und ich, wir sind ein Paar ...»

Lisa und Tommi sitzen auf ihren Stühlen wie zwei Leute, die gerade erfahren, dass ein Tsunami ihr Haus in weniger als zehn Minuten ausradieren wird.

«Wir lieben uns. Und wir möchten gerne zusammenleben ...»

Sophie spricht ruhig und klar. Lisa hüstelt, sieht mich an. Ich bilde mir ein, in ihrem Gesicht die Frage zu lesen, ob ich irgendwas mit dieser Sache zu tun habe. Im Moment kann ich leider keinen überzeugenden unbeteiligten Eindruck machen, weil ich mich an ein bestimmtes Gespräch mit Sophie erinnere. Innerlich stelle ich mir aber schon die Frage, was ich den Göttern wohl anbieten muss, um nichts mit dieser Sache zu tun zu haben.

«Wir würden gerne in Detroit leben. Zunächst nur für ein Jahr. Ich könnte dort die Schule besuchen. Jennifers Eltern sind Musiker und ...»

«Kommt überhaupt nicht in Frage», sagt Tommi, und jetzt fällt mir auf, dass er überhaupt kein Blut mehr im Gesicht hat. Man könnte ihn neben den Hüttenkäse von der Vorspeise legen und würde farblich nicht den geringsten Unterschied feststellen.

Lisa schaut fassungslos zwischen Tommi und Sophie hin und her. Der kommen gerade die Tränen, während Jenny betreten zu Boden sieht.

«Warum lässt du mich nie ausreden!», mault Sophie, und nun laufen die Tränen.

«Sophie, Schatz ...», beginnt Lisa und versucht sich zu sammeln. «Du musst doch verstehen, dass das keine einfache Situation für uns ist.»

«Aber er kann mich doch wenigstens ausreden lassen», heult Sophie.

«Kommt nicht in Frage, dabei bleibt es», konstatiert Tommi, und seine Unterlippe bebt ein wenig.

Sophie schnieft, Jenny legt ihr vorsichtig eine Hand auf die Schulter. Lisa betrachtet die Geste mit leichter Irritation, sieht dann zu mir, zu Tommi, sucht nach einem passenden Weg, das Gespräch in geordnete Bahnen zu führen. «Warum hast du denn nicht vorher mit uns gesprochen?», fragt sie mit leiser Verzweiflung in der Stimme.

Sophie zieht ein Taschentuch hervor, schnäuzt sich. «Was wäre denn dann anders gewesen?»

Da hat sie recht, finde ich und denke angestrengt darüber nach, wie ich zu der Sache stehe. Ich ahne, dass es gleich an mir sein wird, auch mal was zu sagen, Sophie hat mich schließlich nicht umsonst zu diesem Essen gebeten. In genau dem Moment sieht sie mich erwartungsvoll an.

«Wie lange seid ihr schon ein Paar?», frage ich und versuche, möglichst locker zu klingen. Aus den Augenwinkeln sehe ich Lisas Gesicht. Sophie scheint sich ein wenig zu beruhigen.

«Fast sechs Monate.»

Ich nicke. «Das heißt, diese ganze Sache mit kein Sex vor der Ehe ...»

«Das hab ich nur gesagt, um hier meine Ruhe zu haben», antwortet Sophie und sieht kurz zu Tommi.

«Und als du mich gefragt hast, was ich davon halte ...?» Ich unterbreche mich selbst, weil ich nicht auch noch eine Diskussion über falsche Ratschläge meinerseits vom Zaun brechen möchte.

Sophie versteht, sieht mich an, ein bittender Blick. «Ich hab dich ein bisschen ausgetrickst, das stimmt, aber ich wollte wissen, was du ehrlich denkst. Bist du sauer?»

Ich schüttle den Kopf, lasse Sophie ein aufmunterndes Lächeln zukommen und werfe Lisa einen Blick zu, der ihr bedeuten soll, dass diese Angelegenheit wohl nicht mit einem Machtwort zu klären ist. Sie versteht.

«Vielleicht sollten wir die Sache ganz in Ruhe besprechen.» Lisa sieht zu Tommi, während sie das sagt, doch der macht keine Anstalten, einzulenken. Er hat die Arme vor der Brust verschränkt und wirkt entschlossen, seine Stieftochter zur Not mit drakonischen Maßnahmen von einem Leben als Hippie-Lesbe in Detroit abzuhalten.

«Ich finde, Lisa hat recht», sage ich zu Tommi, der mir jetzt einen hasserfüllten Blick zuwirft.

«Wahrscheinlich hast du Sophie diese Flausen überhaupt erst in den Kopf gesetzt. Außerdem denke ich, das hier ist 'ne Familienangelegenheit. Warum mischst gerade du dich also ein?», faucht er.

«Bitte, Tommi ...», beginnt Lisa, doch ich unterbreche sie. «Ich will nur vermeiden, dass hier ein Fehler gemacht wird, Tommi. Ich vermute, du hast in deinem Leben auch schon ein paar Fehler gemacht. Das hier könnte ja dein nächster werden, oder?», erwidere ich zuckersüß.

«Hey, ihr beiden», mahnt Lisa, aber diesmal unterbricht Tommi sie.

«Das sieht dir wieder ähnlich, dass du auf meiner Vergangenheit rumreitest. So miese Touren hast nur du drauf. Wahrscheinlich freust du dich sogar darüber, dass hier jetzt die Fetzen fliegen», ätzt er.

Wir sehen uns an, es fehlt nicht viel, und einer von uns beiden springt über den Tisch. Ich überlege, ob ich derjenige sein soll, dann besinne ich mich und schüttele den Kopf. «Nein, das siehst du falsch. Es freut mich überhaupt nicht, wenn ihr Probleme habt ...»

Das ist natürlich ein bisschen gelogen, weil ich speziell Tommi sehr wohl gönne, dass sein spießbürgerliches Idyll mal ein paar Kratzer bekommt. Vielleicht erspart mir das in Zukunft dämliche Verhöre auf dem Anklagesitzsack.

«... besonders dann nicht, wenn die Probleme Sophie betreffen.» Ich mache eine kleine Kunstpause, als würde ich nachdenken. «Aber ich habe bislang geglaubt, Familie heißt auch, dass man eine gemeinsame Lösung findet, wenn es Schwierigkeiten gibt.»

Tommi und ich sehen uns an, seine Gesichtsfarbe, die eben zwischenzeitlich bedenklich ins Rot gewechselt hatte, pendelt sich nun langsam wieder beim zarten Rosa ein. Er lässt die Arme sinken, sieht dann zu Sophie, zu Lisa, zuletzt zu Jenny, die jedoch seinem Blick ausweicht.

Einen Moment lang herrscht angespannte Stille.

«Okay», sagt Tommi dann gefasst. «Einverstanden. Wir werden über alles in Ruhe reden.»

Ich gieße mir Wein nach, sehe nebenbei zu Lisa und Sophie, deren Mienen sich merklich entspannt haben. Sophie schenkt mir ein kleines, dankbares Lächeln, das mich für die gerade verpasste Chance, Tommi mal richtig eins auf die Fresse zu hauen, entschädigt. Eigentlich müsste jetzt irgendjemand etwas sagen, aber im Moment schweigen alle. Das Läuten der Türglocke unterbricht die Stille. Es ist Bronko. Ob er vielleicht mal kurz die Toilette benutzen dürfe, fragt er höflich, und Lisa lässt ihn herein.

Man kann von Bronko halten, was man will, aber er hat manchmal einen geradezu magischen Sinn für Timing.

MACH DU DICH
NUR LUSTIG

Heute treffe ich mich mit Biggi. Ich habe versucht, unsere Verabredung in eine Bar zu verlegen, um den Abend jederzeit problemlos abkürzen zu können. Biggi wollte jedoch partout in ein Speiselokal, und so einigten wir uns schließlich auf einen von diesen Mehrzweckläden, von denen man nie weiß, ob sie nun Bar, Bistro oder Restaurant sind.

Inzwischen freue ich mich auf den Abend mit Biggi. Der Grund dafür ist Schamski, der die Frage, was er wohl machen würde, wenn er nur noch eine Stunde zu leben hätte, zum Anlass genommen hat, sich in eine schwere Sinn- und Lebenskrise zu stürzen. Dabei verstrickt er sich immer tiefer, weshalb meine Küche allabendlich zum Schauplatz gewichtiger weltanschaulicher Disputationen wird.

Bronko hat mir schon mehrfach zu verstehen gegeben, dass es ihm unheimlich leidtut, die besagte Frage gestellt zu haben. Aber es konnte ja nun wirklich niemand ahnen, dass Schamski mit einer fast nebensächlichen Bemerkung so ins Mark getroffen werden würde. Da Bronko sich für Schamskis Zustand verantwortlich fühlt, übernimmt er den größten Teil der Betreuungsarbeit. Zwar muss ich mir regelmäßig Schamskis Erörterungen anhören, von den anschließenden Diskussionsrunden hat Bronko mich jedoch freigestellt. Während die beiden sich in ihren Thesen und Antithesen verfummeln, darf ich mir also Sumo-Ringen ansehen oder alternativ über mein eigenes Leben nachdenken. Meistens bleibt es aber bei Sumo-Ringen. Ich weiß, dass es ein grenzwertiges Vergnügen ist, zwei übergewichtigen Männern in seltsamen Tangas dabei zuzusehen, wie sie sich aus einem Kreis schubsen. Aber einerseits erinnern mich die Schiedsrichter immer an meine Großmutter, und andererseits hat Sumo-Ringen eine beruhigende Wirkung. Nachrichten von zwanzigjährigen Sumo-Ringern, deren durchtrainierte, zweihundert Kilo schwere Körper nächtens einfach zu leben aufgehört haben, beweisen mir, dass es trotz ärztlicher Vorbehalte richtiger war, moderat alkohol- und nikotinabhängig zu werden, anstatt Sumo-Ringen zu lernen.

«Ich bin dann mal weg», sage ich, derweil ich vom Flur in die Küche gehe, wo Schamski und Bronko gerade bei einer Flasche Wein ihren philosophischen Abend eröffnet haben. Felix hat es sich auf einer Decke bequem gemacht und hebt interessiert den Kopf, als ich hereinkomme. Er hofft wohl, wir würden einen Spaziergang machen. «Denkt bitte daran, dass einer noch mit dem Hund rausgeht», sage ich, und beide nicken. «Und ich will später hier nicht Cicero, Seneca oder anderen Schmuddelkram auf dem Küchentisch finden, ist das klar?»

Bronko wirft mir einen vorwurfsvollen Blick zu, Schamski greift nach einer Zigarette. «Mach du dich nur lustig», sagt er, und ich spüre, dass nicht ein Hauch von Ironie in diesem Satz mitschwingt.

«Schon gut», sage ich versöhnlich. «Schönen Abend jedenfalls.»

Auf dem Weg zur Eingangstür frage ich mich, ob ich angesichts von Schamskis Problemen zu unsensibel reagiere, erteile mir aber spontan einen Freispruch. Wenn ich bei jeder Lebenskrise zu Büchern greifen würde, müsste ich eine Stelle als Bibliothekar annehmen. Außerdem finde ich, man kann das Leben ohnehin nicht abschließend analysieren. Wenn man zu lange über alles nachdenkt, was die Menschen tun oder lassen, wird man sowieso wahnsinnig. Fehlt eigentlich nur noch Günther, denke ich launig, als ich die Eingangstür öffne.

Vor mir steht Günther, der gerade im Begriff ist zu klingeln.

«Was machst denn du hier?», frage ich, sehe, dass er eine Laptop-Tasche und zwei Koffer bei sich hat, und hoffe, dass es nicht ist, wonach es aussieht.

«Wonach sieht's denn aus?», erwidert er.

«Hör zu, ich bin aufm Sprung. Du musst dich leider kurz fassen», antworte ich und weiß, dass das nicht gerade eine von Günthers herausragenden Fähigkeiten ist.

«Du hast gesagt, man muss auch mal was riskieren», deklamiert er mit einem vorwurfsvollen Unterton.

«Das war jetzt zwar kurz, aber nicht wirklich erhellend», entgegne ich.

Günther atmet kurz durch. «Also. Ich habe meine Möbel verkauft. Das heißt, eigentlich habe ich das meiste weggeschmissen. Oder, um genau zu sein, ich habe zwar alles weggeschmissen, aber ursprünglich einen Teil verschenken wollen. Das hat nur nicht geklappt, weil ...»

«Günther, bitte! Die Kurzfassung!»

«Ja, ist ja gut», sagt Günther motzig. «Meine Möbel sind weg, und meine Wohnung ist auch weg. Ich bin zu Iggy gegangen und habe ihr gesagt, dass ich bei ihr leben möchte. Risiko, verstehst du?»

«Ja», sage ich. «Wobei ich dir irgendwann nochmal den Unterschied zwischen Risiko und Harakiri erklären muss.»

«Jedenfalls will sie mich nicht. Und jetzt weiß ich nicht, wohin», sagt Günther. «Du hast mir gesagt, ich soll mal was riskieren. Das hab ich getan. Ich finde, jetzt wo das schiefgegangen ist, musst du mir auch helfen.»

«Komm rein», sage ich. «Such dir ein Zimmer und bleib, solange du willst. Nimm dir, was du brauchst, du kennst dich ja aus. Ach ja, und in der Küche sitzen zwei Leute und reden über das Leben. Du kannst dich gerne dazusetzen, viel ratloser können die sowieso nicht mehr werden.»

Günther nickt leicht abwesend. «Meinst du, mit Iggy und mir ist es jetzt endgültig aus?», fragt er mit skeptischem Gesichtsausdruck.

«Können wir das vielleicht später klären? Oder morgen?», sage ich flehentlich, weil mir nun langsam wirklich die Zeit davonzulaufen droht.

«Ja klar, kein Problem», erwidert Günther, und es klingt fast souverän. «Danke jedenfalls, dass ich bei dir wohnen kann.» Er betritt den Flur. Vielleicht hilft ihm diese Krise dabei, erwachsen zu werden, denke ich. Einen Augenblick später verwerfe ich den Gedanken, denn durch die geschlossene Tür höre ich Günther rufen: «Hallo, Leute! Ich bin's! Der Günther!»

Das Q&B ist ein angesagter Laden, die hippe Karte verrät, dass die Buchstaben für Quentin und Bastian stehen, die Besitzer dieser Tapas-Cocktails-Kuchen-Chillout-Lounge-Bar-Bistro-Bude. Ich fühle mich nur mäßig wohl und stelle fest, dass ich offenbar zu alt bin für multioptionale Gastronomie. Wenn zu meiner Linken ein paar Kids Café-del-Mar-Geschwumse hören und dabei die Finger nicht von ihren Handys lassen können und rechts von mir Lehrerehepaare über ihren Spanienurlaub reden und Chorizo-Stücke auf Zahnstocher spießen, dann schmeckt mir mein Lammrücken in provenzalischer Kräuterkruste nur noch halb so gut.

Aber egal, den Lammrücken habe ich sowieso nicht durchsetzen können. Biggi hatte nämlich «totale» Lust auf Tapas und fand es zudem «total» gemütlich, sich mit mir eine Tapas-Platte zu teilen. Das tun wir nun gerade.

Biggi ist eine hochgewachsene Blondine mit üppigem Busen und einer ziemlich ansprechenden Figur, ich vermute, wenn man «Wuchtbrumme» googelt, erscheint ein Bild von ihr.

Als ich leicht verspätet im Q&B eintraf, war sie Mittelpunkt des Interesses zweier Männer, von denen mindestens einer seine Ehe aufs Spiel setzte, zumindest wenn ich das indignierte Gesicht einer Dame am Nachbartisch richtig interpretierte.

«So geht mir das immer», hatte Biggi mir ihr Leid geklagt und geheimnisvoll ergänzt: «Dabei würde ich eigentlich gerne nur einem ganz bestimmten Mann gehören.»

Keine halbe Stunde später wünsche ich mir kaum etwas sehnlicher, als nicht jener Mann zu sein, dem Biggis Herz nebst den üppigen Beigaben einmal gehören würde. Biggi hat zwar den Charme und die Aura der ganz jungen Marilyn Monroe, ist aber kaum eloquenter als der ganz alte Charlton Heston.

«Kathrin findet dich übrigens total süß.»

Ich nicke lustlos. «Danke für die Blumen.»

«Sie hat sogar überlegt, dich zur Hochzeit einzuladen, weißt du das eigentlich?»

«Ja, ich weiß, wir haben auch schon überlegt, ob ich Kathrin und Rüdiger in die Flitterwochen begleiten soll.»

Biggi sieht mich an, stutzt, dann lacht sie. «Kathrin hat wirklich recht. Du bist total witzig.» Sie flirtet. «Und ich glaube, ich finde dich auch total süß.»

«Das ist aber nicht der Grund, warum wir hier sitzen, oder?», frage ich, um vielleicht dem Kern der Sache mal etwas näher zu kommen.

Biggi lacht. «Nein. Das heißt also auch.» Sie spießt eine Garnele auf.

«Nein? Das heißt also auch?», frage ich. Besonders die zweite Formulierung interessiert mich.

«Ja», lacht sie.

Tja. Das ist nicht einfach mit Biggi, ich erwäge, einen Mojito zu bestellen, vielleicht bringt mich das dem tieferen Sinn dieses Gespräches näher.

«Sieh mal, du hast doch Kathrin und Rüdiger wieder zusammengebracht. Und deshalb kamen Kathrin und ich bei einem Mädchenabend auf die Idee, das könnte auch mit Rodriguez und mir klappen.»

«Bei einem Mädchenabend», sage ich tonlos.

«Ja, einem Mädchenabend, ein Abend für Mädchen», erklärt Biggi.

«Aha», sage ich und kann es mir nicht verkneifen, Biggis Definition des Mädchenabends noch einmal zu variieren. «Da verbringen also Mädchen einen Abend miteinander?»

«Genau», entgegnet Biggi, ohne mit der Wimper zu zucken, und scheint froh, dass diese Sache nun endlich geklärt ist.

«Und wer ist Rodriguez?»

«Rodriguez ist mein Freund, und er ist genauso unentschlossen, wie es Rüdiger war. Will mir einfach keinen Heiratsantrag machen, stell dir das vor.»

Langsam ahne ich, wo der Hase langläuft.

«Hast du ein Bild von ihm?», frage ich.

«Ja klar», sagt Biggi, und ich weiß nun, was das sicherste Indiz dafür ist, dass ein Mann einer Frau wirklich etwas bedeutet. Sie reicht mir ein Foto, es zeigt einen fröhlich lächelnden, durchschnittlichen Südländer, einen kleinen, schlanken, dunklen Mann mit Dreitagebart.

«Hat er irgendwelche Behinderungen?» Ich will das wissen, weil mir die Schlappe mit Rüdiger noch in den Knochen steckt.

«Nein, wieso?»

«Was weiß ich? Vielleicht ein Unfall beim Stierkampf oder so.»

«Nein», lacht Biggi.

«Gut», erwidere ich und fasse zusammen. «Du möchtest also, dass wir Rodriguez so lange eifersüchtig machen, bis er dich heiratet.»

«Genau», sagt Biggi und spießt einen Champignon auf.

Ich tunke etwas Brot in irgendeine der herumstehenden Soßen. «Und wie sollen wir das deiner Meinung nach anstellen?»

«Ich dachte, mit Sex?», entgegnet Biggi bass erstaunt und mustert mich, als wäre ich etwas schwer von Begriff.

Ich schlucke einen Bissen Brot in Gänze herunter und sage: «Aha.»

«Ja klar», sagt Biggi nachdrücklich. «Oder glaubst du, einen Heiratsantrag kriegt man wegen zwei Kinobesuchen?» Sie schüttelt den Kopf. «Glaub mir, da muss man schon größere Geschütze auffahren.»

Ich tue so, als würde ich nachdenken, frage mich aber in Wirklichkeit, ob ich in letzter Zeit irgendwelche bewusstseinsverändernden Medikamente zu mir genommen habe, die die letzten Gesprächsbeiträge erklären würden. Ich kann mich aber beim besten Willen an keine erinnern.

«Klar», sage ich und versuche locker zu wirken. «Wann soll's denn losgehen?»

«Sag du», sagt sie.

«Morgen?», frage ich amüsiert und rechne nicht ernsthaft damit, dass sie zustimmt.

«Super», freut sich Biggi. «Und die Tapas gehen auf mich, okay?»

Auf dem Heimweg frage ich mich, ob ich nun sehr zufrieden oder aber sehr unzufrieden damit sein sollte, der Geliebte von Biggi zu sein, und beschließe, die Angelegenheit als eine Art Abenteuer zu betrachten. Zumindest fürs Erste.

In meiner Wohnung haben die Küchenphilosophen ihr heutiges Gelage beendet. Bronko liegt auf dem Sofa und schläft, im Fernsehen läuft eine Dokumentation über Vincent van Gogh. Ich schalte das Gerät ab und überprüfe sicherheitshalber, ob Bronko noch beide Ohren hat.

In der Küche finde ich Schamski, lang hingestreckt auf dem Boden.

Ich erschrecke ein wenig. «Guido? Alles okay?»

Schamski dreht den Kopf zu mir, nickt matt. «Ich hatte Rückenschmerzen. Und als ich dann lag, ist mir der Kreislauf abgeschmiert. Hilfst du mir mal hoch?»

Er streckt den Arm aus, ich ziehe daran und manövriere seinen voluminösen Oberkörper in die Sitzposition.

Fred beobachtet uns interessiert von seiner Ecke aus. Als ich die Küche betrat, hat er kurz den Kopf gehoben und mich auf diese Weise begrüßt. Er käme nie auf die Idee, mir schwanzwedelnd entgegenzulaufen. Überhaupt hat er sich bislang tadellos verhalten. Er kläfft nicht, zerbeißt keine Sachen, fällt keine Gäste an. Ich weiß nicht, ob er noch kränkelt oder sich für eine Adoption zu empfehlen versucht. Iris, der ich ihn zwischenzeitlich vorgeführt habe und die meine Hundeentführung auf dem kurzen Dienstweg legalisiert hat, findet, er könne noch eine Weile bei mir bleiben. Ich persönlich halte ein Komplott von Fred und Iris nicht für ausgeschlossen.

«Das ist besser», sagt Schamski, als er sitzt. «Gieß doch mal Wein nach.»

Ich tue es, reiche ihm sein Glas, stutze. «Ist das mein Bademantel?»

Schamski nickt. «Steht mir gut, oder?» Er streicht mit der

Hand über den schweren Stoff, ist offenbar von dem modischen Effekt angetan.

«Wo ist eigentlich Günther?», frage ich.

«Badezimmer. Wollte duschen», entgegnet Schamski.

«Und wie lange ist das her?»

Schamski zuckt mit den Schultern. «Stunde? Zwei?»

«Ich seh mal nach ihm», sage ich, und Schamski nickt. «Kannst du mir vielleicht noch meine Zigaretten runterreichen? Und den Aschenbecher?»

Ich finde Günther im Gästebad. Er hockt auf dem Boden, hat den Kopf gegen die Duschkabine gelehnt und sieht verheult aus. Neben ihm steht eine fast leere Flasche irgendeines mir unbekannten Alkohols.

«Was'n das?»

«Irgend so 'n Schokolikör. Stand bei dir im Regal», antwortet Günther.

«Kann es sein, dass der seit Jahren abgelaufen ist?»

Günther zuckt mit den Schultern. «Keine Ahnung. Ist mir im Moment aber auch wurscht.»

«Willst du nicht wieder in die Küche kommen?», frage ich. «Da gibt's Wein, und der Boden ist auch wärmer.»

Ein kurzes Schweigen.

«Was soll ich nur machen?», flüstert Günther, und ich sehe, dass sein linkes Auge eine Träne auf die Reise schickt, die er aber rasch mit der Hand wegwischt. Ich klappe den Toilettendeckel herunter und setzte mich darauf. «Warum müssen solche Gespräche eigentlich immer im Bad stattfinden?»

«Damit man es nicht so weit zum Kotzen hat?», erwidert Günther locker.

«Du hast dich wegen Iggy übergeben müssen?»

Günther nickt. «Oder wegen deinem abgelaufenen Schokolikör.»

Ich muss grinsen, Günther sieht es, lächelt matt.

«Lass uns in die Küche gehen», sage ich. «Du spülst noch 'n Grappa gegen die Schokolikörvergiftung nach, und wir überlegen, wie man das mit Iggy geradebiegen kann, okay?»

Günther nickt matt, streckt seinen Arm aus. «Hilf mir mal hoch.»

«Sehr gut», sagt Schamski, als wir in die Küche kommen. «Ihr seid zu zweit, da könnt ihr mir ja hochhelfen.»

Wenig später sitzen wir am Tisch, eine Grappaflasche macht die Runde, und Schamski erläutert ziemlich aufgeräumt, was Günther tun muss, um Iggys Herz doch noch zu gewinnen. Schamskis Zauberwort lautet «Romantik». Bislang, so Schamskis Theorie, habe Günther sich Iggy gegenüber nicht sonderlich romantisch verhalten. Die Idee, bei ihr einzuziehen, könne zwar als romantische Aktion verstanden werden, funktioniere aber wohl nur bei Liebenden unter fünfundzwanzig, weil die spontan und verrückt genug seien, ein solches Abenteuer zu wagen. Jenseits der dreißig verstünden Frauen Günthers Aktion eher als Eingriff in die Privatsphäre, somit als eine Überrumpelungsaktion.

Schamski ist zwischenzeitlich aufgestanden, doziert mit einer Zigarette in der einen und einem Grappa in der anderen Hand, derweil er in der Küche auf und ab geht und aussieht wie ein versoffener Vorsokratiker, der meinen Bademantel geklaut hat.

«Willst du sie heiraten?», fragt Schamski plötzlich, hält inne und sieht Günther an.

Der überlegt nicht lange, nickt und fragt: «Ja, schon, aber ist es nicht ein etwas unpassender Zeitpunkt, Iggy zu fragen, ob sie meine Frau werden möchte, wenn sie mich im Moment nicht sehen will?»

Schamski nickt bedächtig, setzt seinen kleinen Spaziergang

fort. «Einerseits ja, andererseits nein. Wenn du ihr zeigen willst, was sie dir bedeutet, dann kannst du das am besten mit einem Heiratsantrag machen.»

«Verstehe», sagt Günther. Seinem Gesichtsausdruck nach zu urteilen, würde ich aber nicht unbedingt darauf wetten, dass er Schamskis Ausführungen auch wirklich verstanden hat.

«Du musst dir allerdings einen besonders romantischen Heiratsantrag einfallen lassen. Je romantischer, desto besser», erklärt Schamski.

Günther sieht mich fragend an. Ich zucke mit den Schultern. Keine Ahnung, was Professor Dr. Dr. Dr. Schamski im Schilde führt.

«Ich kann dir dabei nicht helfen», sagt Schamski feierlich. «Niemand kann dir dabei helfen. Du musst ganz allein entscheiden, was du tun willst. So sind die Regeln.»

«Welche Regeln?», fragt Günther verdutzt, und mich interessiert es ebenfalls brennend, welchen unumstößlichen Regeln der allwissende Schamski jüngst für das Machen von Heiratsanträgen aufgestellt hat.

«Sie heiraten zu wollen ist die eine Sache», erläutert Schamski im überlegten Tonfall eines altehrwürdigen Professors. «Die andere ist, sie davon auch zu überzeugen. Sie muss spüren, dass du es ernst meinst, und das geht nur, wenn du ihr einen persönlichen Antrag machst, also einen Antrag, den nur du ihr machen kannst. Nur du und niemand sonst auf der Welt.»

Günther grübelt, während ich mich frage, ob Schamski nicht gerade ein wenig übers Ziel hinausschießt. Es gibt genug passable Ehen, die geschlossen wurden, weil ein Mann mit einem Ring vor einer Frau in die Knie ging. Da ist es vielleicht dann doch ein bisschen viel verlangt, ausgerechnet von Günther den ultimativen Heiratsantrag zu erwarten.

Im nächsten Moment sehe ich, dass es für eine Intervention meinerseits bereits zu spät ist. Schamski hat Günthers empfindliches Seelenleben gründlich durcheinandergebracht. Günther stiert vor sich hin, offenbar arbeitet sein Gehirn schon fieberhaft am romantischsten Heiratsantrag der Weltgeschichte.

Ich werfe Schamski einen Blick zu. Schamski realisiert erst jetzt, was er angerichtet hat, und zuckt etwas ratlos mit den Schultern.

«Was Guido wohl zu sagen versucht ...», beginne ich, um Günther ins Leben zurückzuholen, aber der unterbricht mich.

«Einen Antrag, den nur ich machen kann», murmelt Günther und erinnert mich an eine Figur aus «Einer flog übers Kuckucksnest». «Den nur ich machen kann», wiederholt er und flüstert dann dezidiert erneut: «Den nur ich machen kann.»

Es jagt mir einen Schauer über den Rücken, Schamski und ich tauschen einen bangen Blick. Er zieht eine neue Zigarette aus meinem Bademantel, zündet sie mit der alten an, macht ein sorgenvolles Gesicht und setzt seinen kleinen Spaziergang durch meine Küche fort. In diesem Moment erscheint Bronko in der Tür. Er ist gerade aufgewacht. Sein langes Haar ist zerzaust, sein Blick flattert umher. Er sagt keinen Ton.

Ich sehe zu Günther, dessen Blick zu Boden gerichtet ist und seltsam leer wirkt. Dann sehe ich zu Schamski, der mit gerunzelter Stirn die Küchenzeile entlangflaniert. Schließlich betrachte ich Bronko, der immer noch dort verharrt, wo er gerade erschienen ist, die Haare wirr, der Blick fahrig.

Jemand, der jetzt in meine Küche käme, würde wahrscheinlich vermuten, dass er sich in die Kantine des Orakels von Delphi verlaufen hätte.

TENGO
LA CAMISA NEGRA

Ich habe gerade zum ersten Mal mit Biggi geschlafen. Sie hat einen schönen Körper, aber leider auch goldene Satinbettwäsche. Anfänglich wurde ich deshalb das Gefühl nicht los, mich in einem sehr geschmacklosen Puff zu befinden. Ich entspannte mich aber etwas, als ich mir vorstellte, Marc Anton zu sein, der gerade mit Kleopatra vögelt. Diese Vorstellung passte nebenbei nicht nur recht gut zur Bettwäsche, sondern auch zu den großen schwarzen Katzenfiguren links und rechts des Bettes. Da es sich obendrein um ein Wasserbett handelte, imaginierte ich noch rasch eine Nilflussfahrt hinzu, was mich kurz vorm Orgasmus aber fast seekrank gemacht hätte.

Jetzt liegen wir nebeneinander, ich versuche mich an die historischen Begebenheiten rund um Kleopatra zu erinnern, Biggi raucht und hat deshalb einen winzigen Aschenbecher zwischen ihre üppigen Brüste gestellt.

«Wie lange kennt ihr euch eigentlich schon?», frage ich und nehme einen Zug von ihrer Zigarette.

«Knapp zwei Jahre», antwortet sie. «Wir haben uns im Urlaub kennengelernt. In seinem Heimatdorf in Spanien. Er war zufällig da, witzig, oder?»

Witzig? Wieso witzig? Seltsam vielleicht, merkwürdig, ein glücklicher Zufall meinetwegen, aber witzig? Nein. Witzig eher nicht.

«Ja, witzig», erwidere ich.

Eine kleine Weile liegen wir nur da, dann fällt mir ein, dass ich Biggis Plan in Gänze überhaupt noch nicht kenne. Sex gehörte dazu, den haben wir jetzt gehabt, aber wie geht es weiter? Wollen wir Rodriguez über einen Mittelsmann wissen lassen, wie wir diesen späten Nachmittag verbracht haben? Oder soll ich Biggis Zukünftigem einen Hinweis hinterlassen? Eine Socke vielleicht? Das hätte ich gerne vorher gewusst, dann wäre ich mit einem Ersatzpaar vorbeigekommen. Jedenfalls erscheint mir Biggis Plan nicht sonderlich ausgereift, denn um ein Gerücht zu streuen oder eine Socke im Bett zu verstecken, hätten wir nicht unbedingt vögeln müssen. Nicht dass ich etwas dagegen gehabt hätte, es ist nur ...

In diesem Moment dreht sich ein Schlüssel im Schloss, und mir wird spontan heiß und kalt, weil Biggi nun sagt: «Da ist er ja», dann rasch die Zigarette ausdrückt, mit den Armen fuchtelt und erklärt: «Er mag es nicht, wenn ich rauche, weißt du?»

Nein, weiß ich nicht, Biggi. Und ich hoffe inständig, derjenige, der nicht mag, dass du rauchst, ist dein Vermieter, dein Vater, dein Steuerberater oder sonst wer auf der Welt, nur nicht ausgerechnet ... Rodriguez!

In diesem Moment hört man durch die noch geschlossene Schlafzimmertür im Flur Musik. Eine Kapelle intoniert «Para tu amor» von Juanes. Das erstaunt immerhin auch Biggi, denn die zieht nun instinktiv die Bettdecke etwas höher und sieht mich hilfesuchend an.

«Erwartest du Besuch?», frage ich, als könnte ein «Ja» erklären, warum gerade eine Gruppe Musikanten in Biggis Wohnung marschiert.

Während ich noch erwäge, mich blitzschnell unters Bett zu rollen, was bei einem Wasserbett ohnehin keiner Erwägung bedarf, wird die Schlafzimmertür geöffnet, und Rodriguez erscheint, in der einen Hand einen großen Strauß roter Rosen, in der anderen ein geöffnetes Etui mit einem wunderschönen Halbkaräter. Derweil Rodriguez sichtlich bemüht ist, die Situation zu erfassen, drängen sich sechs gutgelaunte Musikanten ins Zimmer und umrahmen Biggis erstarrten Ehemann in spe.

«... desde mi sangre hasta la esencia de mi ser ...» Alles, aber auch wirklich alles will der Liebende seiner Geliebten geben, selbst sein Blut und die Essenz seines Lebens. Rodriguez lässt die Arme sinken, Strauß und Etui fallen zu Boden, Tränen schießen ihm in die Augen, er steht einen Moment fassungslos da, stürzt dann aus dem Zimmer, blass wie noch kein Südländer vor ihm.

«... y tengo también un corazón que se muere por dar amor ...» Ein Herz, das sich danach sehnt, Liebe zu geben. Biggi springt aus dem Bett, läuft aufgeregt Rodriguez hinterher und ist dabei splitternackt, was die Kapelle für einen Moment aus dem Takt bringt.

«... yo te quiero porque tu dolor es mi dolor ...» Ich liebe dich, weil mein Schmerz dein Schmerz ist.

Ich hoffe, es handelt sich um angeheuerte Musikanten und nicht um Rodriguez' Verwandte, weil es kein guter Tag ist, um mit Pauken und Trompeten erschlagen zu werden. Der steinalte Klarinettist, offenbar der Leiter der Truppe, wirft mir einen fragenden Blick zu. Ich bedeute dem Greis mit einem aufmunternden Kopfnicken, seine Leute mögen doch bitte weiterspielen. Er versteht.

«... para tu amor lo tengo ...» Die Musikanten sind in ihrem Element, während ich meine Unterhose suche und mit Unbehagen feststelle, dass sich irgendwo im hinteren Teil der Wohnung Biggi und Rodriguez anbrüllen.

Gegen Ende des Liedes bin ich nahezu vollständig bekleidet und fühle mich nun in der Lage, meinen Beitrag zum guten Ausgang der Situation zu leisten. Gerade verstummt die Musik.

«Spielen Sie noch etwas», sage ich und fühle mich wie ein Conférencier auf der sinkenden *Titanic*. Gefolgt von den Musikanten, die nun «Tengo la camisa negra» anstimmen und offenbar ein Faible für Juanes haben, mache ich mich auf den Weg zum Bad, wo sich Rodriguez verbarrikadiert hat und gerade von der tränenüberströmten Biggi angefleht wird, die Tür zu öffnen. Zwar spreche ich nur ein paar Brocken Spanisch, aber gerade fällt mir auf, dass ein Lied über einen Mann, der sein schwarzes Hemd anzieht, weil er von der Liebe seines Lebens bitter enttäuscht worden ist, die Situation vielleicht unnötig verschärfen könnte. Ich bedeute den Musikern, Schluss zu machen, und scheuche sie aus der Wohnung, was mich einen ordentlichen Batzen Trinkgeld kostet.

Dann klopfe ich an die Badezimmertür. «Rodriguez, hier ist Paul. Machen Sie bitte auf.»

Schweigen.

«Bitte, machen Sie auf», wiederhole ich und versuche, so ruhig und verbindlich zu klingen, wie ich es von umsichtigen Polizisten aus dem Fernsehen kenne.

«Was wollen Sie?» Sein spanischer Akzent gibt den Wörtern etwas Schneidendes. «Sie haben mir meine Liebe genommen. Mein Leben. Sie haben mir das Herz aus dem Leib gerissen. Sie haben mich für immer in den Staub getreten. Was wollen Sie noch?»

Zumindest ahne ich nach diesen Worten, warum Rodriguez eine Vorliebe für Juanes hat. Biggi sieht mich unter Tränen an. Ich nehme einen Funken Hoffnung in ihren Augen wahr, dass es mir gelingen könnte, Rodriguez zur Vernunft zu bringen. Ich weiß zwar noch nicht wie, werde aber mein Bestes geben.

«Es ist nicht so, wie Sie denken», sage ich, weil mir gerade nichts Besseres einfällt. Biggi sieht mich erstaunt an.

Rodriguez schweigt. Ich überlege angestrengt, welche Geschichte ich ihm auftischen könnte. Vielleicht schlicht die Wahrheit. Die lautet: Biggi will ihn, er will sie ebenfalls, das heute war nur ein unglücklicher Zufall, und wir vergessen das alles möglichst schnell. Klingt ebenso plausibel wie an den Haaren herbeigezogen. Ich denke an eine Theorie, die ich mal gehört habe und der gemäß eine Geschichte umso glaubwürdiger erscheint, je unwahrscheinlicher sie klingt.

«Ich bin Biggis Mann», höre ich mich dann sagen und sehe in Biggis weit aufgerissene Augen. «Vor knapp drei Jahren bin ich im Ausland entführt worden. Man dachte, die Entführer hätten mich ermordet, aber ich konnte fliehen ...»

Rodriguez schweigt, was ich jetzt mal als gutes Zeichen werte, denn er könnte mich ja alternativ auch fragen, was ich ihm da gerade für eine völlig schwachsinnige Geschichte auftische. Biggi sieht mich immer noch mit großen Augen an, wobei sie jetzt eher interessiert daran scheint, zu erfahren, wie es mir denn in der Zwischenzeit so ergangen ist, also speziell nach der Entführung kurz nach unserer Hochzeit.

«Jedenfalls bin ich fast zwei Jahre durch die Welt geirrt, um dann mit einem neuen Namen, einem neuen Pass und einer neuen Biographie hier zu landen. Ich wusste nicht, wo Biggi ist. Ich habe sie gesucht, aber nicht gefunden. Wir haben uns dann zufällig getroffen, und schon sehr bald habe ich die bittere Erkenntnis gewinnen müssen, dass ihr Herz jetzt einem anderen gehört.» Kleine Kunstpause. «Dir, Rodriguez.»

Ich warte einen Moment. Vielleicht reagiert er ja doch noch. Tatsächlich hört man nach einer kurzen Weile das leise

Knacken des Schlüssels im Schloss. Die Tür öffnet sich, und vor mir steht Rodriguez, aufgewühlt, verheult und ergriffen. «Ist das wahr?», fragt er.

Na ja, streng juristisch betrachtet wohl eher nicht, aber metaphorisch gesehen würde ich mit etwas Zeit sicher einen wahren Kern in meiner Geschichte finden.

Ich nicke, bemüht um einen möglichst zermürbten Eindruck. «Ich wollte Biggi noch einmal ganz nah sein, um dann für immer aus ihrem Leben zu verschwinden, damit ihr beide glücklich werden könnt. Verstehst du, Rodriguez? Sie hat es nur aus Liebe zu dir getan.»

Als Rodriguez zu der immer noch am Boden kauernden Biggi hinabblickt, habe ich Gelegenheit, mein Gesicht ein wenig zu entspannen. Ich merke gerade, dass es doch ziemlich anstrengend war, einen Lachanfall zu unterdrücken. Möge das Schicksal es fügen, dass Rodriguez niemals im Leben die Folge jener Seifenoper sieht, der ich die bescheuerte Entführungsstory entlehnt habe.

Rodriguez beugt sich zu Biggi hinab, umfasst ihre Taille und zieht sie sanft zu sich hoch. «Ist das wirklich wahr, mein Augenstern? Hast du es aus Liebe zu mir getan?» Er sieht ihr in die Augen, Biggi nickt und wirkt ebenso verschüchtert wie ungläubig.

«Glaub mir, Rodriguez, Biggi wünscht sich nichts sehnlicher, als deine Frau zu werden», sage ich feierlich. Wenigstens ein Satz, der den Tatsachen entspricht, denke ich dann.

«Ja», haucht Biggi ergriffen. «Das stimmt. Ich will deine Frau werden.»

Ein banger Moment der Stille, dann küssen sich die beiden.

Ich wende mich diskret ab. Offenbar gefällt es Gott, dass ein Spanier mit dem Gemüt einer einfältigen Amsel und eine

Wuchtbrumme mit goldener Satinbettwäsche eine Schar von Kindern zeugen, die zwar alle nicht bis drei zählen können, aber vielleicht großes Geschick im Flicken von Fischernetzen entwickeln. Mir soll es recht sein.

«Tengo la camisa negra», pfeife ich, als ich etwas später auf die Straße trete. Rodriguez hat mich zwar überreden wollen, Trauzeuge zu werden, aber ich konnte ihm überzeugend darlegen, dass dies mit meinem Geiselschutzprogramm unvereinbar wäre. Außerdem sagte ich ihm, ich würde Wort halten und nun aus dem Leben der beiden für immer verschwinden. Selbstredend wünschte ich ihnen alles Glück der Welt. Kurzum, es war ein tränenreicher Abschied, und ich glaube, so elegant habe ich mich noch nie aus einer Affäre ziehen können.

Ich sehe auf die Uhr. Soll ich nochmal im Büro vorbeischauen? Ich habe keine Lust dazu. Ich rufe Frau Hoffmann an.

«Irgendwas Besonderes?»

«Dr. Görges möchte Sie sprechen. Wenn Sie es einrichten können, auf einen Drink heute Abend.»

«Okay», sage ich, und Frau Hoffmann gibt mir die nötigen Informationen.

«Außerdem habe ich Gallagher erreicht», sagt sie dann.

«Und?»

«Ich soll Ihnen wörtlich sagen, Sie können ihm mal den Hintern küssen.»

«Das haben Sie sicher falsch übersetzt», entgegne ich.

«Tell him he can kiss my ass», sagt Frau Hoffmann trocken. «Wie würden Sie das übersetzen?»

Gut, ich gebe zu, der Satz bietet doch nicht so viel Spielraum wie ursprünglich von mir vermutet. Hätte ich mir gleich denken können, dass Gallagher ein nachtragender Spießer ist. Vor ein paar Jahren habe ich ihm am Eröffnungsabend eines Kongresses versehentlich eine Bloody Mary auf den Anzug gekippt. Da es der einzige Anzug war, den er bei sich hatte, musste er den Kongresstag in einem geliehenen Jogginganzug verbringen, was ein wenig so aussah, als hätte sich ein Frührentner auf dem Weg zum Wettbüro verlaufen. Ich dachte, Gallagher hätte es mit Humor genommen, hat er aber wohl nicht.

«Und sonst?», frage ich.

«Sieht schlecht aus», erwidert Frau Hoffmann sachlich. «Donovan arbeitet nicht mehr in Detroit. Singer sitzt wegen Bilanzmanipulationen im Gefängnis, und Gallagher will ...»

«Ich weiß», unterbreche ich sie leicht genervt. «Gallagher will, dass ich ihm den Hintern küsse. Schon verstanden, Frau Hoffmann. Und wer wirft jetzt ein Auge auf meine lesbische Tochter?»

Es muss wohl leicht verzweifelt geklungen haben, denn Frau Hoffmann seufzt und sagt: «Ich überlege nochmal, wer in Frage kommen könnte.»

«Danke», erwidere ich und lege auf.

Die Zeit bis zum Drink mit Görges werde ich nutzen, um mich ein wenig frischzumachen. Bronko habe ich freigegeben, er muss mich schließlich nicht auch noch zu Rendezvous chauffieren. Vielleicht sollte ich mir eine gemächliche Fahrt mit der U-Bahn gönnen, so wie viele andere Werktätige, denke ich und sehe Gott sei Dank einen Taxistand.

Zu Hause erwartet mich die zweite musikalische Darbietung des Tages. Bronko spielt auf Schamskis Klavier eine melancholische Weise. Schamski steht daneben, dreht nachdenklich einen Drink im Glas und raucht. Günther sitzt etwas abseits und sieht unbeweglich aus dem Fenster. Seit Schamskis Vortrag hat Günther nicht mehr gesprochen. Er hockt bewegungslos in der Wohnung, stiert vor sich hin und erinnert mich an Quequec aus «Moby Dick».

Es stellt sich heraus, dass Bronko mir dafür danken wollte, dass er bei mir wohnen darf, weshalb er einen befreundeten Musiker gebeten hat, das Klavier zu stimmen, selbstredend in dem Glauben, es sei mein Klavier und nicht Schamskis. Ich bin trotzdem gerührt.

Als ich das Duschwasser abdrehe, plätschert gerade Schumanns Träumerei durch die Wohnung. Ich halte einen Moment inne und höre zu. Warum spiele ich eigentlich nicht mehr? Es muss über zehn Jahre her sein, dass ich den Umzug in diese Stadt zum Anlass genommen habe, mein Klavier zu verkaufen. Eigentlich wollte ich mir ein neues zulegen, aber dazu ist es irgendwie nie gekommen. Wieso verliert man immer alles Mögliche?

Görges hat für unser Treffen eine mondäne Hotelbar ausgewählt. Wir flegeln uns in wuchtigen Ledersesseln, vor uns stehen kompetent zubereitete Drinks auf schneeweißen Untersetzern und eine Auswahl Knabberzeug, angerichtet in Chinaporzellan.

«Wissen Sie eigentlich, warum man in Bars kein Knabberzeug essen sollte?», fragt Görges.

«Weil sich die meisten Männer nach dem Pinkeln nicht die Hände waschen», erwidere ich und werfe eine paar Erdnüsse ein. «Da gab es mal eine Reportage im Fernsehen, richtig?»

Görges nickt, nimmt ebenfalls ein paar Nüsse.

«Jedenfalls danke für die Warnung», sage ich und greife nochmal zu.

«Gern geschehen», erwidert Görges und bedient sich ebenfalls erneut.

Wir kauen und nippen an unseren Drinks.

«Sie wissen, dass ich kein Freund davon bin, Privates und Berufliches zu vermischen», beginnt Görges. «Diesmal komme ich nur leider nicht drum herum. Deswegen habe ich Sie hergebeten, ich wollte das nicht im Büro besprechen.»

«Es geht um Engelkes», vermute ich.

Görges nickt. «Auch. Ich möchte auf jeden Fall, dass Sie ihn zurückholen. Er will nämlich nicht nur weiterhin meine Tochter heiraten, er hat sie inzwischen auch geschwängert.»

«Scheint immerhin ziemlich genau zu wissen, was er will», erwidere ich.

Görges grinst. «Entweder das, oder er weiß noch nicht, worauf er sich einlässt. Aber wie dem auch sei, ich möchte ihm unter die Arme greifen. Ich dachte, Sie machen ihn zu Ihrem Stellvertreter, und in ein paar Monaten übernimmt er dann Ihren Job.»

«Oh», sage ich knapp und versuche, einigermaßen entspannt zu wirken. «Muss ich das jetzt als Kündigung verstehen?»

Görges schüttelt den Kopf. «Im Gegenteil. Es wird im nächsten Jahr ein paar Veränderungen geben. Ich habe mich mit den Eigentümern darauf verständigt, nur noch als Berater zu fungieren. Mein Urologe ist nämlich der Ansicht, dass eine Sechzig-Stunden-Woche und Prostatakrebs nicht so gut zusammenpassen.» Er nippt an seinem Drink, sieht mein betretenes Gesicht. «Nicht so schlimm, wie es sich anhört. Die Werte sind momentan okay, aber ich muss eben mein Leben ändern, wenn ich's noch 'ne Weile behalten will.»

Ich nicke und bedauere, dass Görges sich aus dem Geschäft zurückziehen wird. Es war angenehm, mit ihm zu arbeiten, und ob das unter Raakers' Leitung so bleibt, wage ich zu bezweifeln.

«Im Grunde gibt es in Ihrem Fall zwei Möglichkeiten», erklärt Görges. «Wenn Raakers Vorstandsvorsitzender wird, könnten Sie das Finanzressort übernehmen und sein Stellvertreter werden.» Görges nippt an seinem Drink, macht eine kleine Kunstpause. «Oder aber Sie bewerben sich ebenfalls um den Vorstandsposten.»

Mein Erstaunen steht mir ins Gesicht geschrieben. «Ich dachte, es wäre beschlossene Sache, dass Raakers Sie eines Tages beerbt.»

Görges schüttelt den Kopf. «Wer sollte das beschlossen haben? Ich? Nein. Letztlich entscheidet die Eigentümerfamilie, wer den Posten bekommt. Raakers hat sicher gute Chancen, aber ich kann mir auch vorstellen, dass man einen Mann mit einer weniger puritanischen Geschäftspolitik bevorzugen würde.»

Interessante Perspektive. «Gibt es denn noch weitere Kandidaten?»

Wieder schüttelt Görges den Kopf. «Schamski und Burger werde ich nicht vorschlagen, und einen externen Kandidaten will die Familie nicht. Sie müssen sich nur überlegen, ob Sie das Risiko, gegen Raakers anzutreten, eingehen möchten. Ich kann mir vorstellen, wenn Sie ihm unterliegen, wird er versuchen, Sie loszuwerden, aber ich denke, im umgekehrten Fall wird es genauso sein. Vielleicht sollten Sie und Raakers die Szenarien für den Fall der Fälle absprechen, ich habe nämlich keine Lust darauf, zu viel Zeit mit Machtkämpfen zu verplempern.»

«Ich schätze Dr. Raakers», sage ich.

Görges grinst. «Sie können ihn nicht leiden.»

«Nein, aber ich schätze ihn trotzdem», erwidere ich.

«Egal», sagt Görges, «er mag Sie ja auch nicht. Jedenfalls denken Sie doch bitte darüber nach, welchen Weg Sie einschlagen möchten. Es wäre der sicherere Weg, Raakers' Kandidatur zu unterstützen und sich damit die Leitung des Finanzressorts zu erkaufen.»

Ich überlege, kippe meinen Drink in einem Zug und frage: «Wie viel Zeit habe ich denn, um mir das alles durch den Kopf gehen zu lassen?»

«Genug», erwidert Görges. «Die Familie verbringt den Sommer auf Mallorca. Sie hat ein ziemlich schönes Anwesen im Norden der Insel. Ich denke, man wird die Kandidaten ein paar Tage dorthin einladen und ihnen auf den Zahn fühlen. Wenn Sie mir also binnen zwei Monaten Ihre Entscheidung mitteilen, dann reicht das.»

Ich nicke. «Gut.»

Görges kippt ebenfalls seinen Drink in einem Zug. «Was ist? Noch einen letzten?», fragt er.

«Gerne», antworte ich und ergänze nach einer kurzen Pause: «Und danke für Ihr Vertrauen.»

Görges lächelt. «Mein Vertrauen spielt keine Rolle. Sie müssten die Eigentümer überzeugen.» Er grinst nun breit. «Und das ist wesentlich komplizierter, als eine Lusche wie meinen zukünftigen Schwiegersohn auszuschmieren.»

VIELLEICHT STEHT ER JA DRAUF

Ich weiß nicht, ob ich Görges' Job machen möchte. Einerseits reizt mich die Aufgabe, andererseits habe ich die Befürchtung, mich in zehn Jahren zu fragen, wo bloß die letzten zehn Jahre geblieben sind. Der Job des Finanzchefs interessiert mich noch weniger, mir fällt aber auch keine gute Alternative zu Görges' Szenario ein.

Ich habe über ein Sabbatical nachgedacht und damit begonnen, eine Weltreise zu planen, bis mir klar wurde, dass ich mich nach sieben Tagen zu Tode langweilen würde. Ich bin also momentan ratlos. Seit ein paar Wochen hoffe ich auf ein Zeichen des Himmels. Aber der schickt mir stattdessen Freundinnen von Kathrin oder Biggi, oder Freundinnen von Freundinnen der beiden, deren angeschlagene Beziehungen ich durch romantische Abendessen oder amouröse Kurzurlaube wieder ins Lot bringen soll. In den meisten Fällen gelingt das sogar, was mir immerhin beweist, dass einigermaßen glückliche Beziehungen möglich sind, auch wenn das Glück manchmal hart erkauft werden muss. Inmitten von Paaren, deren Glück ich zu stiften helfe, hat mich meines aber offenbar zumindest vorübergehend verlassen. Das Schicksal hält ein Dasein als einsamer Workaholic für mich bereit, mehr aber auch nicht.

Seitdem Fred offiziell mein Hund ist, habe ich Iris nicht wiedergesehen. Er wird in ein paar Tagen einen letzten Check-up bei ihr bekommen, danach werde ich mich wohl für immer von ihr verabschieden, zumal sie in knapp drei Wochen heiraten wird, wie mir eine leutselige Praktikantin gesteckt hat. Um Iris öfter zu sehen, hätte ich Fred ins Heim zurückbringen müssen. Das habe ich dann aber doch nicht übers Herz gebracht, zumal Fred sich weiterhin tadellos verhält. Manchmal denke ich, er ist ein völlig anderer Hund geworden, seitdem er nicht mehr eingesperrt ist. Vielleicht müsste ich Iris anlässlich unseres letzten Treffens doch noch sagen, dass ich ziemlich verschossen in sie bin. Andererseits wird das nichts ändern, denn ich bin derjenige, mit dem sie noch nicht mal ausgegangen ist, während sie mit dem anderen so gut wie verheiratet ist. Meine Chancen sind also gleich null, ich weiß nicht, ob ich mir das unbedingt nochmal von Iris bestätigen lassen muss.

Immerhin haben meine Mitbewohner ihre Krisen weitestgehend überwunden. Nachdem er ein paar Tage Löcher in die Luft gestarrt hatte, zog Günther sich mit seinem Laptop in eine Ecke des Wohnzimmers zurück und begann zu arbeiten. Womit er sich beschäftigt, weiß ich bis heute nicht, denn wenn man ihn anspricht, reagiert er maulfaul. Selbst den Umstand, dass mehrere Mitarbeiter einer Telekommunikationsfirma meinen Internetanschluss derart erweiterten, dass ich nun über eine ähnliche Anlage wie die NASA verfüge, wollte Günther nicht kommentieren. Ich täte ihm wohl den größten Gefallen, wenn ich täglich frische Softdrinks und eine Schüssel Knabberzeug in seine Ecke stellen und ihn alle paar Tage mit einer Elefantenpeitsche unter die Dusche treiben würde.

Auch Schamski ist wieder auf dem Damm. Er hat die Frage, was er tun würde, wenn er nur noch eine Stunde zu leben hätte, zwar immer noch nicht beantwortet, weiß aber inzwischen, was er NICHT tun würde. Er würde nämlich weder zu einer seiner Exfrauen noch zu einer seiner Exgeliebten fahren. Schamski hat daraus messerscharf geschlossen, dass er den Menschen, den er im Fall der Fälle aufsuchen würde, wohl noch nicht gefunden hat. Deshalb widmet er sich nun der Aufgabe, diesen Menschen zu finden.

Bronko, animiert von Schamskis philosophischen Thesen, entschloss sich zu dem gewagten Vorhaben, seine große Liebe zurückzuerobern. Dabei wussten wir nicht einmal, dass Bronko eine große Liebe hatte. Claudia, die Frau, um die es ging, hatte ihn vor knapp sechs Jahren verlassen, was Bronko bis zum heutigen Tag nicht verschmerzt hat. Bronko kann jedenfalls die Frage, wohin er führe, wenn er nur noch eine Stunde zu leben hätte, klar beantworten. Er würde zu Claudia fahren.

«Nimm dann aber lieber 'n Taxi», war mir rausgerutscht, als Bronko darüber sprach, und erneut erntete ich vorwurfsvolle Blicke, diesmal sogar von Günther.

Jedenfalls sind Bronko und Claudia heute zum Mittagessen verabredet, während ich am anderen Ende der Stadt Jutta treffe, eine Freundin einer Freundin von Biggi.

Jutta und ich sitzen in einem Vorstadtcafé und sind umzingelt von Senioren, die schonend gegarte und praktisch salzfreie Mahlzeiten zu sich nehmen. Der Renner ist offenbar das Hühnerfrikassee, dicht gefolgt von der Tagessuppe. Da ich auf der Karte auch sonst nichts gefunden habe, was man kauen könnte, habe ich lediglich einen Tee bestellt.

Jutta scheint auf Diskretion bedacht zu sein, davon zeugt nicht nur dieser Treffpunkt, sondern auch die große schwarze Sonnenbrille, die sie bislang nicht abgesetzt hat. Ich nippe an meinem Tee, plaudere und warte ab. Es dauert meistens eine Weile, bis meine Klientinnen mit ihren Wünschen herausrücken. Den Begriff «Klientinnen» hat übrigens Biggi geprägt, wir telefonieren ab und an, momentan ist sie mit Rodriguez in Spanien unterwegs, wo die beiden ein Häuschen suchen. Biggi ist überglücklich, ihr Erstgeborener soll Paulo heißen, wird es ein Mädchen, dann Paula.

«Ich habe gehört, dass Sie als ... wie soll ich sagen ... Mann für gewisse Stunden auch erotischen Begegnungen nicht abgeneigt sind.»

Sehr formvollendet formuliert, liebe Jutta.

Ich nicke.

«Sind Sie denn möglicherweise auch für eher ungewöhnliche sexuelle Konstellationen zu haben?» Jetzt nimmt sie die Brille doch ab, vielleicht weil sie instinktiv ahnt, dass Augenkontakt bei einem intimen Gespräch hilfreich sein könnte. Sie hat einen melancholischen Gesichtsausdruck, obwohl ihre Augen nicht traurig wirken, sondern sogar ein wenig zu lächeln scheinen.

«Worauf wollen Sie hinaus?», frage ich.

Sie zeigt ihre weißen Zähne, macht ein freundliches Gesicht. «Ich rede von Sex zu dritt. Wären Sie für Sex zu dritt zu haben?»

Tja, liebe Jutta, kommt darauf an, ob es sich bei den beiden anderen um Christina Aguilera und Rania von Jordanien handelt oder um Siegfried und Roy.

Ich ahne, wer im Fall von Jutta die dritte Person sein soll. «Sprechen Sie von sich und Ihrem Mann?»

Sie nickt. Eine kleine Weile schweigen wir.

«Ist das Ihre Idee oder seine?», frage ich dann.

«Was spielt das für eine Rolle?», erwidert sie und scheint meine Frage etwas aufdringlich zu finden, denn eine ihrer Augenbrauen hebt sich ein wenig.

«Wäre es seine Idee, dann hätte ich es richtig gefunden, wenn er Sie zu diesem Gespräch begleitet hätte. War es Ihre

Idee, frage ich mich, ob er überhaupt schon etwas von dem Plan weiß.»

Sie mustert mich, lächelt dann, als hätte ich sie bei einer kleinen Notlüge ertappt. «Nicht schlecht. Sie liegen richtig. Er weiß noch nichts davon.»

«Okay», erwidere ich. «Und sind Sie sicher, dass Sie Ihren Mann involvieren möchten?»

«Beim Sex zu dritt?», fragt sie amüsiert. «Wenn er nicht mitmachen würde, wäre es doch wohl eher Sex zu zweit, oder?»

Stimmt, ist aber in diesem speziellen Fall Haarspalterei, liebe Jutta.

«Ich meine nur, falls Sie ein sexuelles Abenteuer suchen und Ihren Mann nur deshalb einbinden möchten, damit Sie ihn nicht hintergehen müssen, sollten Sie sich zunächst fragen, was Sie eigentlich wirklich wollen.»

Sie zieht die Stirn ein wenig kraus, wirkt nun unwirsch. «Ich denke, was ich definitiv nicht will, ist, von Ihnen analysiert zu werden.»

«Tut mir leid, ich wollte Ihnen nicht zu nahe treten, sondern Ihnen nur einen Tipp geben, denn ansonsten kann ich leider nichts für Sie tun. Eines will ich nämlich definitiv nicht, und zwar dass Ihr Mann an meiner Nudel herumspielt.»

Sie sieht mich an, wirkt zunächst erbost, dann aber entspannen sich ihre Gesichtszüge, und sie muss ein wenig lächeln. «Ich versuche, ihm schlicht zu ersparen, sich nur mit einem Ledertanga und einer venezianischen Maske bekleidet in einem Privatclub herumtreiben zu müssen.»

«Vielleicht steht er ja drauf», sage ich leichthin.

Jutta schüttelt den Kopf. «Selbst wenn es so wäre, würde er das nie zugeben. Deshalb dachte ich auch, man könnte ihn vorsichtig ans Thema heranführen.»

«So ganz verstehe ich nicht, worauf Sie hinauswollen», sage

ich. «Wünschen Sie sich nun ein erotisches Abenteuer oder möchten Sie Ihren Mann davon überzeugen, dass er in Wirklichkeit schwul ist?»

Sie seufzt. «Ich fürchte, das eine hat irgendwie mit dem anderen zu tun. Unser Sexleben ist praktisch nicht vorhanden, und lange Zeit dachte ich, das würde an mir liegen. Aber dann hatte ich irgendwann diese Idee, dass er sich vielleicht hinsichtlich seiner sexuellen Orientierung etwas vormacht.»

Ich nippe an meinem Tee, denke nach, sehe aber nur eine Lösung für Juttas Problem. «Sie müssen ihn damit konfrontieren. Entweder, er kann Ihnen eine plausible Erklärung für die Krise nennen, oder es ist vielleicht besser, sich eine Weile zu trennen.»

Sie nickt. «So weit bin ich auch schon.» Sie spielt gedankenverloren mit ihrer Sonnenbrille. Ich vermute, sie ist etwa in meinem Alter, definitiv eine attraktive Frau. Zumindest äußerlich sehe ich keinen Grund dafür, warum Jutta nicht ein ausuferndes Sexleben haben sollte.

In diesem Moment sieht sie mich an, flirtet. «Falls er schwul ist, kann ich Sie dann nochmal anrufen?», fragt sie lächelnd.

Im Büro will Frau Hoffmann mich sprechen. Sie hat niemanden gefunden, der in Detroit ein Auge auf Sophie werfen könnte.

Lisa und Tommi haben bereits überlegt, Sophie zu begleiten, aber den Plan dann doch wieder verworfen. Die beruflichen Konsequenzen sind unabsehbar, außerdem haben beide verstanden, dass Sophie ihre eigenen Entscheidungen treffen und auch allein verantworten muss. Trotzdem wäre auch mir wohler, wenn Sophie eine Anlaufstelle in Detroit hätte, ich denke, mit so einer moderaten Kontrollinstanz könnten alle Beteiligten einigermaßen leben, außer Tommi natürlich, aber der hat nach seinem Auftritt beim Abendessen ohnehin merklich an Einfluss verloren. Was ich ihm übrigens von ganzem Herzen gönne.

«Tja», sagt Frau Hoffmann, die mir ansieht, dass ich gerade angestrengt über die Situation nachdenke. «Es gäbe da vielleicht noch eine Möglichkeit ...»

«Aber?», entgegne ich etwas verdutzt.

«Aber es ist eine komplizierte Möglichkeit. Ich weiß nicht, ob sie funktioniert. Außerdem müssten wir beide Stillschweigen darüber vereinbaren.»

Ich wundere mich, nicke bedächtig und sage: «Einverstanden, dann erzählen Sie doch mal.»

«Mein Sohn wohnt in Detroit», sagt Frau Hoffmann und registriert sofort mein erstauntes Gesicht. «Ich weiß, dass davon nichts in meiner Personalakte steht. Thorben, so heißt er, ist bei meiner Schwester aufgewachsen, sie und ihr Mann haben ihn an Kindes statt angenommen.» Frau Hoffmann druckst ein wenig herum. «Es waren die Sechziger, und ich hatte diese unglückliche Affäre mit ...»

«Schon gut», unterbreche ich. «Sie müssen mir keine Details erzählen. Ich bin sicher, Sie hatten Ihre Gründe.»

Sie lächelt und ich sehe, dass sie dankbar ist, mir keine Rechenschaft ablegen zu müssen.

«Jedenfalls haben wir seit mehr als fünfzehn Jahren keinen Kontakt. Er hat mir nie verziehen, dass ich ihn zu meiner Schwester gegeben habe. Ich weiß deshalb nicht mal, ob er mir helfen würde. Ob er mich überhaupt sehen will.»

«Was macht er beruflich?»

«Ingenieur. Er baut Autos.»

«Und hat er Familie?»

Frau Hoffmann nickt, ich sehe einen Anflug von Trauer in ihrem Gesicht.

«Das heißt, Sie haben Ihre Enkelkinder noch nie gesehen?», mutmaße ich.

Sie schüttelt den Kopf, schluckt tapfer ein paar Tränen hinunter.

Eine kurze Weile schweigen wir.

«Okay», sage ich dann entschlossen. «Buchen Sie uns zwei Flüge nach Detroit, möglichst zeitnah, ich kläre alles Nötige mit Dr. Görges.»

Frau Hoffmann blickt mich erstaunt an.

«Was ist?», frage ich. «Sie wollen was von Ihrem Sohn, und ich will auch was von Ihrem Sohn. Also schauen wir einfach bei ihm vorbei, oder?»

Am Abend freue ich mich auf einen ausgedehnten Spaziergang mit Fred, treffe jedoch Bronko und Schamski in der Küche. Die beiden haben einen Wein aufgemacht, aus dem Wohnzimmer hört man Günthers Tastaturgeklapper.

«Irgendwas Besonderes?», frage ich.

«Aber ja, setz dich», sagt Schamski bester Laune. «Bronko erzählt gerade, wie er sich heute zum Affen gemacht hat.»

Bronko nickt. «Allerdings.»

«Bin ganz Ohr», sage ich und gieße mir Wein ein.

«Die Kurzfassung ist, ich hatte nicht den Hauch einer Chance bei Claudia. Sie ist schwanger und offenbar mit ihrem neuen Mann sehr glücklich», erklärt Bronko und nippt missmutig an seinem Wein.

«Tut mir leid», sage ich. «Aber es ist ja auch schon eine Weile her, dass ihr euch getrennt habt, da bleibt es nicht aus, dass sie irgendwann ein neues Leben beginnt.»

«Ja», sagt Schamski gedehnt. «Wobei diese Kurzfassung auch ein paar wesentliche Details verschweigt.»

«Zum Beispiel?», frage ich, und Schamski nickt Bronko aufmunternd zu.

«Zum Beispiel, dass Claudia mich damals wegen Jörg verlassen hat», sagt Bronko und zieht einen Flunsch.

«Aha. Und dieser Jörg ist der Mann, von dem sie jetzt schwanger ist?», frage ich etwas verunsichert.

Bronko nickt.

«Von dem sie jetzt wiederholt schwanger ist», korrigiert Schamski grinsend.

«Um genau zu sein, zum dritten Mal», vollendet Bronko etwas niedergeschlagen und gießt sich Wein nach.

«Aber die beiden sind immerhin nicht seit sechs Jahren verheiratet», scherze ich und sehe in Schamskis und Bronkos ernste Gesichter.

«Sind sie doch?», mutmaße ich vorsichtig, und beide nicken bedächtig.

In diesem Moment hört man ein wütendes Knurren und Bellen aus dem Wohnzimmer. Dann ruft Günther: «Ich geh mal eben mit dem Hund», und ich stelle fest, dass Fred, der eben noch neben dem Tisch lag, sich offenbar hinausgeschlichen hat.

Schamski errät meine Gedanken. «Fred hat erkannt, dass Günther grundsätzlich immer für einen Spaziergang zur Verfügung steht, vorausgesetzt, man droht ihm richtig.» Ich verstehe. Guter Hund.

Die Tür fällt ins Schloss. Einen kurzen Moment sitzen wir nur da.

«Ja», sage ich dann und es klingt, als würde ich einen längeren Gesprächsbeitrag einleiten wollen, schweige aber.

«Tja», ergänzt Schamski.

«Ihr meint also, da kann man nichts machen?», fragt Bronko.

Schamski und ich zucken mit den Schultern. «Nein», sagen wir dann im selben Moment.

NUR
EIN ABENDESSEN

Es ist spät am Nachmittag, ich muss Fred gleich im Tierheim vorführen, fliege morgen nach Detroit und habe darüber peinlicherweise vergessen, dass ich mich mit Maike, einer Freundin von Kathrin, verabredet habe. Maike klingelt also just in dem Moment, in dem ich mich anschicke, mit Fred die Wohnung zu verlassen.

«Hi», sage ich, und es klingt eindeutig wie jemand, der gerade dabei ertappt worden ist, eine Verabredung verbaselt zu haben.

«Du hast mich vergessen», sagt Maike trocken und blickt hinunter zu Fred, mit dem ich sie offenbar gerade versetzen will.

Ich bin bereits dabei, mir ein paar grandiose Ausreden einfallen zu lassen, als Schamski auf dem Treppenabsatz erscheint und mit einem «'n Abend zusammen» ganz selbstverständlich in meine Wohnung latscht. Dabei wirft er einen Blick auf Maike, die nun ihrerseits einen Blick auf Schamski wirft. Erstaunlicherweise wirken diese Blicke irgendwie magnetisch, weil weder Schamski seine Augen von Maike lässt noch umgekehrt. Ich ahne, es hat sich hier gerade eine vorzügliche Möglichkeit ergeben, mich elegant aus der Affäre zu ziehen.

«Guido – Maike, Maike – Guido», sage ich wie die Unschuld in Person.

Schamski hält inne, reicht Maike seine Hand. «Freut mich sehr», sagt er und man sieht, er freut sich wirklich sehr.

«Mich ebenfalls», erwidert Maike, und während dieser kurzen Zeremonie haben beide nicht die Augen voneinander gelassen.

Ich bin nun sehr zuversichtlich, die Angelegenheit zur Zufriedenheit aller Beteiligten regeln zu können. «Es tut mir total leid, Maike», sage ich schuldbewusst und setze nebenbei Schamski ins Bild, «ich habe unsere Verabredung tatsächlich total vergessen.» Und in tiefer Verzweiflung setze ich hinzu: «Was machen wir denn jetzt?»

Was die beiden machen werden, ist zu diesem Zeitpunkt sowieso klar, zumal Maike es nicht mal für nötig befunden hat, mich anzusehen, als ich mich bei ihr entschuldigte, sondern weiterhin mit Schamski flirtet. Es ist also längst gelaufen, dass Maike und Schamski heute Abend ausgehen werden, fragt sich nur, ob die Entscheidung zeitnah offiziell wird oder ob ich hier noch eine Weile dumm rumstehen muss.

«Dann könnten ja wir vielleicht ...», sagt Schamski als Mann der Tat, und Maike ergänzt schnell: «Ja, klar, gerne.»

«Fein», erwidert Schamski, und ich frage mich, ob ich nun einfach gehen soll, weil ja sowieso niemand zur Kenntnis nimmt, dass ich noch da bin, oder ob ich noch für eine Abmoderation benötigt werde.

Letzteres erledigt sich rasch, denn Schamski fragt: «Italiener? Franzose?», und Maike erwidert: «Ist mir völlig egal.»

«Gut», sagt Schamski, «eine Minute.»

Maike lächelt. «Ich warte.»

Während man das Klappern von Günthers Tastatur hört, ziehe ich dezent die Wohnungstür zu.

Iris trägt einen Wollpullover, der ihr etwas zu groß ist. Ich kann nicht beurteilen, ob sie in einem knappen Abendkleid attraktiver aussähe. Vermutlich würde sie mich so und so um den Verstand bringen.

Fred steht auf dem OP-Tisch und macht einen lässigen Eindruck. Er lässt sich betasten und untersuchen, als wäre er ausgezeichnet sozialisiert und perfekt ausgebildet.

«Erstaunlich, wie sich Felix bei Ihnen entwickelt hat», lächelt Iris, und es ist dieses umwerfende Lächeln, das mich schon bei unserer ersten Begegnung in den Bann geschlagen hat.

«Wahrscheinlich geht es ihm einfach ganz gut», entgegne ich locker und versuche, mit ihrem Strahlen mitzuhalten, was mir aber nicht annähernd gelingt.

Unsere Blicke treffen sich. Sie weiß, dass ich sie beobachtet habe, erspart mir aber einen Kommentar. «Sie können ihn loslassen. Wir sind fertig.»

Ich lasse Fred los, tätschle ihm den Kopf. Er hechelt zufrieden, springt dann vom OP-Tisch.

«Es ist alles in Ordnung», sagt Iris, derweil sie ihre Unterarme entblößt und damit beginnt, sich gründlich die Hände zu waschen.

Unser Abschied naht, irgendwie bin ich noch nicht darauf vorbereitet. Wer weiß, ob wir uns je wiedersehen werden.

«Wir müssen also nicht mehr wiederkommen?», frage ich, und mein Tonfall erinnert vermutlich an eine Abschiedsszene in einem klassischen Hollywood-Western.

Sie wendet sich um, sieht mich an, derweil sie die Hände trocknet. «Nein. Medizinisch gesehen ist mit Felix alles in Ordnung.»

Schön und gut, aber ich könnte emotional gesehen schon noch ein paar Sitzungen vertragen. «Ja dann», sage ich etwas hilflos und beginne, Felix Leine und Maulkorb anzulegen. «Es war mir jedenfalls ein Vergnügen, Sie kennenzulernen.» Ich reiche ihr die Hand, sie ergreift sie, und ich spüre ihre weiche Haut. Damit ich sie nicht auf der Stelle zu mir ziehe und zu küssen versuche, löse ich rasch und vorsichtig den zarten Händedruck und wende mich zum Gehen.

Ich stehe schon in der Tür, als ich mich frage, ob ich jetzt einfach so verschwinden kann oder ob ich ihr sagen muss, was ich für sie empfinde. Sie ist so gut wie verheiratet, denke ich dann. Es hat schlicht keinen Sinn.

Ich öffne die Tür, bin im Begriff, einen Fuß ins Freie zu setzen.

«Wollen Sie eigentlich immer noch mit mir ausgehen?», fragt sie leichthin. Ich zweifle einen Moment, ob ich da gerade tatsächlich gehört habe, was ich zu hören glaubte, und wende mich überrascht um.

«Ich meine kein Rendezvous», sagt sie lächelnd, «nur ein Abendessen.»

Gute Frage, Iris. Die Vorstellung, dich vielleicht nie wiederzusehen, macht mir das Herz gerade schwer wie den Meteoriten, der die Dinosaurier ausgelöscht hat. Andererseits fühle ich mich emotional trotzdem noch so stabil, dass ich keine Dummheiten machen werde. Wer weiß, wie das sein wird, wenn wir miteinander essen waren. Vielleicht bin ich dann endgültig verloren und muss deine Hochzeit zum Platzen bringen. Vielleicht werde ich dort auch Amok laufen. Vielleicht werde ich deine Schwester heiraten, nur um dich ab und zu wiederzusehen. Hast du überhaupt eine Schwester? Vielleicht werde ich auch fortan meine Nächte auf diversen Brücken zubringen und daran arbeiten, eines Tages hinunterzuspringen. Wer weiß.

«Gerne», entgegne ich und ahne schon jetzt, dass ich mir

gerade wahrscheinlich einen Berg von Problemen aufhalse. Das aber tue ich immerhin mit einem Lächeln.

Den Abend verbringe ich mit gemächlichen Reisevorbereitungen. Bronko liegt auf dem Sofa, trägt Kopfhörer und hat Mozarts c-Moll-Messe auf «repeat» gestellt, ansonsten hört man nur das einschläfernde Klappern von Günthers Tastatur.

Es ist noch früh, als Schamski heimkehrt.

«Kein schöner Abend mit Maike?», frage ich leicht erstaunt.

«Ein phantastischer Abend», entgegnet Schamski bester Laune, «ich habe nur das Gefühl, ich darf bei dieser Frau jetzt nichts überstürzen.»

Sein Handy summt, er zieht es hervor, blickt aufs Display, hat offenbar eine Textnachricht bekommen. «Planänderung», sagt Schamski, «sie wartet auf mich in einem Hotel ein paar Blocks weiter. Wir werden also jetzt doch alles überstürzen. Schönen Abend zusammen.» Er winkt zum Abschied, die Tür fällt ins Schloss.

Als Bronko mich am nächsten Morgen zum Flughafen fährt, stelle ich mit Genugtuung fest, dass mein dezenter Hinweis, er könne vielleicht seine fahrerischen Fähigkeiten noch optimieren, Früchte getragen hat. Durch hartes und ausdauerndes Training erreicht Bronko außerstädtisch inzwischen Spitzengeschwindigkeiten von fünfundsechzig Stundenkilometern.

Wir brauchen noch ein paar Minuten bis zu Frau Hoffmann, die wir auf dem Weg zum Flughafen abholen. Ich betrachte Bronko, wie er die Straße scannt, und denke an seine unglückliche Liebe zu Claudia.

«Was wirst du eigentlich jetzt tun, wo du weißt, dass Claudia unerreichbar ist?», frage ich und hoffe, dass die Antwort mir helfen kann, damit umzugehen, wenn mich dasselbe Schicksal mit Iris ereilt hat.

«Nichts», sagt Bronko zielsicher.

«Nichts?», wiederhole ich leicht erstaunt.

«Ja, ich mache jetzt mal Pause mit allem.»

«Und das heißt?», frage ich. «Kein Sex? Keine Beziehung? Oder was?»

«Keinen Sex hab ich sowieso», erwidert Bronko. «Ich hab außerdem beschlossen, der Liebe nicht mehr hinterherzulaufen.»

Ich überlege. «Das klingt irgendwie nicht sonderlich gesund», sage ich dann. «Müssen wir nicht der Liebe hinterherlaufen?»

«Schon», erwidert Bronko, «hab ich ja probiert mit Claudia. Sie ist meine große Liebe. Und was jetzt? Soll ich meine zweitgrößte Liebe suchen?»

«Ja, vielleicht», sage ich. «Vielleicht gibt es außerdem nicht nur eine große Liebe im Leben, sondern mehrere.»

Bronko schweigt eine kurze Weile, dann sagt er: «Vielleicht hast du recht, vielleicht nicht. Ich will mich einfach nicht mehr irremachen lassen von irgendwelchem Herzschmerz.»

Der Wagen hält. Frau Hoffmann wartet bereits auf der Straße. Es sieht so aus, als würde sie schon die halbe Nacht dort stehen, und ich befürchte, das entspricht den Tatsachen.

Bis zum Start des Flugzeugs redet Frau Hoffmann kaum. Dann scheint sie sich ein bisschen zu entspannen, vielleicht weil wir nun unterwegs sind und die Dinge somit unabänderlich ihren Lauf nehmen werden.

«Was, wenn er uns überhaupt nicht sehen will?», fragt sie dann aber doch ein wenig unbehaglich irgendwo über dem Atlantik.

«Machen Sie sich keine Sorgen», erwidere ich aufgeräumt, «er wird Sie bestimmt sehen wollen.»

Ich weiß nämlich, dass er uns empfangen wird, ich habe ihn längst angerufen. Aber das muss Frau Hoffmann ja nicht wissen. Er wird es ihr auch nicht sagen, denn nachdem er sich zunächst kategorisch geweigert hatte, mit seiner Mutter zu sprechen, habe ich ihn vor die Wahl gestellt, ihr entweder eine halbe Stunde unter vier Augen zu schenken oder das Wiedersehen von Mutter und Sohn als lokales Medienevent zu inszenieren. Eine Familienzusammenführung nach über fünfzehn Jahren wäre sicher ein gefundenes Fressen für die Boulevardpresse. Ich fragte Thorben deshalb, ob er es sich als Ingenieur in einer großen Firma leisten könne, seiner armen Mutter vor laufenden Kameras und im Blitzlichtgewitter die Tür vor der Nase zuzuschlagen, wo es doch in den USA nicht vieles gebe, was wichtiger sei als die Familie. Er zeterte zwar noch eine Weile, erklärte sich aber schließlich bereit, mit Frau Hoffmann zu reden.

Ich setze jetzt darauf, dass die Herzen einer Mutter und eines Sohnes ganz naturgemäß zueinanderfinden werden. Außerdem denke ich inzwischen sowieso, man kann Menschen zu ihrem Glück zwingen, das haben mir all jene Frauen beigebracht, denen ich geholfen habe, ihre Männer in den Hafen der Ehe zu schleppen.

Detroit ist erwartungsgemäß hässlich. Thorben wohnt mit seiner Familie in einem schmucken Einfamilienhaus etwas außerhalb. Er selbst ist schlank, hoch gewachsen, hat eine kahle Stirn und erinnert mich ein wenig an Adenauer. Marcia, seine Frau, ist eine attraktive Mittdreißigerin, hat sich aber durch ihre Frisur und ihre Kleidung ein mütterliches Image verpasst, das sie ein wenig älter erscheinen lässt.

Die Begrüßung ist formell bis unterkühlt, Thorben und seine Mutter ziehen sich in den Wohnraum zurück, der von der Küche durch eine Glastür getrennt ist, ich bleibe mit Marcia in der Küche, die Kinder sind unterwegs. Derweil ich mit Marcia über das Wetter in Detroit und den letzten Winter plaudere, kann ich zwar nicht hören, was die beiden im Wohnzimmer reden, ich habe mich aber so positioniert, dass ich sie durch die Glastür beobachten kann.

Eine Weile wirkt Thorben reserviert, während Frau Hoffmann ihm gestenreich Dinge erklärt. Schließlich lehnt er sich ein wenig vor, und seinem Gesicht ist anzusehen, dass immerhin nicht spurlos an ihm vorübergeht, was sie ihm gerade berichtet.

Marcia bietet mir einen weiteren Tee an, den ich freundlich dankend annehme, sie sabbelt irgendwas über die Detroiter Kunstszene.

Frau Hoffmann ist gerade sehr bewegt, man sieht es einerseits daran, dass sie sich verstohlen mit der Hand durchs Gesicht wischt, andererseits an Thorbens leicht bestürzter Miene.

Ob ich schon öfter in Amerika war, will Marcia wissen, und ich zähle rasch ein paar Städte auf, bis eine darunter ist, zu der Marcia eine Weile monologisieren kann, ohne mich bei meinen Beobachtungen zu stören.

Jetzt ist es an Thorben, seine Sicht der Dinge zu erklären. Seine Gesten wirken etwas hilflos, er scheint Fragezeichen in die Luft zu malen. Frau Hoffmann hört ihm aufmerksam zu, reagiert dann auf Thorbens Fragen und Vorwürfe, indem sie energisch den Kopf schüttelt und sich dann erneut erklärt. Diesmal wirken ihre Gesten nachdrücklicher als zuvor, was Thorben in die Defensive zu treiben scheint. Er scheint nun nachdenklich, sein Körper malt beim Reden nur noch Miniaturen in die Luft.

Marcia ist es nicht verborgen geblieben, dass ich weniger an ihren Ausführungen und mehr an den Geschehnissen im Wohnzimmer interessiert bin, denn plötzlich fragt sie mich, wie es da drinnen aussieht.

«Nicht schlecht, würde ich sagen», antworte ich.

«Es wäre schön, wenn die beiden einander näherkämen», sagt sie. «Thorben spricht nicht viel darüber, aber ich ahne, dass er über die Situation nicht glücklich ist.»

Das konveniert ausgezeichnet mit meinen Plänen, denke ich und sehe gerade, dass Frau Hoffmann nun die Tränen nicht mehr zurückhalten kann. Sie zieht ein Taschentuch hervor und tupft damit hektisch um ihre Augen herum.

Marcia beugt sich zu mir herüber, um nun ebenfalls ins Wohnzimmer sehen zu können.

«Entschuldigung, wenn ich abgelenkt bin», sage ich. «Aber ...»

«Kein Problem», lächelt Marcia und flirtet ein wenig mit mir.

In diesem Moment legt Frau Hoffmann ihre Hände in den Schoß, umklammert ihr schneeweißes Taschentuch und sieht ihren Sohn traurig an. Sie scheint gesagt zu haben, was in der Kürze der Zeit zu sagen war, weiß nun nicht, wie es weitergeht, und vertraut darauf, dass ihre Worte alles erklärt, alles beinhaltet haben, was sie denkt und fühlt.

Eine Weile schweigen die beiden. Thorben sieht ebenfalls traurig aus. Dann kommen auch ihm die Tränen, er senkt den Blick und legt dabei langsam und vorsichtig seine Hände auf die ihren.

«Oh, das ist schön», sagt Marcia in breitestem American English, und mit leichtem Befremden nehme ich zur Kenntnis, dass sie ihren Busen dabei ostentativ gegen meinen Oberarm drückt.

ICH LIEBE DICH

Die Tatsache, dass Herr Engelkes mehrmals am Tag in meinem Büro steht und mich entweder mit Verbesserungsvorschlägen oder Detailfragen zu innerbetrieblichen Abläufen nervt, erinnert mich daran, dass mir nicht mehr sehr viel Zeit bleibt, um zu entscheiden, ob ich mich um Görges' Posten bewerben oder doch lieber Raakers' Stellvertreter werden möchte.

Ich bin seit ein paar Tagen aus Detroit zurück, denn ich wollte mir die Details der dortigen Familienzusammenführung ersparen. Zwar lernte ich noch Frau Hoffmanns Enkel Nancy und Clarissa kennen, zwei nette Teenager mit guten Zähnen und guten Noten, das große Versöhnungsessen der Familie schwänzte ich aber, indem ich wichtige Termine vorschob. Gleichzeitig gab ich Frau Hoffmann ein paar Tage Urlaub, um die gerade neugeknüpften Familienbande festigen zu können.

Heute ist Frau Hoffmann erstmalig wieder im Büro und scheint regelrecht beseelt. Ich glaube sogar, sie ein Liedchen summen gehört zu haben, was zuletzt der Fall war, als sie bei einem Preisausschreiben ein Urlaubswochenende im Schwarzwald gewann.

«Haben Sie einen Moment Zeit für mich?», fragt sie kurz vor Mittag.

Ich nicke.

«Ich wollte Ihnen nur nochmal für alles danken», sagt sie,

setzt sich vor meinen Schreibtisch, streicht ihren Rock glatt und wirkt glücklich.

«Gerne», sage ich und freue mich, dass sie sich so freut.

«Ich weiß nicht, wie ich das je wiedergutmachen soll.»

«Oh. Ich schon», sage ich lächelnd.

Sie lächelt ebenfalls. «Ich weiß, Sie meinen die Sache mit Ihrer Tochter ...»

«Genau», erwidere ich, «Sie müssen mir lediglich versprechen, ein Auge auf meine Tochter zu werfen, wenn Sie nach Detroit gezogen sind.»

Sie stutzt. «Wieso denken Sie, dass ich nach Detroit ziehe?»

«Werden Sie das etwa nicht?»

«Doch, schon, ich frage mich nur ...» Sie unterbricht sich, denkt nach, sieht mich an und versteht. «Sie haben das von Anfang an so geplant, richtig?»

Ich lächle. «Sagen wir, ich habe gehofft, dass es so kommen würde. Und weil ich niemanden kenne, dem ich meine Tochter lieber anvertrauen würde als Ihnen, habe ich versucht, die Dinge in gewisse Bahnen zu lenken.»

Sie ist sichtlich angetan von dem Lob, erhebt sich dann fast feierlich. «Es ist mir jedenfalls eine große Freude, mich um Ihre Tochter zu kümmern, Herr Dr. Schuberth.»

Sie reicht mir die Hand, ich erhebe mich ebenfalls. «Die Freude ist ganz meinerseits, liebe Frau Hoffmann.» Ich ergreife ihre Hand.

«Danke für alles», sagt sie bewegt.

«Ich habe zu danken, Sie helfen mir da sehr ...»

Es klopft. Schamski erscheint im Türrahmen. «Was ist mit Essen?»

Frau Hoffmann löst den Händedruck, ist im nächsten Moment wieder ganz Profi. «Wie lange werden Sie etwa zu Tisch sein?», fragt sie lächelnd.

«Ich denke, eine Stunde wird reichen», erwidere ich und lächle ebenfalls.

Wenig später sitzen Schamski und ich in einem nahegelegenen Bistro. Wir teilen uns eine Flasche Wein, essen wollen wir beide nichts. Business Lunches sind ja eigentlich nur erfunden worden, um Alkoholkonsum am helllichten Tage zu legitimieren.

«Wie läuft's mit Maike?», will ich wissen.

«Darüber wollte ich mit dir reden», entgegnet Schamski finster.

«Was ist denn los?», frage ich leicht besorgt.

«Du hast mir nicht gesagt, dass du sie nur treffen solltest, um ihren Freund eifersüchtig zu machen», sagt Schamski vorwurfsvoll.

«Ich hab doch aber von Kathrin erzählt und von Biggi auch, oder?»

«Ja schon», erwidert Schamski, «aber bei Maike hätte es sich ja auch anders verhalten können.»

«Wie denn anders?», frage ich etwas unwirsch. «Glaubst du, wenn Maike meine große Liebe wäre, hätte ich sie versetzt, um dann zuzuschauen, wie du mit ihr ausgehst, oder was?»

«Zum Beispiel», sagt Schamski trocken. «Aber ist ja auch egal, jedenfalls hab ich mich jetzt in Maike verliebt. Aber sie will mich nicht. Sie will von ihrem Freund geheiratet werden.»

«Ging mir genauso mit Kathrin», sage ich. «Da hast du wahrscheinlich schlechte Karten.»

«Na ja», druckst Schamski herum. «In meinem Fall ist es nur so, dass ich mich nicht nur ein bisschen verliebt habe. Ehrlich gesagt, bin ich richtig hin und weg von ihr. Mich hat es auf der ganzen Linie erwischt, verstehst du?»

«Oh», sage ich.

«Genau», nickt Schamski.

Einen kurzen Moment hängen wir unseren Gedanken nach.

«Mach ihr einen Heiratsantrag», schlage ich leichthin vor.

«Wie?» Schamski sieht mich verständnislos an.

«Das sind deine Worte. Das hast du Günther empfohlen. Er soll Iggy einen Heiratsantrag machen. Je romantischer, desto besser ...»

«Ja schon», wiegelt Schamski ab.

«Und», rekapituliere ich, «gemäß deinem Modell muss es ein Heiratsantrag sein, den nur du auf der Welt ihr machen kannst. Nur du allein und niemand anders sonst.»

Schamski zieht einen Flunsch.

«Ich hielt das wirklich für 'ne gute Idee», sagt er etwas zerknirscht. «Ich dachte, mein Tipp würde Günther helfen.»

«Hat er ja vielleicht auch», sage ich. «Leider sitzt Günther seitdem Tag und Nacht vor seinem Computer und verliert mehr und mehr den Kontakt zur menschlichen Rasse. Wir werden es also wahrscheinlich nie erfahren.»

«Ja», sagt Schamski und nippt an seinem Wein. «Da bin ich wohl ein bisschen übers Ziel hinausgeschossen.»

Einen Moment schweigen wir, da bricht ein paar Tische weiter großes Gelächter aus. Die Meldung, die für Heiterkeit gesorgt hat, pflanzt sich nun von Tisch zu Tisch fort, bis sie schließlich einen Tisch in unserer Nähe erreicht, wo ein paar von Schamskis Außendienstlern sitzen, die nun ebenfalls lauthals lachen.

Schamski lehnt sich zu einem seiner Mitarbeiter. «Was ist denn so witzig?»

Der junge, pickelige Mann erkennt seinen Vorgesetzten, wird nun schlagartig ernst, springt auf und kommt rasch an unseren Tisch. «Heute Mittag hat irgend so ein Witzbold in ganz Deutschland das Internet abgestellt. Keiner weiß, wie er das gemacht hat. Jedenfalls war fünf Minuten lang auf allen Bildschirmen nur der Satz zu lesen: ‹Iggy, ich liebe dich. Heirate mich! Dein Günther›. Witzig, oder? So 'n Aufwand für 'nen Heiratsantrag.»

Schamski und ich sehen uns an. Ähnlich perplex waren wir vermutlich zuletzt, als bekannt wurde, dass Kati Witt sich für den «Playboy» ausziehen würde.

Im Moment denken wir beide das Gleiche.

«Er sollte geduscht sein, wenn Iggy kommt», sagt Schamski und erhebt sich hektisch.

«Und einen Ring und einen Blumenstrauß braucht er trotzdem», ergänze ich, werfe einen Schein auf den Tisch und bin ebenfalls bereits im Aufbruch begriffen.

«Wir nehmen meinen Wagen», sage ich in höchster Eile. «Bode und wir passen nicht zusammen in deinen Porsche.»

«Nix da», ruft Schamski und ist schon an der Tür. «Das hier ist 'n Notfall. Da fahr ich immer selbst.»

Wir parken direkt vor meinem Haus, genau dort, wo gerade eine Politesse ihrem Tagwerk nachgeht.

«Das gibt 'n Knöllchen», ruft sie Schamski hinterher.

«Ist okay», antwortet der und meint wohl, da er gerade angetrunken, viel zu schnell und ohne gültigen Führerschein gefahren ist, sei ein Knöllchen eine absolut vertretbare Strafe.

Als wir in die Wohnung hechten, sitzt Günther unbeweglich auf dem Sofa und zappt durch die Programme. Auf fast allen Kanälen wird über sein Husarenstück berichtet. Günther ist frisch geduscht und trägt modische Klamotten. Sein Bart ist nachgewachsen, aber nicht mehr ganz so lang wie vor seiner letzten Rasur, er sieht jetzt eigentlich ziemlich gut aus. Zu Günthers Rechten liegt ein Blumenstrauß, auf dem

Couchtisch steht ein aufgeklapptes Etui mit einem schönen, aber dezenten Ring.

«Hi», sagt Günther. Schamski und ich tauschen einen Blick. Kein Grund zur Aufregung, alles in bester Ordnung, Iggy kann kommen.

Schamski lässt sich in einen Sessel fallen. «Wie zur Hölle hast du es geschafft, das Internet abzustellen?»

Günther sieht hoch. «Das kann ich dir nicht so schnell erklären. Das ist ziemlich kompliziert.»

«Dir ist aber schon klar, dass du mit deinen Fähigkeiten auch Milliardär werden oder die Weltherrschaft an dich reißen könntest, oder?», frage ich.

Günther zuckt mit den Schultern. «Ich will weder Milliardär werden noch die Weltherrschaft an mich reißen. Alles, was ich will, is' Iggy.»

«Günther, das war die schönste Liebeserklärung, die ich je gehört habe», sage ich. «Du musst sie nur nicht mir und Schamski machen, sondern der Frau deines Herzens.»

Günther sitzt da mit hängenden Schultern. «Glaubt ihr, dass Iggy überhaupt was von der Aktion mitbekommt?»

Schamski blickt leicht genervt gen Decke.

«Sagen wir so, wenn sie sich in diesem Land aufhält und nicht zufällig im Koma liegt, dann sind die Chancen sehr groß.»

«Hab ich gecheckt», sagt Günther nebenbei. «Sie ist da, und es geht ihr gut.»

Er zappt durch die Programme und landet bei einem Boulevardmagazin, das gerade Dutzende Frauen vorstellt, die Günther heiraten wollen, ohne ihn zu kennen.

«Na ja», sagt Günther, schaltet das Gerät ab und sieht zu Schamski, «jedenfalls habe ich ihr einen Heiratsantrag gemacht, den nur ich ihr machen konnte. Zufrieden?»

Schamski nickt anerkennend, in diesem Moment klingelt es an der Tür.

«Wenn das Iggy ist, ich bin nicht da», sagt Günther in wilder Panik.

«Und ob du da bist», erwidert Schamski, während ich bestätigend nicke und zur Tür gehe.

Es ist Iggy. «Weißt du, wo Günther ist?»

Schamski hat Günther in der Mitte des Wohnzimmers positioniert, in der einen Hand die Blumen, in der anderen den Ring. Ich manövriere nun gerade Iggy in den Raum, indem ich sie vorsichtig an den Schultern durch die Tür schiebe. Irgendwie erinnert mich die Situation an Marionettentheater.

«Hi», sagt Günther.

«Hi», erwidert Iggy.

Dann passiert eine erstaunlich lange Weile gar nichts.

Iggy und Günther sehen sich einfach nur an.

Schließlich streckt Günther vorsichtig seine Arme aus, macht einen kleinen Schritt in Richtung Iggy, und plötzlich stürzen die beiden aufeinander zu und fallen sich in die Arme.

«Ja, ich will dich heiraten», haucht Iggy unter Tränen, und Günther drückt sie einfach nur an sich.

Ich bedeute Schamski mit einem Kopfnicken, dass wir uns jetzt schleunigst aus dem Staub machen sollten.

Kurze Zeit später sind wir wieder auf dem Weg zum Verlag. Schamski hat das Dach geöffnet, ein paar Sonnenstrahlen lassen sich blicken, der Fahrtwind ist kalt, tut aber gut. Schöner Tag, irgendwie. Ich pfeife einen Evergreen, treffe allerdings nur wenige Töne. Irgendwann pfeift Schamski falsch mit und gibt seinem Porsche die Sporen.

«Denken Sie an den Termin mit Dr. Raakers», flötet Frau

Hoffmann kurz vor Feierabend und ist im Begriff, sich ihren Mantel überzuziehen.

«Wann denn?», frage ich.

«Heute Abend. Er wollte sich mit Ihnen auf ein Glas Wein treffen.»

«Und da hab ich zugesagt?»

Sie lächelt. «Ja, da haben Sie zugesagt. Zeit und Ort stehen in Ihrem Kalender. Bis morgen.» Und schon ist sie durch die Tür.

Ich kann mir eine Vielzahl interessanterer Feierabendbeschäftigungen vorstellen, als ein Glas Wein mit Dr. Raakers zu trinken, aber Görges hat ja schon angekündigt, dass wir uns irgendwann über die Rahmenbedingungen des Duells um den Vorstandsposten verständigen müssen. Also finde ich mich etwas später in einem barock anmutenden Weinhaus ein. Der Inhaber ist ein schrecklich aufdringlicher Schwätzer, der früher als Lehrer gearbeitet, sich aber dann seinen Traum von einem eigenen Lokal erfüllt hat. Das alles bindet er mir binnen zwei Minuten auf die Nase. Gleich zu Beginn verhärten sich die Fronten, weil ich mir von einem Oberstudienrat nicht vorschreiben lassen will, was ich zu trinken habe.

«Was darf's denn sein? Lieber kräftig oder lieber weich?», fragt der Inhaber schelmisch lauernd.

«Ein Glas Château de Rochemorin, bitte», erwidere ich.

«Möchten Sie vielleicht mal einen vergleichbaren Italiener probieren?» Er sagt es mit einem erwartungsvollen Gesicht, so als würden wir beiden guten Kumpel jetzt mal auf eine kulinarische Entdeckungsreise gehen.

«Nein danke», sage ich noch einigermaßen höflich, obwohl ich bereits leicht genervt bin.

«Ich hätte auch einen schönen Burgunder, etwas weicher, aber mit mindestens genauso viel Volumen.»

«Danke, ich mag den Rochemorin ganz gern», konstatiere ich in der Hoffnung, dass der Oberstudienrat es nun langsam mal begriffen hat.

«Oder ...» Er überlegt angestrengt. «Mögen Sie deutsche Weine?»

«Wollen wir diskutieren, oder darf ich was trinken?», frage ich leichthin und sehe im selben Moment die Freundlichkeit aus dem Gesicht des Inhabers weichen.

«Ein Rochemorin, kommt sofort», sagt er dann und macht sich beleidigt vom Acker.

Raakers erscheint wenig später und bekommt automatisch den Wein vorgesetzt, den er hier offenbar immer trinkt, außerdem wird er herzlich vom Oberlehrer begrüßt. Hätte mir klar sein müssen, dass Raakers sogar beim Saufen ein Langweiler ist.

«Freut mich, dass Sie es einrichten konnten», begrüßt mich Raakers, und wir prosten uns zu wie zwei alte Tanten, die ein Likörchen kippen.

«Dr. Görges hat mich gebeten», er nippt kurz, «und Sie ja wohl auch, die künftige Konstellation im Unternehmen zu diskutieren. Haben Sie sich inzwischen entschlossen, ob Sie für den Vorsitz kandidieren möchten?»

Ich schüttele den Kopf. «Ich dachte, dass wir vielleicht heute Abend die Optionen durchgehen.»

«Fein», erwidert Raakers. «Kommen wir also gleich zur Sache. Ich möchte für den Vorsitz kandidieren und würde für den Fall, dass man mir die Aufgabe überträgt, auch das Finanzressort behalten wollen. Ich dachte, Sie könnten sich um Görges' aktuelle Aufgaben kümmern, also um die Distribution der bestehenden Objekte und um die Entwicklung neuer Formate. Selbstredend würde ich Sie zu meinem Stellvertreter machen.»

Was Raakers da sagt, klingt vernünftig und nicht reizlos, die Gestaltung neuer Titel wäre immerhin nicht so langweilig wie das Finanzressort. Trotzdem sträubt sich etwas in mir dagegen, Raakers' Stellvertreter zu werden. Ich befürchte, ich werde dann häufiger hier sitzen, an meinem Wein nippen und mir seine elaborierten Vorträge anhören. Und das ist wahrlich keine schöne Aussicht.

«Gut», sage ich. «Würden Sie denn für den Fall, dass ich den Vorsitz übernehme, auch Finanzchef bleiben wollen?»

Raakers nickt. «Ich gehe davon aus, Sie würden mich ebenfalls zu Ihrem Stellvertreter ernennen.»

«Ehrlich gesagt würde ich gerne Schamski zu meinem Stellvertreter machen, denn ich denke, wir müssen die Handlungsvollmachten des Vertriebs stärken.»

Raakers entgleiten für einen kurzen Moment die Gesichtszüge, er fängt sich aber sofort wieder. «Nun, in diesem Fall müsste ich nochmal nachdenken», sagt er schließlich, offenbar um Zeit zu gewinnen.

«Warum wollen Sie eigentlich nicht Burger zu Ihrem Stellvertreter machen?», frage ich. «Ich habe das Gefühl, Sie haben einen wesentlich besseren Draht zu ihm als zu mir.»

Ich sehe Raakers an, dass es ihm nicht in den Kram passt, derart offen über unsere Animositäten zu reden, glaube aber, genau das wollte Görges, als er sagte, er hätte keine Lust, viel Zeit mit Machtkämpfen zu verplempern.

«Nun, auch das ist eine Überlegung wert», sagt Raakers, als hätte er nicht schon lange darüber nachgedacht.

Ich sehe spontan eine gute Möglichkeit, den Abend kurz zu halten. «Ich glaube, wer von uns beiden auch immer künftig den Verlag führt, er sollte es allein tun.»

Raakers nickt. «Ich habe mir das auch schon durch den Kopf gehen lassen», sagt er leicht gedehnt.

«Andererseits halte ich Sie für einen ausgezeichneten Finanzvorstand und würde Sie deshalb nicht verlieren wollen.»

Raakers ist erfreut über das Kompliment, damit hat er nicht gerechnet.

«Wenn Sie den Posten bekommen, wollen Sie mich dann an Bord haben für die Entwicklung neuer Produkte?»

Raakers nickt.

«Gut, wenn ich den Vorsitz übernehme, möchte ich Sie als Finanzchef im Vorstand haben.»

Wieder nickt Raakers. «Und Sie würden den Laden zusammen mit Schamski leiten, ich zusammen mit Burger», sagt er dann völlig schnörkellos, was mir jetzt schon fast wieder sympathisch ist.

«Exakt», erwidere ich. «Wenn das für Sie ein gangbarer Weg ist.»

«Einverstanden», sagt Raakers. «Das heißt also, Sie werden kandidieren.»

Ich überlege. «Sagen wir so, ich möchte mir die Vorstellungen der Eigentümer zumindest mal anhören.»

«Ahhh. Guten Abend!», höre ich in diesem Moment den Oberlehrer im überschwänglichen Ton eines aufgedrehten italienischen Gastronomen rufen, und Raakers wendet sich zu ihm.

«Ach, da ist ja meine Frau», sagt er. «Einen Moment bitte, ich möchte Sie gerne bekannt machen.» Er verschwindet zwischen den anderen Gästen.

Wenig später schält sich aus dem Gewimmel das Gesicht von Jutta, jener Frau, die mich anrufen will, wenn sie abschließend herausgefunden hat, ob ihr Mann schwul ist.

Da sie zuerst an den Tisch tritt, übersieht Raakers das kurze Erschrecken in unseren Gesichtern.

«Darf ich vorstellen, meine Frau – Herr Dr. Schuberth, unser Personalvorstand. Noch, muss man sagen, denn Dr. Schuberth wird vermutlich ebenfalls für den Vorstandsposten kandidieren.»

«Freut mich», sage ich und reiche Jutta die Hand.

«Ganz meinerseits», erwidert sie.

Ein kurzer Moment peinlichen Schweigens.

«Ja, was ist, wollen wir noch was trinken?», fragt Dr. Raakers, als wäre unsere kleine Party hier kurz vor dem Siedepunkt.

UND JETZT?

Heute bin ich mit Iris zu einem ungezwungenen Abendessen verabredet. Ich habe mir deshalb eine Maniküre/Pediküre gegönnt, gefolgt von einer Rückenmassage. Dann war ich in der Sauna, habe mich anschließend rasieren und mir eine reinigende Gesichtsmaske auflegen lassen und danach ein Entspannungsbad genommen, gefolgt von einer Feuchtigkeitsbehandlung. Für einen kurzen Moment war ich also der gepflegteste Mensch auf dem ganzen Erdball. Jetzt stehe ich vor meinem Kleiderschrank, bislang nur in einen dezenten Duft und Shorts gehüllt, und überlege, was ich anziehen könnte. Da meine Garderobe nahezu komplett in gedeckten Tönen gehalten ist, muss ich mir nicht lange Gedanken über passende Kombinationen machen, denke ich und greife also in der Hoffnung, dass alles miteinander harmonieren wird, ein paarmal beherzt in den Schrank.

Beim Jackett bin ich mir dann doch nicht sicher, es passt irgendwie nicht zu den Schuhen, die ich deshalb wechsle. Im zweiten Durchgang wechsle ich außerdem die Hose-Jackett-Kombination, welche mir nun aber wieder nicht so recht zu den neuen Schuhen passen will. Vielleicht liegt es auch am Hemd, denke ich, tausche auch das, muss nun ein neues Jackett und eine neue Hose dazu finden, was die Schuhe indiskutabel macht, wobei jetzt das erste Paar wieder ins Rennen kommt, was mir aber von allen Schuhen, die zur Debatte standen, am wenigsten gefallen hat. Außerdem geht mir das neue Hemd auf den Senkel, und obendrein gewinne ich die Einsicht, dass meine Schuhe beschissen aussehen, und zwar alle, die ich besitze. Jedenfalls passen die Sachen irgendwann einigermaßen zusammen, sehr, sehr knapp bevor ich sehr schlechte Laune kriege.

Bronko liegt im Wohnzimmer auf dem Sofa und zappt gelangweilt durch die Programme, als ich erscheine.

«Wollt ihr in die Oper?», fragt er beiläufig.

«Nein, wieso?»

«Weil du wie 'ne Beautyfarm riechst und wie der britische Botschafter aussiehst», erwidert er.

Bronkos Einschätzung macht mich ein wenig unsicher. «Findest du, ich bin overdressed für ein ungezwungenes Abendessen?»

«Ein ungezwungenes Abendessen im Buckingham Palace oder in einem gewöhnlichen Restaurant?»

«Gehobener Italiener», entgegne ich.

«So gerade», urteilt Bronko fachmännisch. «Ist aber wirklich sehr, sehr haarscharf an der Grenze.»

Sehr gut, denke ich und sage: «Haarscharf reicht mir.»

«Ich habe sehr, sehr haarscharf gesagt», verbessert mich Bronko.

Ich bin früh dran, setze mich deshalb in einen Sessel und sehe Bronko eine Weile beim Zappen zu.

«Was machst du eigentlich heute Abend?», frage ich, weil mir einfällt, dass Schamski und Maike unterwegs sind und Günther am Tag seines Heiratsantrags zu Iggy gezogen ist.

«Fernsehen», antwortet Bronko und hört dabei nicht auf, unmotiviert auf der Fernbedienung herumzudrücken und ohne erkennbaren Sinn Bilderschnipsel aneinanderzureihen.

«Aha», konstatiere ich.

Bronko hat den Unterton durchaus bemerkt. «Was?»

«Ist das schon fernsehen?», frage ich mit Blick auf Bronkos aktuelle Tätigkeit.

Bronko lässt die Fernbedienung sinken, sein Zielauge fixiert mich. «Hast du möglicherweise irgendwas auf dem Herzen, Paul?»

«Ich dachte nur, du wärst vielleicht allein, oder so.»

«Bin ich nicht, Fred ist ja noch da», erwidert Bronko.

«Aber der ist gewöhnlich nicht sehr gesprächig, außerdem beißt er dich manchmal.»

«Worauf willst du hinaus, Paul?»

Ich zucke mit den Schultern. «Keine Ahnung. Ist es okay für dich, allein zu sein?»

Bronko wirkt amüsiert. «Falls es für mich nicht okay ist, würdest du mich dann alternativ zu deinem Rendezvous mitnehmen?»

«Auf keinen Fall», erwidere ich wie aus der Pistole geschossen.

«Könnte ja schließlich auch sein, dass ich gleich depressiv werde», setzt Bronko nach.

«Mir schnurz», entgegne ich leichthin.

«Vielleicht werde ich mir später sogar das Leben nehmen.»

Ich erhebe mich rasch. «Ich muss los, Bronko, schönen Abend noch. Denk dran, dass du mit Fred rausgehst, bevor du dir das Leben nimmst.»

Bronko konzentriert sich wieder aufs Zappen. «Keine Sorge, es besteht immerhin noch die Möglichkeit, dass einer dieser Millionen Sender heute ein Programm ausstrahlt, das mich vom Äußersten abhält.»

Iris hat das Fillippos vorgeschlagen. Seit dem letzten Abend mit Kathrin war ich nicht mehr dort. Ich nehme mir vor, künftig wieder häufiger hinzugehen. Das Essen und die Weine sind ausgezeichnet, und selbst wenn der Laden voll ist, fühlt man sich relativ ungestört. Ich werte Iris' Wahl deshalb auch als gutes Zeichen.

Diesmal bin ich pünktlich, treffe sogar ein wenig früher vor dem Lokal ein, das leider weder belebt noch beleuchtet ist. Das Fillippos hat heute geschlossen, aus «fämilieren Gründen», wie ein Zettel an der Tür erklärt.

Ich setze mich auf die Eingangsstufen, suche nach Zigaretten und stelle fest, dass ich niemals Zigaretten bei mir habe, wenn ich welche brauche, weil ich mir ja das Rauchen eigentlich abgewöhnen will. Mit dieser Taktik gehe ich mir inzwischen wahnsinnig auf die Nüsse.

Iris erscheint. Sie kommt also auch ein paar Minuten früher. Ich werte auch das als gutes Zeichen. Im selben Moment fällt mir ein, dass ich Günther dafür verachtet habe, bei seinen Rendezvous dauernd lauter Zeichen zu sehen. Ich werde mich jetzt also darauf konzentrieren, nicht alles auf die Goldwaage zu legen.

«Hi.» Sie lächelt ihr famoses Lächeln.

«Hallo.» Mein beautytechnisch auf Hochglanz poliertes Gesicht lächelt ebenfalls.

«Ist heute geschlossen?» Sie wirkt einen Moment irritiert, bemerkt dann den entsprechenden Hinweis.

«Sieht so aus», sage ich und erhebe mich.

Sie registriert jetzt, dass mein Äußeres an den britischen Botschafter erinnert. Sie hat nach dem Job offenbar lediglich andere Schuhe angezogen. Ansonsten trägt sie Jeans und Pullover, sieht damit aber wesentlich attraktiver aus als ich nach einem mehrstündigen Beauty-Programm, wie es sonst nur Hollywoodstars verpasst bekommen. Ich überlege, wie ich erklären kann, dass ich mich so aufgebrezelt habe, mir fällt aber keine plausible Lüge ein.

«Ich hab einen Nebenjob als britischer Botschafter angenommen», sage ich. «Heute war mein erster Tag.»

Ein Lächeln huscht über ihr Gesicht. «Als Botschafter kennt man sicher alle guten Restaurants in der Stadt, oder?»

Ich schüttele bedauernd den Kopf. «Wie gesagt, es war mein erster Tag. Außerdem ist es ja nur ein Nebenjob.»

Wieder lächelt sie und sieht mir dabei direkt in die Augen. Fühlt sich an, als würde sie mich gleich zum Schmelzen bringen. Glücklicherweise kann ich meinen Blick gerade noch rechtzeitig abwenden, bevor mein Schmelzpunkt erreicht ist.

Auf ihrer Stirn bildet sich ein kleines Fältchen, während sie darüber nachdenkt, wo wir nun hingehen könnten. «Ein paar Blocks weiter gibt es einen Franzosen», sagt sie dann. «Einfache Landküche, die Einrichtung ist auch eher schlicht, aber ich finde es nett dort.»

Ich nicke aufmunternd. «Okay.»

Kaum eine Viertelstunde später stehen wir im Coq et Lapin. Der Laden ist klein, das Publikum gemischt. Eine Gruppe Studenten und einige Paare sind anwesend. Bis auf einen kleinen Ecktisch ist das Restaurant voll besetzt. Der Kellner macht sich gerade wichtig und überprüft mit ernstem, fast sorgenvollem Gesichtsausdruck, ob für den Ecktisch eine Reservierung vorliegt. Das ist aber nicht der Fall, wir dürfen Platz nehmen.

Während ich mich setze, verschwindet Iris einen Moment, um sich frischzumachen. Das gibt mir Gelegenheit, mich ein wenig umzusehen. Unser schlichter Holztisch wird mit einer weißen Papiertischdecke verschönert. Wie ich wenig später feststelle, verwendet der Kellner sie ebenfalls, um die Rechnung daraufzuschreiben. Man gibt sich im Coq et Lapin also betont lässig. Einige Gäste scheinen mit diesen französischen Rechnungsformalitäten Schwierigkeiten zu haben. Das Paar am Nebentisch hat bereits gezahlt, der Mann ist jetzt damit beschäftigt, die Papiertischdecke möglichst unauffällig zusammenzufalten, offenbar benötigt er sie als Beleg. Seine Begleiterin redet leise auf ihn ein, vermutlich fleht sie ihn an, sich nicht zum Affen zu machen.

Der Kellner beobachtet das Schauspiel aus den Augenwinkeln, während er unseren Tisch eindeckt. Wahrscheinlich hat ihm der Gast am Nebentisch nicht genug Trinkgeld zukommen lassen, sonst käme der Kellner vielleicht auf den Gedanken, dem Mann einen normalen Bewirtungsbeleg auszustellen. Im nächsten Moment hat sich die Sache aber sowieso erledigt, weil der Gast sich die grob zusammengefaltete Papiertischdecke wie eine Zeitung unter den Arm klemmt und mit seiner sichtlich indignierten Begleitung betont unauffällig das Lokal verlässt.

Der Kellner sieht ihm einen kurzen Moment nach, dann wendet er sich mir zu. «Einen Aperitif?» Er präsentiert ein gehobenes Servicelächeln. Im gleichen Moment taucht Iris' Lockenkopf hinter ihm auf.

«Einen Aperitif? Vielleicht einen Crémant?», frage ich über seine Schulter hinweg. Der Kellner bemerkt nun, dass Iris hinter ihm steht, und schiebt sich, eine Entschuldigung murmelnd, an ihr vorbei, um ihr dann dabei zu helfen, Platz zu nehmen.

Sie schürzt die Lippen, wieder ist auf ihrer Stirn diese kleine Falte zu sehen, die offenbar immer dann erscheint, wenn Iris nachdenkt. «Ja. Warum eigentlich nicht?», sagt sie dann.

Ich will etwas erwidern, aber der Kellner kommt mir zuvor.

«Bon, deux Crémants», fasst er zusammen. Ich nicke und möchte erneut etwas sagen, aber diesmal ist Iris schneller.

«Mögen Sie eigentlich Austern?», fragt sie. «Wollen wir uns vielleicht ein halbes Dutzend teilen?»

Ich überlege.

«Sie mögen also keine Austern», stellt sie nüchtern fest.

«Doch, sogar sehr», erwidere ich. «Ich teile aber nur mit Ihnen, wenn wir uns nicht den ganzen Abend siezen.»

Sie grinst, hebt den Blick zum Kellner. «Wir hätten auch noch gerne ein halbes Dutzend Austern.» Der Kellner nimmt es zur Kenntnis, zieht sich dann mit einer angedeuteten Verbeugung zurück. Sie wendet sich wieder mir zu, legt die Unterarme auf den Tisch und sieht mich mit ihren schönen dunklen Augen schweigend an. Das dauert eine Weile und irritiert mich.

«Was?», frage ich schließlich.

Sie zuckt mit den Schultern und macht ein Sag-du-es-mir-Gesicht.

«Ist es wegen dem Siezen?», hake ich nach. «War ich zu forsch?»

Sie überlegt kurz, wiegt dann unschlüssig den Kopf hin und her.

Ich bin verunsichert. Findet sie, dass ich ihr zu nahe getreten bin? Ist sie womöglich tatsächlich verstimmt? «Meinetwegen können wir uns auch siezen», sage ich kapitulierend.

«Quatsch», lacht sie. «Beim Crémant hätte ich dir sowieso das Du angeboten. Ich hab mich nur darüber amüsiert, dass du versuchst, mich mit drei Austern zu erpressen.»

Jetzt muss ich lächeln. «Hätte ich das mit dem Crémant vorher gewusst, wäre der schmutzige Trick mit den Austern nie passiert.»

Wir sehen uns an, und ich stelle mit leichtem Erstaunen fest, dass wir miteinander zu flirten beginnen. In diesem Moment unterbricht uns jedoch der Kellner und bringt Crémant und Austern.

Ich frage mich, was sich wohl gerade zwischen Iris und mir

abspielt. Sie hatte zuvor doch klargemacht, es würde sich bei diesem Abend nicht um ein Rendezvous handeln. Jetzt ist sie einerseits zum Flirten aufgelegt, andererseits hat sie rasch erkannt, dass mir dieser Abend mehr bedeutet, als ich zugeben würde. Entweder spielt sie also mit dem Feuer, oder sie hält mich für einen Ehrenmann, der die Situation sowieso in keinem Fall ausnutzen würde. Fairerweise müsste ich ihr eigentlich sagen, dass die Bezeichnung «Ehrenmann» auf mich etwa so zutrifft wie der Titel «Bischof von Rom».

Im speziellen Fall beschließe ich jedoch, zumindest für diesen Abend das zu tun, was ein Ehrenmann tun würde. Iris hat mir gleich bei unserer ersten Begegnung zu verstehen gegeben, dass sie nicht an einer Affäre und erst recht nicht an einer Beziehung mit mir interessiert ist. Sie hat sich bereits für einen anderen entschieden, und diesen anderen wird sie sehr bald heiraten. Selbst die Tatsache, dass sie sich auf einen Flirt einlässt, sollte mich nicht darüber hinwegtäuschen, dass ich mir einen sehr großen Korb einhandeln würde, wenn ich ihr Verhalten missverstünde und in die Offensive ginge. Mein Projekt Ehrenmann beinhaltet deshalb, dass ich nicht nach ihren Hochzeitsplänen und nicht nach ihrem Zukünftigen frage, sondern ihr einen angenehmen und unkomplizierten Abend beschere, was natürlich auch heißt, dass ich mit ihr flirten, sie aber definitiv nicht anbaggern werde.

Während wir die Austern schlürfen, unterhalten wir uns über die Bretagne, über Paris, den Louvre, die Mona Lisa, den entsprechenden Film mit Julia Roberts, über Hollywood insgesamt, über Philip Seymour Hoffman, seine Darstellung des Truman Capote und dessen «Frühstück bei Tiffany».

Dann sind wir auf den Geschmack gekommen und bestellen erneut ein halbes Dutzend Austern, nebenbei steigen wir um von Crémant auf Weißwein. Holly Golightly führt uns zum

Thema New York, was uns zu einer sehr unvollständigen Liste der großartigsten Städte der Welt bringt, gefolgt von einer ziemlich vollständigen Liste der Städte, die man noch gesehen haben müsste, um die erste Liste kompetent vervollständigen zu können. Ich kann beisteuern, dass Detroit definitiv nicht sehenswert ist.

Als wir überlegen, ob wir noch ein weiteres halbes Dutzend Austern bestellen oder jetzt mal anderen Angeboten der Karte eine Chance geben wollen, mischt sich der Kellner ein und erklärt, wir hätten vielleicht gleich zu Beginn des Abends die Meeresfrüchteplatte für zwei Personen nehmen sollen, da wären dann unter anderem auch ein Dutzend Austern drauf gewesen. Der Versuch, die Meeresfrüchteplatte dann jetzt, aber eben ohne Austern zu bestellen, sorgt für längere Diskussionen zwischen Service und Küche. Worum sich der Streit dreht, ist aus der Ferne nicht auszumachen. Iris und ich rätseln angestrengt, uns will aber partout kein Grund einfallen, warum es ein Problem sein könnte, eine Meeresfrüchteplatte ohne Austern zu servieren.

Schließlich kommt der Küchenchef höchstpersönlich an unseren Tisch und erklärt leicht aufgebracht und mit breitem französischem Akzent, dass die Meeresfrüchteplatte den Höhepunkt seines kulinarischen Schaffens bilde, weshalb sie auch ein kompositorisches Meisterwerk sei. Nehme man nur eine einzige Zutat von der Platte, entferne man auch nur eine köstliche Wellhornschnecke, eine exquisite Venusmuschel oder eine zarte Crevette, dann zerstöre man das gesamte Kunstwerk. Das Weglassen sämtlicher Austern käme insofern einem Akt der Barbarei gleich, am ehesten wohl vergleichbar mit dem Auseinanderreißen einer glücklichen Familie.

Der Küchenchef hat sein flammendes Plädoyer beendet. Offenbar ist er ein kleiner Mann mit einem großen Herzen, denn obwohl er neben unserem Tisch steht, bin ich sitzend mit ihm auf Augenhöhe. Schwer atmend, was ich aber mehr seiner Leibesfülle und weniger seiner Empörung zuschreibe, wartet er nun darauf, dass wir geeignete Vorschläge machen, um die drohende kulinarische Katastrophe abzuwenden.

Ich sehe eigentlich keine andere Möglichkeit, als ein weiteres Dutzend Austern in Kauf zu nehmen und den bislang schönen Abend mit einer weniger schönen Eiweißvergiftung zu beschließen. Iris sieht das ähnlich, hat dann aber einen rettenden Einfall. Ob es die Meeresfrüchteplatte vielleicht auch für eine Person gebe, fragt sie. Der Küchenchef strahlt. «Bien sur, aber natürlich!» Und ob er Probleme damit habe, wenn wir uns diese Portion teilten, will sie wissen. Er winkt ab. «Non, non, c'est bon. Pas de problem.»

Offenbar ist dem Küchenchef einzig und allein wichtig, dass in jedem Fall die Proportionen seiner Meeresfrüchteplatte erhalten bleiben. Vielleicht glaubt er, das Gleichgewicht des Universums hänge daran. Wer weiß, vielleicht ist es ja auch so. Jedenfalls ziehen sich Koch und Kellner zufrieden zurück, Letzterer nicht ohne zuvor unsere Weinbestellung entgegenzunehmen. Der offene Weißwein geht so, weshalb wir nun auf Flaschen umsteigen.

Die Meeresfrüchteplatte für eine Person sieht aus, als hätte Poseidon versucht, den Turm von Babel zu bauen. Da die Platte obendrein auf ein kleines Podest gestellt wird, kann ich Iris jetzt nur noch sehen, wenn ich mich orthopädisch bedenklich strecke und an einer theatralisch in die Luft ragenden Langustenschere vorbeischiele. Da wir beide wissen, wie empfindlich der Küchenchef ist, hüten wir uns, die Tiere auf der Platte einfach beiseitezuräumen. Mit Sicherheit würde ihn das beleidigen, er lauert wahrscheinlich sowieso hinter der Durchreiche, um sofort eingreifen zu können, wenn an unserem Tisch irgendetwas nicht mit rechten Dingen zugeht.

Iris und ich beginnen also, uns an unseren Augenkontakt heranzuarbeiten, indem wir Meerestiere auf unsere Teller hieven. Wir fragen uns dabei, ob eine Liste jener Weltmeere, die wir bereits bereist haben, ähnlich lückenhaft ausfallen würde wie unsere zuvor aufgestellte Liste der großartigsten Städte der Welt. Ich konstatiere, von den sieben Weltmeeren höchstens drei gesehen zu haben. Iris behauptet, die sieben Weltmeere überhaupt nicht zu kennen. Ich nehme diese Wissenslücke mit gespielter Entrüstung zur Kenntnis, weshalb sie mich so lange provoziert, bis ich bereit bin, die sieben Weltmeere aufzuzählen. Beim ersten Versuch komme ich auf zwölf Weltmeere. Eigentlich mehr, als Iris verlangt hat, aber die will ihre sieben Weltmeere, keins mehr und keins weniger. Ich ziehe erst mal die Ozeane ab, die ich einfach spontan nicht mehr zu den Meeren zähle, habe dann aber immer noch zwei Weltmeere zu viel. Mir fällt ein, dass die Binnenmeere eigentlich zu den Seen gezählt werden, dadurch kann ich meine Liste weiter verkürzen, allerdings mit dem Ergebnis, dass mir jetzt zwei Weltmeere fehlen. Ich überlege, welche Meere man unter strukturellen Aspekten zusammenlegen könnte, weil ich vorhabe, die Ozeane nun doch wieder zu den Meeren zu zählen, derweil Iris sich amüsiert. Als sie eine weitere Garnele von der Platte hebt, entsteht eine Meeresfrüchtelücke, durch die wir uns sehen können. Wir lächeln beide und beginnen erneut, miteinander zu flirten. Dann stürzt leider ein halber Hummer in die Lücke und damit ins Bild.

Stunden später stelle ich plötzlich fest, dass wir die letzten Gäste im Coq et Lapin sind. Der Meerefrüchteplatte sind eine Tarte Tatin und eine Mousse au Chocolat gefolgt, die wir uns ebenfalls geteilt haben. Dann tranken wir mehrere Eau de Vie und zwei Kaffee, die ich Espresso genannt hätte, der Kellner bestand aber darauf, sie als «petit noir» zu servieren. Jetzt stellt der Mann zwei Gläser Champagner auf den Tisch, um dezent anzudeuten, dass wir uns mal langsam vom Acker machen könnten.

Die Nacht ist kühl, die Luft schmeckt frisch. Iris und ich schlendern eine menschenleere Straße entlang. Eigentlich könnte ich jetzt den Arm um ihre Schultern legen, aber mein Ehrenmannprojekt steht dem im Wege.

Irgendwann zieht Iris ihren Autoschlüssel aus der Tasche, betätigt die Funkfernbedienung, und unmittelbar vor uns öffnen sich mit einem vernehmlichen Klacken die Schlösser eines älteren Kombis, und die Innenraumbeleuchtung geht an. Iris öffnet die Heckklappe. Die Ladefläche ist voll mit Medikamenten, Decken, Verbandsmaterialien und medizinischem Gerät.

«Du solltest lieber ein Taxi nehmen», sage ich. «Wir haben definitiv zu viel getrunken.»

«Ich weiß», erwidert sie. «Ich will auch nicht fahren, ich schau nur gerade ...» Sie wühlt in verschiedenen Kisten, bis sie schließlich gefunden hat, wonach sie sucht. «Hier.» Sie drückt mir ein kleines Päckchen in die Hand.

«Schönen Dank. Was ist das?»

«Eine Probepackung Kondome.»

«Aha», sage ich etwas tonlos, während ich den Sinn der Aktion zu ergründen versuche. «Bist du so 'ne Art Vertreterin dafür, oder was?»

Sie lächelt. «Einmal im Monat behandle ich Haustiere von Kids, die auf der Straße leben. Die haben wenig oder gar kein Geld, brauchen die Dinger aber. Also hab ich einen Deal mit 'nem Hersteller gemacht.»

«Verstehe», sage ich, verstehe aber immer noch nicht, was sie mir damit sagen will, und stecke die Probepackung ein.

Iris schließt die Heckklappe, lässt die Schlösser zuschnappen, das Licht erlischt langsam. Im Halbdunkel sehe ich ihre Augen.

«Okay», sagt sie und wirkt nun sehr ernst. «Dieses Angebot ist einmalig, und es gilt nur für heute Nacht. Und du musst dich jetzt sofort entscheiden, ob du dieses eine Mal, und nur dieses eine Mal, mit mir schlafen willst.»

HÖR ZU

«Du hast ... was getan?», fragt Schamski völlig fassungslos.

Wir sitzen bei einem späten Frühstück. Es ist Samstag, Schamski trägt wieder mal meinen Morgenmantel, den er inzwischen behalten kann, weil schon mehrere Brandlöcher drin sind. Bronko hat ein formidables Frühstück aufgetischt. Ich vermute, Einsamkeit und sexuelle Frustration werden auch ihn, wie so viele Zeitgenossen, in ein Dasein als Hobbykoch treiben.

«Sag mir, dass das ein Witz ist», bittet Schamski, und es klingt ehrlich.

Ich schüttele den Kopf. «Kein Witz. Ich hab nein gesagt. Und ich habe tatsächlich nicht mit ihr geschlafen.»

«Aber warum nicht?», fragt Schamski mit leiser Verzweiflung.

«Was weiß ich? Warum wolltest du es mit Maike am ersten Abend nicht überstürzen?»

«Weil ich kein eindeutiges Signal von ihr bekommen hatte», entgegnet Schamski. «Als sie mir dann gesimst hat, dass sie im Hotel auf mich wartet und nichts als ihren Lippenstift trägt, da habe ich keine drei Minuten gebraucht, um zu ihr zu kommen.»

«Hat sie das wirklich so gesimst?», fragt Bronko respektvoll.

Schamski denkt einen Moment nach, wiegt dann unschlüssig den Kopf hin und her. «Eigentlich hat sie nur gesimst, dass sie auf mich wartet, der Rest war Interpretation meinerseits, hat sich aber vor Ort bewahrheitet.»

Bronko nickt anerkennend und nippt an seinem grünen Tee.

«Hast du denn wenigstens eine Vermutung, warum du nicht mit ihr geschlafen hast?» Schamski hat jetzt den Tonfall eines amerikanischen Top-Staatsanwalts, der sich die unfassbaren Taten des Angeklagten beim besten Willen nicht erklären kann.

«Tja», sage ich etwas ratlos und überlege selbst, was wohl der entscheidende Grund war, Iris gestern Abend allein in ihre Wohnung gehen zu lassen. War es ein Akt der Vernunft, oder hatte ich schlicht Angst?

«Ich denke, ehrenhafte Gründe kann ich schon mal ausschließen», sage ich nach einer kurzen Weile.

«Ich versteh es nicht», murmelt Schamski und spricht wohl mehr zu sich selbst. «Ich verstehe es einfach nicht.»

«Ist doch nicht so kompliziert», mischt sich Bronko ein. «Wenn du nur ein einziges Mal mit einer Frau schlafen kannst, dann musst du dir sehr gut überlegen, ob es für dein Seelenheil besser sein könnte, es nicht zu tun.»

Ich stutze, dann bin ich überzeugt davon, dass Bronko den Nagel auf den Kopf getroffen hat. «Exakt das ist es.»

«Schon klar», sagt Schamski. «Allerdings wird die Chance, mit dieser Frau ein zweites Mal zu schlafen, nicht gerade größer, wenn man das erste Mal einfach weglässt.»

Da hat Schamski auch wieder recht. Ich weiß ja selbst nicht, ob ich das Richtige getan habe. Womöglich trauere ich nun ewig dieser verpassten Gelegenheit hinterher, was mich über die nächsten Jahre in eine irreparable Bindungsunfähigkeit treiben wird. Mein Leben werde ich demgemäß als einsamer und verbitterter Mann beschließen, den man erst Wochen nach seinem Tod neben der Leiche seines Wellensittichs finden wird.

«Es wird schon nicht so schlimm werden», sagt Bronko, der offenbar gerade meine Gedanken erraten hat. Ein zwiespältiger Trost, wenn ich mir vergegenwärtige, dass Bronko momentan aus Liebesgründen als Eremit lebt.

Es klingelt. Günther ist da. Er will eigentlich nur kurz vorbeikommen, um uns die Einladungen für seine Hochzeit zu bringen, lässt sich dann aber doch zu einem Kaffee überreden.

«Ihr feiert also im Pan Tao», sagt Schamski leicht schockiert, derweil er die Karte mustert. Ich greife nach dem Papier, blicke darauf. Schamski und ich tauschen einen bangen Blick.

«Ja, genau», sagt Günther. «Iggy findet das zwar nicht so toll, weil ihre Freundinnen, also besonders die beiden anderen Besitzerinnen vom Pan Tao, dann an diesem Abend arbeiten müssen. Aber leider geht es nicht anders, weil wir finanziell keine Alternative haben.»

Schamski und ich sehen uns an, wir denken offenbar dasselbe.

«Wie viele Leute kommen denn so?», frage ich scheinheilig.

«So zwanzig, fünfundzwanzig?», erwidert Günther und nimmt einen beherzten Schluck Kaffee.

Schamski und ich werfen uns einen konspirativen Blick zu, ich nicke fast unmerklich, Schamski presst zum Zeichen seines Einverständnisses kurz die Lippen aufeinander.

«Tja, Günther, ich weiß ja nicht, was ihr euch so zur Hochzeit wünscht», beginne ich blumig. «Aber da wir beide nun mal sehr gute Freunde sind, würde ich mich glücklich schätzen, wenn ich euch das Essen schenken dürfte. Ich würde dann einfach einen Catering-Service beauftragen.»

Schamskis Einsatz. «Sehr gute Idee», sagt er begeistert und trägt dabei für meinen Geschmack ein klein wenig zu dick auf. «Dann würde ich euch die Getränke schenken. Wir bräuchten also nur den Raum. Und das Beste ist, Iggys Freundinnen können mitfeiern.»

Ein kurzer Moment der Stille, Günther wirkt etwas überrumpelt, denkt nach. «Ja», sagt er dann gedehnt. «Das wäre natürlich toll ... Aber das ist doch alles viel zu teuer für ein Hochzeitsgeschenk.»

«I wo», sagt Schamski.

«Nein, nein», winke ich ab. «So 'n ordentliches Messerset kostet ja auch 'ne schöne Stange Geld.»

«Genau», setzt Schamski nach.

Günther blickt in die Runde, ein wenig ungläubig, dann entspannt sich seine Miene, und schließlich strahlt er übers ganze Gesicht. «Ja ... Wenn das so ist ...» Er trinkt den restlichen Kaffee in einem Zug und erhebt sich. «Dann will ich das mal sofort Iggy erzählen. Mann, die wird sich vielleicht freuen.»

«Und wir freuen uns auch», sagt Schamski, als Günther durch die Tür ist.

Ich will gerade etwas entgegnen, da erscheint Maike. «Hi, Tag zusammen, ich hab gerade Günther getroffen, er hat mich reingelassen. Ich hoffe, das ... war okay.»

Schamski erhebt sich rasch. «Hi! Klar, kein Problem, setz dich. Möchtest du einen Kaffee? Oder irgendwas anderes?»

Maike schüttelt den Kopf. «Ich wollte euch eigentlich nicht stören. Ich dachte, vielleicht hättest du ein bisschen Zeit. Ich würde gerne mit dir reden.»

«Ja klar. Gib mir fünf Minuten. Ich zieh mir schnell was an, dann können wir los», sagt Schamski mit einer für ihn eher untypischen Nervosität.

«Wir können auch nebenan reden», erwidert Maike. «Es dauert nicht lange.» Ihr Gesichtsausdruck lässt vermuten, dass sie nicht unbedingt gute Nachrichten hat. Schamski scheint es zu bemerken. Er nickt, folgt ihr dann mit leicht hängenden Schultern ins Wohnzimmer.

Die Türen schließen sich, Bronko und ich sind nun allein.

«Sie wird ihn verlassen», sagt Bronko.

«Vielleicht braucht sie nur etwas Zeit, um nachzudenken», erwidere ich.

«Sah sie aus wie 'ne Frau, die nur etwas Zeit zum Nachdenken braucht?»

Ich zucke mit den Schultern. Nein. Eher nicht.

Ein paar Minuten später bewahrheitet sich Bronkos Befürchtung. Man hört die Wohnungstür leise ins Schloss fallen, kurz danach erscheint Schamski in der Küche, blass um die Nase, und setzt sich wortlos an den Tisch.

Schweigen.

«Sie will mich nie wiedersehen», sagt Schamski schließlich, fingert nach einer filterlosen Zigarette, zündet sie an, inhaliert und pustet geräuschvoll den Rauch Richtung Decke.

«Tut mir leid», murmelt Bronko, und ich nicke zustimmend.

«Tja, wird wohl nicht ganz einfach werden», konstatiert Schamski und zieht erneut an seiner Zigarette.

Bronko und ich sehen erst einander, dann Schamski verblüfft an. Eigentlich klang es gerade so, als wäre die Situation unabänderlich.

Schamski registriert unsere erstaunten Gesichter. «Was ist denn? So leicht gebe ich nun auch wieder nicht auf», sagt er. «Ich werd jetzt erst mal duschen und dann einen langen Spaziergang machen. Dabei überlege ich mir, was ich tun kann, um die Situation rumzureißen. Das ist doch logisch, oder?» Er sieht zu Fred, der in seinem Korb in der Ecke liegt, dann zu mir. «Soll ich den Hund mitnehmen?»

Ich weiß nicht, ob es Schamskis selbstverständliche Sturheit ist oder die Tatsache, dass ich mir im Laufe des Morgens fünf Espresso in den Kopf geknallt habe, jedenfalls bin ich in diesem Moment fest davon überzeugt, dass ich auch noch eine Chance bei Iris habe, eine minimale vielleicht, aber immerhin eine Chance. «Tut mir leid, Schamski», sage ich entschlossen. «Ich brauche den Hund heute selbst.»

Knapp eine Stunde später stehe ich vor dem vergitterten Eingangstor des Tierheims und schelle Sturm. Ich weiß, dass Iris da ist. Ich fühle es. Außerdem verbringt sie sowieso jede freie Minute hier.

Nach einer Weile taucht Iris tatsächlich auf. Sie trägt ihren Kittel, hat die Hände in den Taschen vergraben. Als sie mich sieht, hält sie inne, bleibt ein paar Meter vom Gitter entfernt stehen. Sie wirkt nicht sonderlich erfreut über mein Kommen.

«Mein Hund ist krank», falle ich mit der Tür ins Haus. «Du musst ihn dir bitte mal ansehen.»

Sie wirft einen Blick auf Fred, dem regelmäßiger Auslauf, ein gutes Heim und erstklassiges Kraftfutter strahlende Augen, ein glänzendes Fell und einen kräftigen Körperbau verliehen haben.

«Er ist kerngesund», sagt Iris, ohne einen Schritt näher zu kommen.

«Ich hab einen Fehler gemacht», sage ich und versuche ein Lächeln.

Sie schüttelt den Kopf. «Du hast dich nur entschieden. Das ist kein Fehler.»

«Aber ich habe mich falsch entschieden», erwidere ich.

«Das spielt jetzt keine Rolle mehr. Es war ein einmaliges

Angebot. Ich wollte, dass wir nicht lange darüber nachdenken. Du weißt, warum. Wir hätten es einfach getan, und damit ... basta.»

Da hat sie recht. Ich weiß nur immer noch nicht, warum wir es überhaupt getan hätten, wo sie doch diesen einen hat, mit dem sie ihr Leben verbringen will. «Dann sag mir doch einfach, was anders wäre, wenn wir es jetzt tun würden», entgegne ich.

«Jetzt wäre es geplant», sagt Iris.

«Na und?», erwidere ich. «Das würde doch an der grundlegenden Situation nichts ändern. Wir verbringen eine Nacht miteinander, und dann heiratest du einen anderen. Wo ist denn da das Problem?»

Der Anflug eines Lächelns ist auf ihrem Gesicht zu sehen. «Wenn es kein Problem gibt, warum hast du dann gestern nein gesagt?»

Sie ist jetzt doch ein wenig näher gekommen.

«Wenn es kein Problem gibt, warum willst du dann nicht heute mit mir schlafen? Oder morgen? Oder übermorgen? Warum hältst du so fest an diesem einmaligen Angebot?»

Sie sieht mich an, wieder ist die kleine Falte auf ihrer Stirn zu sehen, Iris denkt also nach. Angestrengt, wie ich zu beobachten glaube.

«Paul, ich werde morgen heiraten», sagt sie dann sehr ruhig. «Heute Nachmittag fahre ich zu meiner Familie, um mit den Vorbereitungen zu beginnen. Morgen um diese Zeit bin ich die Frau eines anderen. Deswegen war das Angebot gestern Nacht ein einmaliges Angebot.»

Eine kurze Weile stehe ich einfach nur da wie ein alter Zirkusclown, der gerade erfahren hat, dass sein Job künftig von einem richtig lustigen Schimpansen erledigt wird.

«Das ist schade», sage ich dann langsam, wobei dieser Satz

nicht annähernd das Ausmaß meines Bedauerns widerspiegelt.

Iris sieht mich an, es tut ihr ebenfalls leid, dennoch zuckt sie leicht mit den Schultern. Da kann man eben nichts machen.

Ich nicke. «Dann ...» Ich überlege, was dann. «Dann also eine schöne Hochzeit», höre ich mich sagen, und es klingt ziemlich wunderlich.

«Danke», erwidert Iris, und ich habe das Gefühl, auch sie empfindet die Situation als etwas seltsam.

Sie wartet, offenbar darauf, dass ich gehe. Ich denke einen Moment nach. «Hör zu ...», beginne ich dann.

«Nein, ich will es nicht hören», unterbricht sie mich.

«Doch, es spielt sowieso keine Rolle mehr», fahre ich fort. «Ich hab nein gesagt, weil ich Angst hatte, in dieser Nacht etwas zu erleben, was ich dann für immer vermissen würde. Ich hab gedacht, ich hätte noch ein bisschen Zeit, mich an diese Entscheidung ranzutasten. Wenn ich gewusst hätte ...»

«Du solltest jetzt gehen», sagt sie bestimmt, es klingt dennoch fast sanft.

Wir schweigen einen Moment, dann nicke ich. Wahrscheinlich hat sie einfach recht, und es ist alles gesagt. «Okay. Mach's gut, Iris.»

Sie nickt ebenfalls. «Du auch, Paul.»

Ein letzter Blick, fast im gleichen Moment wenden wir uns zum Gehen.

Fred stürmt voraus, zerrt an der Leine, zieht mich weg vom Tierheim und weg von Iris. Das trifft sich insofern gut, als ich mich momentan ein bisschen wackelig auf den Beinen fühle. Der Stadtpark ist in Sichtweite, keine fünf Minuten entfernt. Ich beschließe, mich nicht umzuwenden, bis ich ihn erreicht habe. Abwechselnd hebe und senke ich die Füße, Fred erledigt den Rest, indem er mich Richtung Stadtpark zieht.

Dann ist plötzlich das laute Klacken eines Schlosses zu hören, gefolgt von einem noch lauteren metallischen Knarren und Quietschen. Ich bleibe stehen wie vom Donner gerührt, die Leine blockiert, und Fred wird unsanft zurückgerissen. Er sieht mich interessiert an.

Die Geräusche kommen definitiv vom Tierheim, es ist das einzige Gebäude weit und breit. Ich überlege, was ich tun soll. Soll ich weitergehen? Soll ich mich umdrehen? Soll ich vielleicht einfach hier eine Weile stehen bleiben und warten, was passiert? Langsam drehe ich mich um.

Iris hat das Tor geöffnet.

LANGE GESCHICHTE

Ich habe eben mit Iris geschlafen. Zum ersten und zum letzten Mal.

Sie ist jetzt bereits auf dem Weg zu ihrer Familie, um sich auf den morgigen Tag vorzubereiten, denn dann wird sie vor irgendeinen Altar treten und irgendeinem anderen Mann das Jawort geben. Im Prinzip ist also alles so wie abgesprochen.

Ich sitze auf einer Bank im Stadtpark, während Fred sich in den Rabatten herumtreibt, und verstehe jetzt, warum ich gestern nicht mit Iris schlafen wollte. Ich habe schlicht versucht, dem Katzenjammer aus dem Weg zu gehen. Ich habe geahnt, ich würde mich danach so fühlen, wie ich mich eben jetzt fühle. Ziemlich desolat nämlich.

Ich hatte mich vor unserem Abendessen gefragt, wie es wohl wäre, mit ihr zu schlafen, eher hypothetisch, denn ich war davon ausgegangen, es würde sowieso nie dazu kommen. Vielleicht bildete ich mir gestern ein, ich könnte die Situation kontrollieren, ich könnte irgendwie verhindern, dass mein Leben von Iris auf den Kopf gestellt würde. Ein Irrtum, denn genau das ist jetzt passiert. Iris hat mich schwer erwischt. Ich spüre immer noch ihre Locken auf meinen Wangen, schmecke noch ihre Haut und ihre Lippen, bin immer noch besoffen von ihren Augen. Kurzum, ich bin ihr verfallen wie Ahab dem weißen Wal.

«Dann musst du eben diese Hollywoodnummer hinlegen.

Bei der Hochzeit aufkreuzen, ihr sagen, dass du sie liebst, und darauf hoffen, dass sie dich nicht von ihren Verwandten auf der Stelle aufknüpfen lässt», schlägt Schamski vor, der immer noch in meinem Bademantel in der Küche herumlungert und seinen geplanten Spaziergang auf unbestimmte Zeit verschoben hat.

«Das ist der Punkt», entgegne ich. «Soweit ich weiß, will sie den anderen heiraten. Sie hat zumindest mit keinem Wort erwähnt, dass es ihr ganz recht wäre, wenn ich die Hochzeit einfach sprengen und sie in einem Linienbus entführen würde.»

Bronko, der nebenbei ein paar Schnittchen fürs Abendbrot vorbereitet und bislang geschwiegen hat, horcht auf. «Warte mal, Linienbus, das ist doch ... Wie heißt denn der Film noch gleich?»

«‹Die Reifeprüfung›», sagen Schamski und ich fast im gleichen Moment, nehmen Bronkos Nicken und seine Replik «Genau, ‹Die Reifeprüfung›» aber nicht weiter zur Kenntnis.

«Denk immer dran», fährt Schamski fort, «dass Frauen das Gegenteil von dem sagen, was sie meinen.»

«Ach, das heißt also, Maike will dich eigentlich heiraten, und deshalb hat sie dich heute Morgen verlassen, oder wie?»

Schamski überlegt, sieht dann auf die Uhr und hält es offenbar für spät genug, mit dem Trinken anzufangen, denn er zieht nun einen Wein aus dem Regal und beginnt, ihn zu entkorken. «Ja, in gewisser Weise ist das richtig. Allerdings kannst du nicht grundsätzlich alles umkehren, was eine Frau sagt. Es gibt auch Dinge, die meint sie so, wie sie sie formuliert.»

«Was bist du doch für ein weiser Mann, Guido», spotte ich. «Manchmal meinen Frauen also, was sie sagen, und manchmal nicht. Das muss ich mir sofort aufschreiben. Vielen Dank dafür, großer Meister.»

«Auch 'n Wein?», fragt Schamski und ignoriert sämtliche meiner Spitzen.

Ich nicke, Bronko stellt derweil die Schnittchen auf den Tisch und nimmt die Schürze ab. Jetzt erst sehe ich, dass er Ausgehkleidung trägt.

«Ein Rendezvous?», frage ich.

Bronko schüttelt den Kopf. «Eine Bekanntschaft aus dem Internet. Ich weiß nicht, was draus wird. Wir haben uns ein paarmal geschrieben und dann halt verabredet. Mehr nicht.»

Wie zur Bestätigung klingelt es in diesem Moment an der Tür.

«Ich geh schon», sage ich schnell, weil ich mir Bronkos Eroberung dann doch wenigstens ansehen möchte. «Guten Abend, ich ...» Ich stocke.

Vor mir steht Jutta Raakers, die offenbar an der Homosexualität ihres Mannes immer weniger Zweifel hegt.

«Oh, ich wusste nicht, dass Sie hier ...» Sie lächelt unsicher.

«Kein Problem», erwidere ich und trete zur Seite, um sie hereinzubitten.

«Ich wollte eigentlich gar nicht ...», druckst sie herum. «Ist Bronko denn noch nicht fertig?»

Ich verstehe. «Doch, ich glaube schon», sage ich. «Ich schau mal nach ihm. Ich wünsch Ihnen beiden jedenfalls schon mal einen schönen Abend.»

Sie lächelt, nickt freundlich. «Danke sehr.»

«Was war los?», fragt Schamski, als ich in die Küche zurückkehre, derweil im Hintergrund leise das Schließen der Eingangstür zu hören ist.

«Ich vermute, Bronko schläft mit der Frau von Dr. Raakers», sage ich locker.

«Na, das ist doch auch schön», erwidert Schamski nicht minder entspannt und drückt mir ein Glas Wein in die Hand.

In dieser Nacht schlafe ich hundsmiserabel. Ich träume, dass ich Iris im Tierheim vertreten muss, weil sie in die Flitterwochen gefahren ist. Ihr Job macht mir weder Spaß, noch beherrsche ich ihn auch nur ansatzweise. Bei Routineeingriffen sterben mir ein Zwerghase und eine Deutsche Dogge unter den Händen weg. Als ich wenig später nur mit Mühe und Not ein Shetlandpony aus der Narkose zurückholen kann, drohen mir die Angestellten mit Streik, wenn ich nicht schnellstmöglich meine persönlichen Probleme in den Griff bekomme. Ich versuche zu erklären, dass nicht persönliche Probleme für mein Scheitern verantwortlich sind, sondern die Tatsache, dass ich nicht die geringste Ahnung von Veterinärmedizin habe. Die Angestellten glauben mir jedoch nicht.

«Warum hat Iris Sie dann überhaupt ausgewählt?», fragt mich die hübsche, aber stark lispelnde Pflegerin.

«Ich weiß es nicht!», rufe ich verzweifelt. «Ich weiß nicht, warum sie gerade mich ausgewählt hat. Wirklich! Ich weiß es nicht!»

Ich erwache schweißgebadet, es ist bereits nach zehn.

Ich rekapituliere meinen Traum. Man muss nicht C. G. Jung sein, um zu erraten, was mein Unterbewusstsein mir damit wohl zu signalisieren versucht. Ich beschließe also in genau diesem Moment, Schamskis Rat zu folgen und Iris' Hochzeit zum Platzen zu bringen. Mich schauert bei dem Gedanken. Wäre ich gläubig, würde ich mich wahrscheinlich jetzt rasch bekreuzigen.

Ich rufe Günther an, der glücklicherweise schon auf den Beinen ist. «Kannst du rausfinden, wer heute in Deutschland heiratet?»

«Leider nicht», erwidert Günther bester Laune.

«Warum nicht?», entgegne ich perplex.

Ich höre ihn seufzen. «Das war 'n Witz, Paul. Natürlich

kann ich rausfinden, wer heute heiratet. Suchst du jemanden Bestimmtes, oder soll ich einfach mal die Gesamtheiratslage in Deutschland checken?»

«Jasper. Dr. Iris Jasper», erwidere ich, nicht zum Scherzen aufgelegt.

«Alles klar», sagt Günther. «Ich ruf dich an.»

Ich bin kaum aus der Dusche, als Günther sich zurückmeldet. Er nennt mir ein Kaff, dessen Namen ich noch nie gehört habe. «Weißt du zufällig, wie weit das ist?»

«Mit dem Pkw?» Ich höre Tastaturgeräusche. «Gut zwei Stunden. Die Trauung wirst du also wahrscheinlich knapp verpassen.»

Ich klopfe bei Schamski. «Ich brauch deinen Porsche. Und zwar sofort», verkünde ich forsch durch die geschlossene Tür.

«Komm rein», ruft Schamski. Er sitzt entspannt im Bett, trägt wie gewöhnlich meinen Bademantel, raucht seine vermutlich hundertste filterlose Zigarette an diesem Morgen, schlürft einen Espresso und liest meine Sonntagszeitung. «Was hast'n vor?»

«Lange Geschichte», sage ich, um es kurz zu machen.

Er grinst, greift in meinen Bademantel und wirft mir die Schlüssel zu.

Ich stutze. «Du nimmst deine Autoschlüssel mit ins Bett?»

«Sieht so aus», erwidert Schamski und zieht die Zeitung vors Gesicht.

Ich persönlich halte ressourcenverschlingende Sport- und Geländewagen eigentlich für indiskutabel, muss aber zugeben, dass der 911er ausgezeichnet auf der Straße liegt und enorm durchzugsstark ist. Jedenfalls macht er viel mehr Spaß als Umweltschutz.

Pünktlich in dem besagten Kaff zu sein, um Iris' Hochzeit zu verhindern, verlangt mir höchste Konzentration ab. Schon ein paarmal hätte ich um ein Haar mein Leben an einer Leitplanke ausgehaucht. Gerade hat es wieder einen solchen Moment gegeben, nur mit sehr viel Glück habe ich den röhrenden und schlingernden Boliden in einer unübersichtlichen Kurve auf der Straße halten können.

Das Navigationssystem zeigt an, dass ich zum Beginn der Hochzeitszeremonie ankommen werde, eine gute halbe Stunde bleibt mir noch. Weil ich mich auf die Straße und das Navigationssystem konzentriere, lasse ich den Bordcomputer unbeobachtet und registriere deshalb nicht, dass der Tank fast leer ist. Erst als der Wagen zu stottern beginnt, wird mir das Ausmaß der Katastrophe klar, und ich lenke den Porsche auf den Seitenstreifen.

Keine Panik. Schamski hat mit Sicherheit einen Ersatzkanister im Auto. Ich suche danach. Ja, hat er. Der Ersatzkanister ist nur leider leer. Einem spontanen Impuls folgend, will ich Schamski anrufen, um ihn wüst zu beschimpfen, muss aber feststellen, dass ich außerdem kein Netz habe. Das schließt nun also auch einen Anruf bei professionellen Pannenhelfern aus. Meine einzige Chance, noch pünktlich zur Hochzeit zu kommen, besteht jetzt darin, von einem anderen Verkehrsteilnehmer mitgenommen zu werden. Dummerweise ist mir in der letzten Stunde kein anderer Verkehrsteilnehmer begegnet. Ich erinnere mich zwar, um ein Haar einen Fuchs überfahren zu haben, ein menschliches Wesen hat meinen Weg jedoch nicht gekreuzt.

Vielleicht habe ich Glück, und hinter der nächsten Kurve ist eine Tankstelle. Ich gehe zügig die Straße entlang, derweil ich zu errechnen versuche, wie viel Zeitverlust ich mir erlauben kann. Ich komme auf irgendwas zwischen fünf und zehn Minuten, was nicht gerade ermutigend ist.

Hinter der nächsten Kurve ist keine Tankstelle, aber man

kann von hier aus fast bis zum Horizont blicken und sich davon überzeugen, dass es auch bis dahin keine Tankstelle gibt. Zu meiner Rechten ist eine Anhöhe, eigentlich ist es sogar ein kleiner Berg. Von dort oben müsste man einen guten Rundumblick haben. Fluchend kraxle ich auf den Gipfel. Ein Hoffnungsschimmer, in der Ferne ist ein Dorf zu sehen. Wenn ich den Weg über die Wiesen und Felder nehme, kann ich es in zehn Minuten dorthin schaffen. Vielleicht ist es dann zu spät, um Iris' Hochzeit zu vereiteln, vielleicht schaffe ich es aber auch noch gerade, außerdem habe ich momentan sowieso keine Wahl. Ich stapfe also los, höre im gleichen Moment ein Motorengeräusch und wende mich wieder der Straße zu. Ein Lkw biegt um die Ecke und passiert zügig den Porsche. Jetzt sehe ich, dass es sich um einen Tanklastzug handelt. Ich laufe, wild mit den Armen rudernd, Richtung Straße, um dem Fahrer zu bedeuten, er möge anhalten, aber als ich dort ankomme, donnert das Gespann bereits in einer Staubwolke gen Horizont.

Wieder kraxle ich den Berg hoch, fluche dabei wesentlich unchristlicher als beim vorigen Mal und schlage dann den Weg zum Dorf ein.

Nach knapp zwanzig Minuten Fußmarsch muss ich feststellen, dass ich die Entfernung offenbar falsch eingeschätzt habe. Mein Ziel scheint momentan weiter weg zu sein als zu Beginn meiner Wanderung.

Ich lasse mich kurz auf einem Baumstamm nieder, atme durch, trockne mir die Stirn und sehe auf die Uhr. Wahrscheinlich fragt der Geistliche gerade die Anwesenden, ob jemand etwas gegen die Verbindung vorzubringen hätte. Das wäre dann mein Auftritt gewesen.

Was, wenn es eine Verzögerung gegeben hat?, denke ich dann. Vielleicht war jemandem unwohl, und man musste ihm erst ein Glas Wasser bringen und Gelegenheit geben, sich auszuruhen. Vielleicht hat auch der Trauzeuge die Ringe vergessen, oder der Pfarrer hat den Termin irrtümlich eine halbe Stunde später eingetragen.

Ich setze mich wieder in Bewegung. Mir ist klar, dass die Wahrscheinlichkeit einer Verzögerung gen null tendiert. Andererseits passiert das dauernd im Kino, da könnte es ja auch mal in der Realität so sein.

Nach weiteren zwanzig Minuten bin ich dem Dorf nur unwesentlich näher gekommen und stehe nun vor einem Flüsschen, das zu breit ist, um darüberzuspringen. Ich ziehe Schuhe, Strümpfe und Hose aus, werfe alles mitsamt dem leeren Kanister ans andere Ufer und schicke mich an, durch den Fluss zu waten. Eigentlich dürfte mir das Wasser nur bis zu den Knien reichen; da das Flussbett jedoch die Konsistenz von Margarine hat, sinke ich bis zu den Knien im Matsch ein und stehe nun bis zur Hüfte im kalten Wasser. Leicht panisch halte ich nach ein paar Felsen Ausschau, weil ich mich schon versinken sehe wie ein Westernbösewicht im Treibsand.

Als ich das Ufer erreiche und mich ins Gras fallen lasse, begrabe ich den Plan, die Hochzeit zu sprengen. Einerseits würde selbst eine mittelschwere Verzögerung inzwischen nicht mehr ausreichen. Nur ein Großbrand, ein Amoklauf oder eine Entführung könnte mir die nötige Zeit verschaffen, noch rechtzeitig aufzutauchen. Andererseits ist meine Unterwäsche gerade klatschnass, und meine Beine sind bis zu den Knien mit Morast überzogen. Ich sehe also momentan aus wie ein notgeiler Torfstecher und würde sowieso ohne Vorwarnung vom nächstbesten Dorfpolizisten erschossen werden, wenn ich mich einer Hochzeit auch nur zu nähern versuchte.

Ich breite meine nasse Unterwäsche mitsamt meinem Hemd auf einem Strauch aus und lege mich nackt ins Gras. Meinem heutigen Glücksbarometer vertrauend, stelle ich mich sicherheitshalber schon mal darauf ein, dass gleich eine Gruppe Nonnen über mich stolpern und deren Oberin einen Herzinfarkt erleiden wird.

Es kommt jedoch anders. Nach einer kurzen Weile fängt es an zu nieseln. Ich bin zunächst nicht sonderlich beeindruckt. Es macht schließlich keinen großen Unterschied, ob ich nun nackt im Nieselregen liege oder klatschnasse Klamotten trage. Dann jedoch wird der Regen stärker, und es mischen sich erste Graupelschauer hinein. Schließlich ist der Niederschlag derart unangenehm auf der nackten Haut, dass ich nun doch meine nasse Kleidung überstreife.

Das Dorf ist inzwischen hinter einer Wetterwand verschwunden, ich kann nur ungefähr ahnen, wo es sich befindet. Während ich beherzt losmarschiere und mich dabei auf meinen nicht vorhandenen Orientierungssinn verlasse, kommt mir der Film «Into the Wild» in den Sinn. Er erzählt die wahre Geschichte eines jungen Mittelstandsamerikaners, der nach Alaska geht, um zu sich selbst zu finden. Der junge Mann meistert das einsame und karge Leben in der Wildnis, findet aber schließlich dennoch ein tragisches Ende, weil er essbare und extrem giftige Pflanzen verwechselt.

Als Anfang Zwanzigjähriger kommt man aus dem Kino und will sich sofort auf den Weg nach Alaska machen. Dass man dort eventuell den Löffel abgeben könnte, scheint ein vergleichsweise kleiner Preis zu sein für die Schönheiten und Gefahren, die man auf der Reise erleben kann.

Mit Anfang vierzig kommt man aus demselben Kino und beschließt, in die Nähe eines Krankenhauses zu ziehen und künftig bei Spaziergängen im Park immer Sichtkontakt zu anderen Passanten zu halten.

Eine weitere Stunde vergeht, bis ich das Dorf erreiche. Ich bin nass bis auf die Knochen und glaube, erste Anzeichen von

Skorbut, Schwindsucht, Malaria und Schneeblindheit an mir feststellen zu können. Immerhin, meine Rettung ist kaum hundert Meter entfernt, ein freundlich wirkendes, hell erleuchtetes Haus, offenbar die Dorfschenke. Wie ich wenig später feststelle, ist es selbstverständlich genau jene Dorfschenke, in der die Hochzeit gefeiert wird, die ich verhindern wollte. Mein Glücksbarometer enttäuscht mich also auch weiterhin nicht.

Als ich durch eines der Fenster spähe, sehe ich Iris im weißen Brautkleid. Gerade dreht sie sich mit dem Bräutigam in einem Walzer über die Tanzfläche, weitere Paare schließen sich nun an. Iris sieht gut aus, unglaublich gut, um ehrlich zu sein. Ich sehe, dass sie ihren Mann anlächelt, kann aber nicht beurteilen, ob sie gerade wunschlos glücklich ist.

Er scheint es zu sein. Seine schneeweißen Zähne blitzen, er ist hoch gewachsen, schlank, muskulös, ein ziemlich guter Fang, würden Schwiegermütter wohl sagen. Die Hochzeitsgesellschaft wirkt vornehm, viel Schmuck, teure Kleider, die Kinder sehen allesamt wie kleine Lords und Prinzessinnen aus. Gerade will ich mich vorsichtig zurückziehen, da erscheinen die Gesichter zweier Luxusgören im Fenster. Die beiden sehen mich, reißen im selben Moment erschrocken die Augen auf und brüllen wie am Spieß, weshalb ich nun überstürzt abtauchen und mich hektisch ins Dickicht schlagen muss, selbiges besteht übrigens größtenteils aus Dorngestrüpp.

Ich warte ein paar Minuten, bis die Luft rein ist, dann beginne ich mich sehr vorsichtig aus den Dornbüschen herauszuarbeiten.

«Das ist nicht dein Ernst», höre ich Iris sagen, als ich mich fast befreit habe.

«Hey! Hi», erwidere ich überschwänglich und tue so, als wäre das hier eine ganz normale Begegnung, obwohl sie ein

Brautkleid trägt und ich durchnässt, verdreckt und zerkratzt bin, außerdem gerade aus den Rabatten gekrochen komme.

«Was tust du hier?» Es klingt ebenso bedrohlich wie verärgert.

«Das Gleiche könnte ich dich fragen», erwidere ich, weil mir gerade nichts Besseres einfällt.

«Okay», sagt sie. «Wie du wohl erfahren hast, feiere ich hier meine Hochzeit. Ich hab dir davon erzählt, erinnerst du dich? Die Hochzeit ist der Grund dafür, dass wir uns nicht wiedersehen.»

«Ja, schon gut», entgegne ich leicht patzig. «Es tut mir leid.»

Sie atmet geräuschvoll aus, offenbar ist sie fuchsteufelswild. «Bleibt trotzdem die Frage, was du hier tust», beharrt sie.

Ich habe die Befürchtung, die Wahrheit könnte Iris gerade ein wenig verstimmen. Also erzähle ich ihr nur die Hälfte der Geschichte. «Ich bin zufällig hier. Ich hatte eine Autopanne, dann hat mich der Regen überrascht, außerdem bin ich schon Stunden unterwegs. Das ist alles.»

Sie mustert mich ungläubig. «Ist das wahr?»

Ich nicke. «Natürlich ist das wahr. Was hast du gedacht? Dass ich deine Hochzeit stürme und dich vor deiner Familie und deinen Gästen bitte, nicht den Mann an deiner Seite zu heiraten, sondern stattdessen meine Frau zu werden?» Ich lache müde auf.

Iris sieht mich an. «Gut», sagt sie dann und scheint einigermaßen überzeugt von dem seltsamen Zufall. «Brauchst du Hilfe oder so?»

Ich schüttele den Kopf. «Geht schon. Alles okay.»

Sie mustert mich, und ich sehe mit Genugtuung leichte Besorgnis in ihren Augen. Ganz gleichgültig bin ich ihr offenbar dann doch nicht.

«Ich muss wieder rein», sagt sie.

Ich nicke, sie hebt ihr Kleid ein wenig an und geht Richtung Wirtshaus. An der Tür dreht sie sich nochmal um. «Leb wohl, Paul.»

«Du auch», erwidere ich leise.

Die Tankstelle ist nur einen kurzen Fußmarsch entfernt. Der Inhaber ist ein ungepflegter Vollidiot, wie es ihn sonst nur noch in amerikanischen Horrorfilmen gibt. Leider kann er mich nicht zu meinem Auto fahren, weil er noch Besuch von seinen Kumpels Hacki und Winnie erwartet. Immerhin funktioniert hier das Handynetz, ich kann mir also ein Taxi rufen. Das dauert ein bisschen, das Taxi kommt nämlich aus dem nächsten größeren Ort. Genau genommen hätte ich ja vorbestellen müssen, erklärt mir die patzige Servicekraft in der Taxizentrale. Ich verzichte nicht minder patzig auf das Taxi und gehe einfach zu Fuß.

Es dämmert bereits, als ich zu Hause eintreffe. Die Wohnung ist leer, ich erinnere mich, dass Schamski ein Geschäftsessen erwähnt hat, Bronko ist vermutlich mit Jutta unterwegs.

Ich lasse ein Bad ein, kippe einen Single Malt gegen die drohende Erkältung, dann noch einen gegen die schlechte Laune. Ich befürchte, einer von beiden wird seine Wirkung verfehlen.

EINE
HOCHZEITSGESELLSCHAFT

Meine hochgeschätzte Sekretärin findet zwar moderne Kommunikationstechniken ähnlich überflüssig wie der Papst jedwede Maßnahme zur Geburtenkontrolle. Handelt es sich allerdings um organisatorische Aufgaben, dann ist Frau Hoffmann nicht nur ausgesprochen zuverlässig, sondern auch mit Feuereifer bei der Sache. Ich habe sie deshalb gebeten, sich um den gastronomischen Teil der Hochzeit von Iggy und Günther zu kümmern. Nebenbei gab ich Frau Hoffmann zu verstehen, ich würde es begrüßen, wenn sie ein Auge auf die gesamten Hochzeitsvorbereitungen hätte. Ich vermutete nämlich, Iggy und Günther würden jede Hilfe gebrauchen können. So war es dann auch. Das glückliche Paar nahm die tatkräftige Unterstützung dankbar an, und Frau Hoffmann verwandelte sich binnen weniger Tage in eine Hochzeitsplanerin.

Leider entwickelte sie in dieser Rolle den Ehrgeiz, die Hochzeit zu einem Ereignis auszubauen, das eigentlich nur gekrönte Häupter, die seit Generationen ihr Land ausbeuten, zu finanzieren imstande sind. Fast täglich musste ich Frau Hoffmann also eine neue, kostspielige Idee zur Verschönerung der Feierlichkeiten ausreden. Zu diesem Zeitpunkt hatte ich bereits ein schweineteures Büfett unter dem Motto «Orient trifft Okzident» abgenickt, weil Schamski seinerseits ohne großes Murren Jahrgangschampagner und Edelbrände auf seiner Getränkeliste erduldet hatte. Außerdem legte ich später noch zwei weiße Tauben drauf, die sich unmittelbar nach der Trauung vor dem Rathaus romantisch in die Lüfte erheben würden, weil Schamski mit Unterstützung eines Werbekunden eine Stretchlimousine aufgetrieben hatte, mit der wir Frau Hoffmann von der Buchung einer sechsspännigen Kutsche abbringen konnten.

Was den Fortgang der Feier im Pan Tao betraf, so schwebte Frau Hoffmann nach dem Essen ein unaufdringliches Unterhaltungsprogramm vor, das Schamski und mich an ein Charity-Event im Moskauer Staatszirkus erinnerte. Damals hatten meines Wissens mehrere Ölscheichs zusammengelegt, um das Programm zu finanzieren.

Bezüglich der mehrstündigen Bühnenshow intervenierte ich bei Günther, bis der seine Hochzeitsplanerin schließlich davon überzeugte, dass Iggy und er sich eine unspektakuläre und vor allem ruhige Feier im Kreise der Familie und der Freunde wünschten. Damit war dann Gott sei Dank auch die von Frau Hoffmann bereits mündlich verpflichtete achtköpfige Big Band nebst den vier Bossa-Nova-Tänzern vom Tisch.

Was Frau Hoffmann nicht voraussehen und deshalb auch nicht in ihre Planung einbeziehen konnte, waren die Wetterbedingungen am Hochzeitstag. Zwar hatten die Meteorologen gelegentliche Niederschläge, heftige Böen und vereinzelte Gewitter angekündigt; dass aber der Himmel beschließen würde, eine Generalprobe für den Jüngsten Tag anzusetzen, damit hatte keiner gerechnet. Kaum einem der Hochzeitsgäste ist es gelungen, die wenigen Meter über den Rathausplatz trockenen Fußes zurückzulegen. Selbst Schirme konnten den vom Wind in alle möglichen Richtungen gepeitschten Regen nur bedingt bändigen.

Inzwischen sitzen alle mehr oder minder durchnässt und

mehr oder minder genervt im Festsaal des Rathauses. Der Standesbeamte versucht, das draußen grollende Gewitter zu übertönen. Sein Vortrag handelt von Vertrauen, Liebe und Respekt. Eigentlich will er den künftigen Eheleuten Mut machen, in der aktuellen Lautstärke und mit dem Donner als Hintergrundmusik hören sich seine Ratschläge allerdings ziemlich apokalyptisch an.

Die Jaworte von Günther und Iggy gehen später ebenfalls im krachenden Gewitter unter. Ich hoffe, dass niemand der anwesenden Gäste das als schlechtes Vorzeichen wertet. Insbesondere hoffe ich das auch vom extrem abergläubischen Bräutigam.

Als wir nach der Zeremonie den Rathausplatz betreten, sehe ich gerade noch, dass die beiden von mir engagierten weißen Tauben erst mit Wucht gegen die Rathausfassade und dann hoch über die angrenzenden Häuser geweht werden, hinter denen sie auf Nimmerwiedersehen verschwinden. Glücklicherweise hat diesen vorläufigen romantischen Höhepunkt praktisch niemand zur Kenntnis genommen, weil alle damit beschäftigt sind, sich vor Wind und Regen zu schützen.

Rasch werden die bereitstehenden Pkw bestiegen, die uns ins Pan Tao bringen sollen. Die Brautjungfern, also Iggys Kolleginnen Sandra und Lin, dürfen, ebenso wie Günthers Eltern und Iggys Mutter, in der Stretchlimousine mitfahren. Das führt nun zu Diskussionen, weil auch Günthers Bruder nebst Frau sowie der Lebensgefährte von Iggys Mutter nebst Iggys Quasihalbschwester in der Limousine Platz nehmen möchten. Um des lieben Friedens willen rückt man zusammen, was nun den Fahrer auf den Plan ruft, da die Limousine nur für acht Personen zugelassen ist. Derweil sich die erst seit knapp zehn Minuten verwandten Familien in die Haare kriegen, suchen Schamski, Bronko und ich schon mal das Weite. Zum einen möchten wir uns vom ordnungsgemäßen Zustand des Jahrgangschampagners im Pan Tao überzeugen, zum anderen will ich es vermeiden, dem Taubenbesitzer in die Arme zu laufen. Der hatte mir vor der Zeremonie nämlich gesagt, wenn der Wind zu stark sei, kämen seine gefiederten Lieblinge nicht zum Einsatz, worauf ich ihm gedroht hatte, ihn dann vor den Kadi zu zerren. Ich könnte mir vorstellen, dass er deshalb vielleicht nicht gut auf mich zu sprechen ist.

Als wir im Pan Tao eintreffen, ist Frau Hoffmann bereits dort. Ich habe keine Ahnung, wie sie das gemacht hat, denn ich hätte schwören können, sie eben noch bei Schlichtungsverhandlungen an der Stretchlimousine gesehen zu haben. Frau Hoffmann hat bereits die für den Abend engagierten Kellnerinnen ausführlich instruiert. Schamski, Bronko und ich werden von den jungen Damen mit Champagner versorgt.

Ein paar Minuten später ist anhand eines Tumults vor dem Lokal unschwer zu erkennen, dass das frischvermählte Paar samt Anhang eingetroffen ist. Günthers Bruder Konrad und Gattin Sybille betreten zuerst das Pan Tao, es folgen Günthers Eltern, dann das sichtlich genervte Brautpaar, schließlich Iggys Mutter nebst Lebenspartner und Quasistieftochter. Rasch werden alle mit Champagner versorgt, damit sie beschäftigt sind und sich nicht wieder ankeifen. Ich bemerke, dass Iggys Kolleginnen Sandra und Lin fehlen, und vermute, dass diese aus diplomatischen Gründen auf einen anderen Wagen ausweichen mussten.

Günthers älterer Bruder Konrad mokiert sich nochmal ausführlich über die seiner Ansicht nach doch mehr als unglückliche Wahl der Stretchlimousine. Ein Modell mit zwölf statt nur acht Plätzen hätte schließlich zu keinen logistischen Problemen geführt, schade, dass da niemand mitgedacht habe, so sein Resümee. Während Konrad mühe- und nahtlos den

Übergang zu einem kleinen Vortrag über seine grundsoliden Wertvorstellungen und seine nicht hoch genug einzuschätzende gesellschaftliche Rolle als mittelständischer Versicherungsmakler findet, sehe ich, dass Schamski innerlich bereits warmläuft, um Konrad mit Schwung in die Parade zu fahren. Das wird auch Zeit, weil Konrad sich nicht nur zum Halbgott stilisiert, sondern auch den Umstehenden das Gefühl gibt, sein jüngerer Bruder sei der größte Versager aller Zeiten.

«Ist das eigentlich ein Toupet?», höre ich Schamski fast nebenbei fragen, woraufhin Konrad abrupt erschrocken verstummt. Einen Moment herrscht atemlose Stille. «Ich frage mich das nur, weil man es praktisch nicht erkennen kann», tritt Schamski seelenruhig nach. «Wenn es also ein Toupet ist, dann ist es eine richtig, richtig, richtig gute Arbeit.»

Wieder ist es still.

«Vielen Dank», sagt Konrad dann völlig tonlos.

Schamski nickt, lächelt gewinnend und streicht kurz über seine Halbglatze. Es könnte eine Geste der Verlegenheit sein, aber es ist natürlich blanke Provokation. In diesem klammen Moment treffen glücklicherweise weitere Gäste ein. Es sind Sandra und Lin in Begleitung dreier Iren. Kevin, Brian und Ken sind ebenfalls Programmierer. Günther hat mir schon von ihnen erzählt, er hat sie bei einem Job in Dublin kennengelernt. Die drei betreiben auf der grünen Insel eine Firma, die sich auf die Programmierung von Warenwirtschaftssystemen spezialisiert hat. Ursprünglich hausten sie zur Miete im Hinterzimmer eines Pubs, inzwischen haben sie die Kneipe gekauft und haben mit ihrer Firma vom Hinterzimmer bis kurz vor die Theke expandiert. Knapp vierzig Leute zählt das Unternehmen heute, die meisten Mitarbeiter wurden direkt aus den Reihen der Kneipenstammgäste rekrutiert. Augenzeugen behaupten, dass ab dem späten Nachmittag die Gäste des Pubs und die

Mitarbeiter von Kevin, Brian und Ken nicht mehr voneinander zu unterscheiden sind.

Günther nutzt das Auftauchen seiner irischen Freunde, um sich aus der Umklammerung seines Bruders und seiner Familie zu befreien. Iggy hat die gleiche Idee und begrüßt Sandra und Lin überschwänglich.

Zurück bleiben Schamski und ich mit Günthers und Iggys Verwandten.

«Und Sie sind also in der Versicherungsbranche», sage ich zu Konrad. «Ich finde das sehr interessant.» Im nächsten Moment bedauere ich die Bemerkung bereits, denn Konrad nickt und holt Luft für einen vermutlich mehrstündigen Vortrag.

Zwanzig Minuten später, Konrad erklärt mir gerade ausführlich die gängigen Provisionsmodelle in der Versicherungsbranche, wofür er hoffentlich ewig in der Hölle braten wird, erscheinen weitere Gäste. Es sind Freundinnen von Iggy, die ein Modelabel betreiben. Die eine ist gekleidet wie Judy Garland im «Zauberer von Oz», die andere trägt eine Art enggeschnittenen Mao-Anzug und einen wagenradgroßen Blumenhut. Beide Outfits gehören zur aktuellen Kollektion mit dem schönen Namen «Shattered Dreams». Ich verkneife mir jeglichen Witz darüber.

Wenig später erscheinen noch Pete Douglas und Don Spencer, die sich mir als CIA-Agenten vorstellen. Ich vermute, die beiden sind durchgeknallte Spielefreaks oder Hacker mit ausgeprägtem Sinn für Humor. Später erklärt Günther mir, dass es sich tatsächlich um CIA-Agenten handelt. Die Amis haben rausbekommen, wer das Internet in Deutschland abgestellt hat. Zuerst wollten sie Günther deshalb auf eine Militärbasis verschleppen, dann aber haben sie verstanden, dass ihn keine politischen, sondern allein amouröse Gründe getrieben haben.

«Du hast sie eingeladen, obwohl sie dich verschleppen wollten?»

«Du, das war nur 'n Missverständnis. Eigentlich sind sie ganz nett. Außerdem sind sie fremd in der Stadt. Und sie geben mir vielleicht 'n Job. Ich soll den Amis nämlich zeigen, wie man das Internet vor Leuten wie mir schützen kann.»

Leider komme ich nicht dazu, Günther zu erklären, dass er bekloppt ist, weil Iggy ihn in diesem Moment am Arm packt und mit sich zieht.

Das Unwetter hat inzwischen nachgelassen. Ich brauche mal kurz meine Ruhe und möchte mir außerdem die Beine vertreten. Die Abendluft ist kalt und klar. Schamski steht etwas abseits, er hatte wohl dieselbe Idee. Er raucht, hält mir die Packung hin. «Oder hast du etwa ausnahmsweise welche dabei?»

Ich schüttele den Kopf, nehme eine Filterlose und zünde sie an. Eine kurze Weile stehen wir einfach nur da und rauchen. Dann öffnet sich die Tür, und Frau Hoffmann erscheint, sie wirkt besorgt, hält ein Zettelchen in die Höhe.

«Entschuldigen Sie, aber das Büfett ist seit fast zwanzig Minuten überfällig. Vielleicht könnten Sie da mal anrufen, drinnen ist es zu laut. Ich hab hier für den Fall der Fälle eine Nummer ...»

Ich ziehe mein Handy hervor, erspare mir, Frau Hoffmann zu erklären, dass in solchen Momenten Mobiltelefone durchaus praktisch sind, und wähle.

Frau Hoffmann lächelt unsicher. «Da wird schon nichts passiert sein. Ich will nur sichergehen ...»

Ich hebe eine Hand, sie verstummt, die Verbindung wird hergestellt. Ich gehe ein paar Schritte, weil der Empfang nicht gut ist.

Eine Minute später weiß ich, der Fall der Fälle ist eingetreten. Der Transporter mit meinem Themenbüfett «Orient trifft Okzident» liegt in irgendeinem Fluss, der Wagen ist in einen Unfall mit einem Reisebus verwickelt worden. Glücklicherweise ist niemand verletzt, leider hat aber mein Themenbüfett das Zeitliche gesegnet, Teile davon werden wohl bald das Meer erreichen.

«Was ist passiert?», fragt Frau Hoffmann, die mein leicht erschrockenes Gesicht sieht. Ich erzähle ihr von der Katastrophe.

Sie ist ebenso fassungslos wie ich. «Und jetzt?»

Ich zucke mit den Schultern. Keine Ahnung.

Schamski scheint gar nicht zugehört zu haben.

«Hast du vielleicht eine Idee?», frage ich ihn.

«Weiß ich noch nicht. Vielleicht.» Schamski raucht und fixiert dabei ein Ziel auf der anderen Straßenseite. Ich folge seinem Blick und sehe ein hellerleuchtetes, aber leeres Restaurant, in dem ein Mann aufgeregt umhergeht, ein Handy am Ohr. Einige Kellner stehen etwas verloren in der Gegend herum. Sie machen einen ziemlich betretenen Eindruck. Schließlich drückt der Mann das Gespräch weg und lässt sich frustriert auf einen Stuhl sinken.

Schamski sieht mich an.

Keine Ahnung, was er von mir will.

«Ist doch einen Versuch wert», sagt er dann. «Frag nach, ob der Reisebus eine Gesellschaft transportiert, die ein Büfett im Petit France bestellt hat.»

Ich kann nicht glauben, dass es so einen Zufall geben soll, drücke aber dennoch die Wahlwiederholung und tue, um was Schamski mich gebeten hat.

«Und?», will der nach dem Gespräch wissen.

Ich grinse. «Eine Hochzeitsgesellschaft.»

Schamski muss nun auch grinsen. Er tritt seine Zigarette

aus. «Also dann. Er hat ein Büfett, wir brauchen eins. Wir müssen uns nur noch einigen.»

Keine zehn Minuten später tragen die Kellner des Petit France Köstlichkeiten aus allen Regionen Frankreichs über die Straße und ins Pan Tao. Das Büfett war für eine Industriellenhochzeit bestellt worden, unter normalen Umständen hätte ich es sicher nicht bezahlen können, Schamski hat den Inhaber jedoch deutlich unter den Preis für «Orient trifft Okzident» drücken können.

Da Günther jedem erzählt, dass das Büfett mein Hochzeitsgeschenk ist, ernte ich einerseits viel Lob für die exorbitanten Speisen und werde andererseits für märchenhaft reich gehalten.

Nach dem Essen sind die Menschen entspannt und in Plauderstimmung. Ich bin geneigt, momentan den Dingen einfach ihren Lauf zu lassen, habe dabei aber die Rechnung ohne Frau Hoffmann gemacht. «Schnäpse, oder?», konstatiert sie glasklar, und ich muss zugeben, es macht hundertprozentig Sinn, die Menge ab sofort mit Edelbränden abzufüllen.

Drei Stunden später weiß ich, warum. Es ist nämlich nicht zu weiteren Tumulten gekommen, außerdem haben sich alle Gäste blendend unterhalten. Ich vermute, die Edelbrände waren obendrein der Familienzusammenführung zuträglich und haben nebenbei eine neue Liebe gestiftet, denn Lin und Ken sind seit einer Weile überfällig.

Viele Verwandte haben sich bereits verabschiedet, momentan ist auch der sturzbesoffene Konrad im Aufbruch begriffen. Er findet es rasend witzig, zum Abschied sein Toupet wie einen Hut zu lupfen, was er nun schon an die hunderttausend Mal gemacht hat.

Eine weitere Stunde später hat Konrads Frau Sybille ihren Mann endlich in ein Taxi verfrachten können. Ihrer Laune nach zu urteilen, würde sie mit Konrad wohl jetzt gern in ein abgelegenes Waldstück fahren, um ihn dort lebendig zu begraben.

Lin und Ken tauchen irgendwann wieder auf, die Iren beginnen, irische Volkslieder zu singen, und begleiten damit das Brautpaar zu einem altersschwachen Kombi, mit dem die beiden ein paar Tage ans Meer fahren wollen. Tausende von Küssen und Umarmungen später klappern die Blechdosen über den Asphalt, und der Wagen verschwindet in der Dunkelheit.

Noch später sieht es im Pan Tao ungefähr so aus wie in meiner Küche in den frühen Morgenstunden. Schamski und ich sind übrig geblieben, Bronko fährt gerade die letzten Gäste heim, Sandra hat ihm den Schlüssel gegeben, er soll einfach abschließen, wenn alle gegangen sind.

«Mir geht's nich gut», sagt Schamski ins Halbdunkel.

«Besoffen?», vermute ich.

«Auch. Aber eher so allgemein.»

«Was heißt eher so allgemein?», frage ich leicht besorgt.

«Weiß nich», sagt Schamski.

Hört sich seltsam an. «Alles okay?», hake ich nach.

Keine Antwort.

«Hey! Guido! Alles okay?»

«Weiß nich», erwidert Schamski. «Nein. Ich glaub nicht. Ich glaub, ich krieg gerade 'n Herzinfarkt.»

«Schamski?», sage ich ungläubig.

«Ruf bitte mal schnell 'n Notarzt.» Schamski schnappt nach Luft, greift sich leicht panisch an den linken Arm.

Es dämmert, als auch Bronko im Krankenhaus eintrifft. Ich stehe gerade am Automaten und ziehe zum wiederholten Mal braunes Zeug, das angeblich Kaffee sein soll.

«Wie geht's ihm?»

«Keine Ahnung», erwidere ich. «Mir hat noch niemand was

gesagt. Möchtest du auch?» Ich hebe den braunen Becher mit der braunen Brühe hoch, Bronko schüttelt den Kopf, lässt sich dann auf eine der umherstehenden Kunststoffbänke fallen.

«Glaubst du, er hatte wirklich einen Herzinfarkt?»

Ich zucke mit den Schultern. «Im Krankenwagen ging es ihm ziemlich dreckig. Als sie ihn verkabelt hatten, hörte sich sein Herzschlag an wie 'ne Samba-Truppe. Und der Notarzt machte auch nicht den Eindruck, als würde es sich nur um 'ne Magenverstimmung handeln.»

Bronko nippt probeweise an meinem Kaffee, verzieht das Gesicht. «Wahrscheinlich war es ein Infarkt. Ich meine, Guido säuft, raucht, macht einen anstrengenden Job, dafür keinen Sport, und ein geregeltes Leben führt er auch nicht.»

«Übergewicht hast du vergessen», sage ich.

«Stimmt», nickt Bronko. «Eigentlich kenne ich niemanden, der mehr Anspruch auf einen Herzinfarkt hat als Schamski.»

Als etwas später die Cafeteria öffnet, können wir von brauner Brühe in braunen Bechern auf braune Brühe in weißen Tassen umsteigen. Theoretisch gäbe es auch Tee, aber momentan sind der dicken Bedienung die Teebeutel ausgegangen.

«Sie können Früchtetee haben.»

«Früchtetee ist kein Tee», sage ich. «Früchtetee ist fruchtiges Wasser.»

«Also kein Früchtetee», sagt die Bedienung völlig unbeeindruckt.

In einer Ecke der Cafeteria steht ein Fernseher, der Ton ist stumm gestellt, es laufen Nachrichten. Noch drei weitere Male werde ich diese lautlosen Nachrichten im Laufe der nächsten zwei Stunden sehen, dann stellt sich uns ein junger Arzt vor und erklärt, wir könnten jetzt kurz mit Schamski reden, vorsichtig, weil er einen Herzinfarkt hatte, einen leichten zwar, aber eben doch einen Herzinfarkt.

Schamski sieht blass aus, blasser fast als die blassen Wände um ihn herum.

«Danke, dass ihr auf mich gewartet habt», sagt er. «Aber ich kann noch nicht weg. Ich will mir einen Stent ins Herz einbauen lassen, sonst muss ich nämlich mit dem Rauchen aufhören.»

«Interessant», sagt Bronko ungerührt. «Gibt es da jetzt doch einen Zusammenhang zwischen Rauchen und Herzinfarkt?»

Schamski grinst matt. «So weit ist die Medizin heute noch nicht. Es gibt allerdings Studien, die nahelegen, dass frische Äpfel wohl keine Herzinfarkte verursachen.»

«Wow», sage ich. «Das ist ja mal 'ne gute Nachricht. Ich hab es mir zwar sowieso abgewöhnt, war aber früher auf dreißig, vierzig Äpfel am Tag, auf Partys sogar noch mehr.»

Schamski muss lachen. Und dann husten. Bronko und ich erschrecken ein wenig, aber dann beruhigt Schamski sich wieder.

«Danke, dass ihr geblieben seid», sagt er nach einer Weile. Bronko und ich nicken ein wenig, jetzt nur keine Sentimentalitäten, das mag der Patient nämlich nicht.

Schamski richtet sich ein wenig auf. «Erinnert ihr euch noch an den Abend, als Bronko mich fragte, was ich wohl tun würde, wenn ich nur noch eine Stunde zu leben hätte?»

Wieder nicken wir.

«Ich kann es euch jetzt sagen», fährt Schamski fort.

«Da bin ich aber gespannt», sagt Bronko.

«Da sind wir beide gespannt», ergänze ich.

«Nichts», sagt Schamski lächelnd.

«Nichts?»

Schamski nickt. «Genau. Wenn ich nur noch eine Stunde zu leben hätte, dann würde ich absolut nichts tun.»

GEHÖRT DAS IHNEN?

Wenig später kam die Zeit der Abschiede.

Bronko beschloss, Juttas Einladung zu einer mehrmonatigen Reise durch China anzunehmen. Inzwischen hatte Jutta sich zwar von ihrem Mann getrennt, Bronko blieb jedoch dabei, dass die Verbindung zu Jutta rein spiritueller und mitnichten körperlicher Natur wäre.

«Schon klar, aber vögelt ihr denn wenigstens?», hatte Schamski, inzwischen stolzer Besitzer eines Stents, daraufhin gefragt. Auch er packte seine Sachen, um den Sommer in einer Klinik an der Ostsee zu verbringen. Dort wollte er ein paar Kilo abnehmen, sich das Rauchen abgewöhnen, eine Sportart für sich entdecken und idealerweise ein Verhältnis mit einer jungen Ärztin anfangen. Wie ich später erfuhr, nahm Schamski im Laufe des Sommers zwei Kilo zu. Er wechselte außerdem die Zigarettenmarke, wurde leidenschaftlicher Boule-Spieler und schlief mit einer Kardiologin. Zumindest befand er sich also beim Sex unter ärztlicher Aufsicht.

Jutta und Bronko ließen es tatsächlich ruhig angehen, zumindest auf dem Hinflug nach Shanghai. Dort angekommen, verbrachten sie eine ganze Woche im Flughafenhotel, verließen kaum das Bett, und mehr als einmal wurden ihre Orgasmen für Geräusche startender Jets gehalten.

Günther und Iggy gingen für ein paar Monate in die Staaten. Die CIA zeigte sich großzügig und gewährte Günther ein beachtliches Salär für seine Dienste. Außerdem mietete man für die beiden ein Haus in Manhattan, wie sich später herausstellte nicht Manhattan, der berühmte Stadtteil von New York, sondern Manhattan, die nicht sehr berühmte Kleinstadt in Kansas. Günther und Iggy nahmen es gelassen, New York wäre ihnen sowieso zu anstrengend gewesen, außerdem fanden sie in Kansas viele neue Freunde, wenngleich sie ein paar auch sofort wieder verloren, meist in Folge von Gesprächen über die Evolutionstheorie. Meinen Hinweis, dass es von Kansas aus idealerweise gleich weit zum Pazifik und zum Atlantik wäre, fanden Iggy und Günther übrigens unisono nicht witzig.

Iggy verkaufte ihre Anteile am Pan Tao für unwesentlich mehr als den Gegenwert einer warmen Mahlzeit an Ken, der zu Lin zog und im Pan Tao eine Dependance seiner irischen Softwareschmiede aufmachte. Ken investierte außerdem in die Qualität der Speisen und Getränke und rettete den Laden damit vor dem Bankrott.

An dem Tag, als Frau Hoffmann ihren Schreibtisch räumte, überließ ich Engelkes mein Büro. Ich dachte eigentlich, dem Moment seines vorläufig größten Triumphes beizuwohnen, aber er wirkte merkwürdig gedämpft. Engelkes, frischgebackener Ehemann und bald Vater, zeigte bei dem Gedanken, plötzlich ganz allein für fast fünfhundert Mitarbeiter verantwortlich zu sein, offenbar dann doch Nerven.

«Kann ich Sie eigentlich anrufen, wenn es nötig ist?»

«Lieber nicht. Das hier ist jetzt Ihr Job.»

Er nickte, vielleicht wurde ihm in diesem Moment bewusst, dass er in den vergangenen Monaten in jeder Beziehung ein ganz schönes Tempo hingelegt hatte. Jetzt musste er eben mit den Konsequenzen klarkommen.

«Jedenfalls viel Glück», sagte ich und kümmerte mich dann darum, Frau Hoffmann in den Ruhestand zu entlassen. Die hatte schon Wochen zuvor zu verstehen geben, dass Sie keinen Wert auf große Abschiedszeremonien legte. Allenfalls ein Glas Sekt im Stehen, mehr Aufhebens wollte Frau Hoffmann definitiv nicht um ihre Person machen.

Ich überlegte lange, ob ich ihren Wunsch einfach ignorieren und ein großes Fest für sie organisieren sollte. Vielleicht übte sie sich ja nur in Bescheidenheit, dachte ich. Dann aber wurde mir klar, dass Frau Hoffmanns Wunsch eigentlich war, das Ende ihrer beruflichen Laufbahn so zu zelebrieren, wie sie auch in den vergangenen Jahrzehnten ihren Job erledigt hatte, nämlich ruhig, diskret und ohne Aufsehen zu erregen.

Ich tat ihr also den Gefallen und begleitete sie an ihrem letzten Arbeitstag zum Flughafen, um sie zu verabschieden, als würde sie nur eine kleine Dienstreise antreten und nicht zu ihrer Familie nach Detroit fliegen, um dort ein neues Leben anzufangen.

Vielleicht wunderte sich Frau Hoffmann dann doch ein wenig, dass ich nicht einmal für ein Glas Sekt im Büro gesorgt hatte. Wenn es so war, ließ sie es sich nicht anmerken. Selbstredend wollte ich Frau Hoffmann nicht einfach so gehen lassen. Zum Abschied hatte ich Champagner in der Erste-Klasse-Lounge organisiert, die sie zunächst zögerlich und mit sichtlichem Respekt betrat.

«Wundert mich, dass wir hier überhaupt reinkommen», lächelte Frau Hoffmann, sichtlich erfreut über meine Idee, das luxuriöse Ambiente und den guten Tropfen.

«Warum?», fragte ich unschuldig.

«Na, eigentlich kommen doch hier nur Passagiere der First Class rein.»

Wesentlich besser hätte die Situation sich kaum entwickeln können, denn nun brauchte ich lediglich einen Umschlag aus der Tasche zu ziehen, ihn der verdutzten Frau Hoffmann zu reichen und zu sagen: «Sie fliegen ja auch erster Klasse, Frau Hoffmann. Danke für alles.»

Ich hatte die Idee gehabt, weil mir auf dem Flug nach Detroit aufgefallen war, wie unwohl sich Frau Hoffmann gefühlt hatte. Zuerst schien mir die bevorstehende Begegnung mit ihrem Sohn der Grund zu sein, dann aber war mir klar geworden, dass ihr Zustand auf einer Mischung aus Klaustrophobie und Flugangst fußte. Ich dachte, in der ersten Klasse wäre das leichter zu ertragen, nebenbei konnte ich so meine Bonusmeilen für einen guten Zweck auf den Kopf hauen. Jedenfalls war das der Moment, in dem Frau Hoffmann mich in der VIP-Lounge umarmte und eine ganze Weile nicht mehr losließ.

Wenige Tage später schloss Tommi mich unweit dieser Stelle ebenfalls in seine Arme. Wir hatten gerade Sophie und Jennifer zum Gate gebracht, ein paar Tränen vergossen oder verdrückt, je nach Naturell, und die beiden für ein Jahr nach Detroit entlassen. Wem der Abschied schwerer fiel, kann ich schlecht beurteilen. Ich erinnere mich aber, dass Jenny und Sophie sich auf dem Weg zum Sicherheitscheck ganz selbstverständlich an den Händen fassten. Ein schönes Bild, fand ich und hoffte in diesem Moment sehr, sie würden eine gute Zeit miteinander haben.

Als die beiden aus unserem Sichtfeld verschwunden waren, begann Tommi unvermittelt auf mich einzureden. Er sei damals überfordert gewesen, als Sophie von ihren lesbischen Neigungen erzählt habe. Er sei mir ewig dankbar für meine damalige Reaktion und natürlich auch für meine Bemühungen mit Frau Hoffmann. Überhaupt sei die Art und Weise, wie ich die Sache schließlich geregelt habe, ganz, ganz toll. Kurzum, er sei glücklich, mich in der Familie zu wissen.

Dann schlang Tommi einfach die Arme um mich.

Hinter seinem Rücken sah ich das Gesicht von Lisa. Es war

ihr Nun-hab-dich-nicht-so-Gesicht. Da meine Exfrau eine tolle Tochter hat und früher mal die Frau war, die ich geliebt habe, erwiderte ich also Tommis Umarmung. «Schon okay», sagte ich und klopfte ihm sacht auf die Schulter. Seitdem bete ich zu Gott, dass wir nicht Freunde werden müssen.

Die Trennung von seiner Frau ging an Dr. Raakers nicht spurlos vorüber. Er meldete sich zunächst eine Weile krank, nahm dann noch ein paar Tage Urlaub und kehrte schließlich an seinen Arbeitsplatz zurück, ohne auch nur ansatzweise arbeitsfähig zu sein. Ein grober Fehler in der Quartalsbilanz nahm Görges zum Anlass, Raakers zu einem ernsten Gespräch zu bitten. Der gelobte Besserung, die jedoch nicht eintrat, und wurde dann obendrein von einem Mitarbeiter in einer Schwulenbar gesehen. Das Gerücht, der prüde Finanzvorstand des Unternehmens wäre wahrscheinlich schwul, verbreitete sich wie ein Lauffeuer. Raakers reichte noch in derselben Woche seine fristlose Kündigung ein und machte dummerweise das Gerücht damit zur Tatsache.

Görges, ganz Pragmatiker, versuchte nun offensiv, mich für den Posten des Vorstandsvorsitzenden zu gewinnen und gleichzeitig Raakers als Finanzvorstand zurück ins Boot zu holen. «Ich bin sicher, die Eigentümer wollen keinen Schwulen als Vorsitzenden eines konservativen Blattes. Deshalb ist Raakers aus dem Rennen. Wenn es allerdings um das Finanzressort geht, dann ist es mir persönlich scheißegal, ob er auf Dreitagebärte oder kurzgeschorene Schafe steht.»

«Sind Schafe jetzt doch wieder erlaubt?», warf ich ein, und Görges amüsierte sich.

«Oder sehen Sie das anders?», fragte er.

«Nein. Wir sind da völlig einer Meinung», erwiderte ich.

«Gut. Dann lassen Sie uns die Ärmel hochkrempeln.»

Ich krempelte also die Ärmel hoch und verbrachte den Sommer mit Arbeit. Mit viel Arbeit. Raakers überzeugte ich davon, dass er im Unternehmen gebraucht würde, außerdem war ich der Ansicht, er müsse sich der Situation stellen. Er nahm diesen Rat zum Anlass, in schwarzer Ledermontur im Verlag zu erscheinen. Glücklicherweise passierte das an einem Samstag, weshalb nur ein paar Mitarbeiter vom Reinigungsservice erschreckt wurden. Raakers und ich einigten uns anschließend darauf, dass er sich zunächst mit Hilfe einer Gesprächstherapie an seine homosexuelle Identität herantasten und sich ansonsten unauffällig verhalten würde.

Görges wollte, dass ich mir von sämtlichen Abteilungen des Verlages ein Bild machte. Ich verschaffte mir also Klarheit über die laufenden Projekte, über geplante Titel, über Abverkaufszahlen, über die Pro-Kopf-Umsätze in den einzelnen Abteilungen, über die Umsatzentwicklung insgesamt und über vieles mehr. Während meine Tage in Görges' Büro immer länger wurden, beendete der die Arbeit oft schon kurz nach Mittag, um sich seiner neuen Passion zu widmen, dem Fliegenfischen.

Als das Ende des Sommers bereits zu ahnen war, fühlte ich mich in der Lage, Görges' Job zu übernehmen. Ich kannte den Laden nun annähernd so gut wie er und hatte außerdem ein paar ganz gute Ideen für die Zukunft. Der eigentliche Grund, warum ich die Eigentümer auf ihrem Sommersitz auf Mallorca besuchen würde, war aber, dass ich keine Ahnung hatte, was ich alternativ mit meinem Leben anfangen könnte.

Vielleicht war das ja mein Schicksal. Vielleicht hatten die Götter mir Iris geschickt und gleich wieder weggenommen, um mir klarzumachen, dass mir keine große Liebe, aber eine passable Karriere vergönnt wäre.

Man kann nicht alles haben.

Gerade frage ich mich, ob die Götter bereit wären, eine Karriere gegen eine Liebe zu tauschen. Wahrscheinlich nicht. Götter haben es nicht nötig, zu handeln.

«Würden Sie sich bitte anschnallen», sagt die Stewardess in diesem Moment, meint aber nicht mich, sondern den Mann neben mir.

Ich sitze im Flugzeug nach Mallorca, der Start hat sich ein wenig verzögert. Eigentlich könnte ich jetzt einen Blick in das Dossier werfen. Görges hat es mir gegeben, um mich auf das Treffen mit der Eigentümerfamilie vorzubereiten. «Familie von Beuten» steht klein auf dem Deckblatt der Mappe. Sie liegt auf meinen Knien, ich habe momentan überhaupt keine Lust, hineinzusehen.

Wie mag es Fred gehen? Lisa und Tommi waren nicht begeistert, als ich sie bat, Fred eine Weile bei sich aufzunehmen, aber da Tommi und ich ja jetzt fast beste Freunde sind, blieb den beiden keine andere Wahl. Darauf habe ich natürlich spekuliert. Ich vermute zwar, Fred wird jetzt vegetarisch ernährt und muss bei der Wahl seines Schlafplatzes bestimmte Feng-Shui-Regeln einhalten, habe aber keinen Zweifel daran, dass mein Hund sich mit Lisa und Tommi arrangieren wird. Oder aber er beißt sie einfach.

Die Turbinen werden einen kurzen Moment lauter. Wir rollen.

Ich lehne mich zurück, schließe die Augen. Der Kapitän erzählt irgendwas, ich höre nicht zu.

Ein leichtes Rucken, wir biegen gerade auf die Startbahn ein.

«Entschuldigung», höre ich die Stewardess sagen, beziehe es aber nicht auf mich. «Entschuldigung», wiederholt sie und berührt mich nun sanft an der Schulter. «Gehört das Ihnen?»

Ich öffne die Augen, sehe in das lächelnde Gesicht von Iris, und einen Moment bin ich zwischen Erstaunen und Erschrecken gefangen.

Dann sehe ich, dass Iris' Lächeln sich auf einem großformatigen Foto befindet, das die Stewardess mir direkt vors Gesicht hält. «Es lag im Gang. Es muss Ihnen aus der Mappe gefallen sein.»

Ich nehme das Foto. «Danke.» Die Stewardess nickt freundlich, geht weiter die Reihen entlang. Die Turbinen werden lauter, wir rollen schneller.

Ich bin immer noch perplex über das Foto und öffne die Mappe. Es sind gut ein Dutzend Fotos darin, außerdem ein mehrseitiger Ausdruck. Ich sehe, dass auch die Rückseiten der Fotos beschriftet sind, und drehe Iris' Foto um. «Dr. Iris Jasper, geb. von Beuten» ist dort zu lesen. Ich überfliege ihren Lebenslauf und verstehe, dass Iris zu den Verlagserben gehört, sich aber offenbar wenig aus dieser exponierten Stellung macht. Deshalb geht sie einem normalen Job nach und verliert kein Wort darüber, über die Maßen vermögend zu sein. Noch etwas erstaunt mich. Iris war bereits einmal verheiratet, daher ihr Nachname. Ich stecke das Foto zurück in die Mappe. Wieder schließe ich die Augen. Die Turbinen rauschen, wir sind offenbar kurz vor dem Start. Ich versuche, meine Gedanken zu sortieren.

Iris gehört zur Eigentümerfamilie und wird deshalb mit darüber entscheiden, ob ich künftig ihr Unternehmen leiten soll. Das heißt auch, ich werde sie auf Mallorca treffen. Und sie war schon einmal verheiratet, es ist also nicht gesagt, dass sie ausgerechnet diesmal den Richtigen ausgesucht hat. Die Turbinen jaulen, das Flugzeug jagt über die Startbahn, dann hebt sich langsam die Nase des Vogels in die Luft.

Vielleicht tauschen die Götter ja doch manchmal, denke ich.

Die Maschine hebt ab, klettert in den Himmel.

Der Mann neben mir atmet schwer und schwitzt ein bisschen.

«Flugangst?», frage ich.

Er nickt. «Ich weiß schon, ist völlig unbegründet, weil das Flugzeug das sicherste Verkehrsmittel der Welt ist.»

Ich nicke und schweige.

«Es ist doch das sicherste Verkehrsmittel der Welt, oder etwa nicht?», hakt der Mann nach.

Ich nicke und schweige.

«Warum sagen Sie dann nichts?», fragt er leicht irritiert.

Ich seufze leise. «Okay, statistisch gesehen ist das Flugzeug das sicherste Verkehrsmittel der Welt. Zufrieden?»

«Ja. Danke», sagt er, aber es klingt leicht patzig.

«Glauben Sie wirklich an Statistiken?», frage ich nach einer kurzen Weile.

Er nickt. «Woran glauben Sie denn?»

Ich zucke mit den Schultern. «An Zufälle.»

«Auch nicht schlecht», sagt er. «Und worin besteht der Vorteil, an den Zufall zu glauben statt an Statistiken?»

«Ich muss nicht so viel lesen wie Sie», sage ich.

Er zieht einen Flunsch, wendet sich ab und sieht aus dem Fenster.

Ich schlage erneut das Dossier auf und betrachte einen Moment das Bild von Iris.

«Zufall, hm?», sagt der Mann verächtlich.

«Ja, doch», sage ich, ohne den Kopf zu heben.